总有个地方现在是5点钟

淡巴菰 / 著

IT'S FIVE O'CLOCK SOMEWHERE

文化艺术出版社
Culture and Art Publishing House

图书在版编目（ＣＩＰ）数据

总有个地方现在是5点钟 / 淡巴菰著. —— 北京 : 文
化艺术出版社, 2025. 3. —— ISBN 978-7-5039-7799-2

Ⅰ . I267

中国国家版本馆CIP数据核字第20254G2H40号

总有个地方现在是5点钟

著　　者　淡巴菰
责任编辑　柏　英
责任校对　董　斌
书籍设计　楚燕平
出版发行　文化艺术出版社
地　　址　北京市东城区东四八条52号（100700）
网　　址　www.caaph.com
电子邮箱　s@caaph.com
电　　话　（010）84057666（总编室）　　84057667（办公室）
　　　　　　　　　　84057696—84057699（发行部）
传　　真　（010）84057660（总编室）　　84057670（办公室）
　　　　　　　　　　84057690（发行部）
经　　销　新华书店
印　　刷　国英印务有限公司
版　　次　2025 年 4 月第 1 版
印　　次　2025 年 4 月第 1 次印刷
开　　本　710 毫米×1000 毫米　1/32
印　　张　12.25
字　　数　249千字
书　　号　ISBN 978-7-5039-7799-2
定　　价　58.00元

1

我不抽烟，却用了淡巴菰（"tobacco"音译，意为香烟、烟草）这个笔名，只因为喜欢烟丝那苦涩微甜的气息，喜欢这三个字凑在一起的别致音韵。我小时候理想很多，做新闻主播、图书管理员、幼儿园老师……从未想过要当作家，命运之手却将我引到了文学这条小径上，一直走到今天。

《总有个地方现在是5点钟》收录了21篇散文，均是关于我客居洛杉矶的寻常日子的记述。当初写下来时未曾想到，那看似平淡的日夜晨昏，那看似普通的新朋旧友，留给我这旁观者那么多的温暖与感动，即便那些失落甚至哀伤的瞬间，回头追忆，落在笔端，都是意想不到的泛着光泽的珍珠。

写作之于我，是身在旅途的自言自语。记录，是由于那海浪一样涌上心头的冲动，似乎只有记下来，才不辜负那个人、那件事、那段让我忘不了的皎洁光阴。

回首与文字亲密相伴的来路，犹如回望不可完全再现的梦境。记不清某篇散文的写作过程，甚至无法准确复述某篇小说的故事情节，可那一张张或近或远或陌生或熟悉的脸，从没有随着我的文字针脚越来越密而淡出视野。他们像一只只萤火虫，闪着暖光飞过，有意或无意，那么及时地照亮了我脚下的路，虽仍崎岖，却不至于偏离。

我感念命运的恩泽，给了我一点写作天赋的同时，给了我那么多帮助、指引和影响了我人生方向的师友。

如果没有恩师詹福瑞先生，我不可能在文学这条路上走得那么心无旁骛。这位古典文学大家包容又严谨的学风，让我这弟子能既不拘于旧俗又不敢怠慢马虎，即使先生总是和颜悦色、谦逊温厚，即使我所写的早已并非学术论文。先生是熟谙李白和魏晋文学的学者，更是受欢迎的学术作家和诗人，《文质彬彬：序跋与短论集》《不求甚解：读民国古代文学研究十八篇》《俯仰流年》《四季潦草》……我每捧读在手，都甘之如饴，比在课堂上听先生授课更专注更陶醉。"都是生命催逼的。"说到魏晋风骨，先生一语破天机，令我叹服万分。生命意识！生命意识便成了催逼着我不敢躺平不愿躺平的鞭子。"淡巴菰的散文之所以给我们带来感动，是她的作品充满着温情，散发出暖意，写出了天地人间最根本的一点——世态人情。而这也许就是文学万世不会改变的根性。"先生对弟子的评述《文学的暖意跨越西东——淡巴菰散文评析》发表在《中国当代文学研究》（2023 年第 3 期）上，成为我惴惴前行的一盏明灯。

我是何其幸运，结识了文学前辈陈建功先生，正是他，为我许多不成熟的作品提出了中肯建议和褒贬，让我在爬格子的路途中不至于走太多弯路。为詹先生的新诗感动落泪，建功先生曾戏称其为"被低估的诗人"，而《被低估的另一个？——淡巴菰印象》（《南方文坛》2022 年第 5 期）是他对我这文坛后来者的抬爱激励："作者笔下的人物，超越了一般浮光掠影的人物印象，更注重于人生轨迹的揭示和心路历程的剖析，而字里行间流淌的嗟叹和悲悯，给我们带来超越了国界、种族和文化的感动……"这些善意提携的话语，足令不自信如我者在耕耘路上不敢轻言放弃。

经常被我与以上二位长者相提并论的是梁晓声先生。我永远忘不了，2003 年，那是我在北京漂泊的第三年，梁老师坐地铁从黄亭子他的家到南城草桥我的家，为的是我能一边采访一边打字，省却整理录音的烦劳。先生用布袋背来一摞书，都已签好了名，说知道我未必有时间读，还是带来留作纪念。"我下月有一笔稿费到账，你刚贷款买了房，如果压力太大，我可以先借给你，有了再还，我不急用……"采访结束他带我去楼下吃饭，燃一根烟，他平静缓慢地说，口气和"你多吃点"一样家常。2020年，我去洛杉矶采访，因疫情滞留，历经千辛万苦才回到国内，在深圳竹园宾馆隔离两周。回到北京后，完成书稿《逃离洛杉矶 2020》（中国文联出版社2022年版），冒昧请梁老师做序，他一口答应，让我把书稿打印出来快递过去。几天后，读着他认真手写、力透纸背的肺腑之言，我忍不住泪湿双眼！

《我生命中挚爱的三位好先生》是我一直在打腹稿的文章，我不知道是否有一天我真会写出来，也不知道他们是否有一天会读到——我不习惯把文章捧给人物原型去读，即便没有一丝不敬或不恭。

2

我一直认为码字者像种庄稼的农人，尽管埋头劳作，收成还要靠天意，种出了土豆、红薯、小麦、玉米，要想与人分享，就得拿到集市去卖掉（发表）。在海外漂泊多年，与文坛疏离得找不到投稿路径，我的小文《在洛杉矶邂逅毛姆》意外地得到了《上海文学》名誉社长赵丽宏的垂青，这位至今我都未曾谋面的偶像诗人辗转收到两篇投稿后回复："写得很好，留用。"2023年，编辑袁秋婷通知我，刊物准备给我开专栏。这惊喜来得实在像南加州的春雨，于是有了"彼岸撷尘"下的一篇篇文字。两年过去了，至今我都未曾有机会去上海拜访我的"大买主"。

我的另一位伯乐是《山花》的主编李寂荡先生，这位与我同龄同姓多才多艺的诗人、画家、翻译家发表了我那篇《一枚联邦军服上的纽扣》，时隔半年后委托编辑龙垚向我发出写专栏"西游记"的邀请。我那些沉睡在电脑中名为日记的文档被唤醒了，它们从粗糙原始的木材被我悉心打磨成了一件件式样不同的家具，尽管仍朴拙笨蠢，却是真诚老实之作，幸运地得到了一些偶然读到它们的有缘人青睐。与寂荡兄约了去贵州喝酒，至今仍未成行，我们仍然隔着网络虚拟地相识相知。

每一篇文字于我都像一个孩子，不同篇名就是它们的不同名字，此刻我打量着这21篇作品，像母亲回忆着自己的孩子如何走出家门去寻到了栖身之所。我早就是《天涯》这本优秀刊物的读者，从公众号上偶然地看到投稿电子邮箱，投石问路，以为多半会石沉大海，或收到自动回复"邮箱已满"，居然在某天得到了编辑郑纪鹏的回信，说那篇散文不太适合他们，让再换一篇。我没抱希望地换了两篇，心想人家只是客套，没想到很快又得到他的复信："这两篇不错，留用了。"《格兰特的两个密友》与《酥油灯的火苗》便有了与读者见面的机会。

写作既然如种菜种粮，与左邻右舍切磋交流自然大有助益，尤其是我这全凭本能干活儿的生手。与从未谋面的诗人大解隔着太平洋带着时差一聊就是仨小时，你来我往，酣畅淋漓，兴尽直呼"如喝了一场痛快的酒"！我喜欢他的诗，越读越遗憾自己写不出来。发了几篇小文给他，他亦欣赏有加，热切地推荐给他熟识的刊物。《我从市井走过》得以发表在《延河》并获得 2023 年最受读者喜爱的优秀小说。我的散文集《下次你路过》出版，诗人不吝赞美写推荐语："我很喜欢读淡巴菰的散文，有温度有亮度，有境界有胸怀。她总能从真实的个体出发，以饱满的热情和激情，把你领入她的生命疆域。她的文笔非常鲜活，像小说长了翅膀，又像诗歌飞进现实，充满了魅力。"这些褒奖令我汗颜，唯努力上进以期不负。

同样给了我鼓励的还有侯军白春先生，这位我当年在深圳做媒体时的总编辑是位学者型作家。他挥笔为我的"洛杉矶三部曲"第三部《在洛杉矶等一场雨》(广东高等教育出版社 2022 年版)写书评："……这套《洛杉矶三部曲》，真是很难从文体上定性，它是散文还是小说还是新闻纪实？都像，又都不是。作家的个人风格往往就是在这类'四不像'文体夹缝中，萌生并渐次形成的。"(《让文字的精灵在纸上起舞》，《北京晚报》2022 年 10 月 28 日)

我不知道如果我的作品从未被发表或关注过，我是否还有一辈子写下去的勇气和信心。我只知道读者的认可给我提供的是不可或缺的力量，即使我与他们从不会在生活中相识。身在中国艺术研究院，大多数同事都是与我这写作者不搭界的艺术家或文化学者，可每逢新书出版，张亚昕、石海波、陈斐、王桂勇、边涛、张谢雄、姜鲁沂等人都争先买书力延，为我这从不发朋友圈的人做广告，甚至跑去新书分享会当观众，着实令我这习惯了冷清独坐的码字者感动！我要感谢《炎黄春秋》的靳凯元，作为我许多拿不准的文稿的第一读者，是他的好耐性与好眼光，让我一些素描般的文字化成了有色彩的文章。

3

我想在此回顾一下我与文字打交道的最初。

我自小学起，就感觉写作文远比做数学题来得轻松愉悦。那个在冬天手脚生着冻疮的自卑小女孩终于看到了生命中的暖阳——作文不时被老师当范文朗读，原来，再纤细的火柴都是可以划出光焰的。在华北那个小村庄，张其震是我的小学老师兼校长。他是位一年四季只着一身黑布衣、高鼻冷眼的老人，其实现在回想起来他当时不过50岁，在孩子的眼里却是老者。连家长们都知道他以严厉著称。数学、语文甚至书法都是他一个人教，对犯错犯规的学生，他如古代私塾先生一样拿尺子打手心。我虽没被打过，但看到过淘气男生红肿的手掌。课后遇见他，我总像老鼠见了猫一样躲着。可是不记得从哪天起，我心跳着壮胆迎着他严肃的面孔走过去，因为他不止一次让学生站起来读我的作文。

读小学四年级时，我去了南方投奔父母，那个嘉陵江边的小学校名叫来凤完小，由一位刚毕业的男老师教语文兼做班主任，他叫曹洪，长得温雅可亲。听我一口很侉的河北话，脸上会带着饶有兴致的微笑耐心倾听，偶尔也会借《故事会》《少年文艺》给我这不合群的学生读。

读中学时，写作似乎仍是我不多的强项，白焕维老师是一位秃顶白肤、五官像西方人的和蔼绅士，不止一次把我的作文片段抄在学校黑板报上。几年前听到他故去的消息，我难过得像失去了慈父。

考大学时我报了英文专业而阴差阳错被分到了图书馆学系。四年后，站在选择人生方向的路口，我发现自己最擅长也最愿意做的仍是与文字为伴。作为最后一届包分配的大学毕业生，我被分进了一家地方日报，从资料管理员做到副刊部编辑。我的处女作《婚前婚后，两种风景》发表在刊物《黄金时代》（1992 年第 10 期）上，我现在还记得那位编辑名叫邓毅富。八年后我辞职去了深圳，在刚创刊的《深圳都市报》得到了人生中真正意义上的新闻强化训练，不仅采写编，还要兼做版面设计和校对，甚至参与发行上街卖报纸。总编辑侯军这位津门才子很有感召力，在他旗下，在末位淘汰制的深圳效率下，我跟跟跄跄紧走慢赶没有被浪涛卷走，还开始采写一个类似口述实录的情感专栏，受访者都是在深圳特区打拼的痴男怨女，每周一期，每期一版。现在回想起来，那可以说是我文学写作的雏形演练。

不太适应南方潮湿的空气与商业气息，一年后我北上到了首都，在《北京娱乐信报》刚创刊的"文化星期天"落了脚。租住在前门西大街那敦实朴素的筒子楼，走五分钟就是和平门烤鸭店楼上的报社平台，天天闻着烤鸭的香味，看着粗壮的白杨树叶生叶落。在卧虎藏龙的北京，我开始接触和采访文坛的名宿新锐，阎连科、王蒙、周汝昌、陈祖芬、海岩、葛存壮、施文心、霍达……后来，采访半径拓宽到京外的陈忠实、张贤亮、方方、铁凝，甚至海峡那边的柏杨、余光中等。剧作家邹静之说他"只买周日的信报，因为上面有李冰的访谈"。每期二至四个整版，一写就是三年。那些鲜活的人物对话，不仅得到了读者喜爱，也引起了出版社关注，结集后的《瞧，这群文化动物》由新世界出版社推出，邹静之先生欣然为之做序。

4

还记得那个飘着白雪的冬天，我和摄影记者孙京龙一起走进莫言的家，与他对谈，是因为《生死疲劳》刚刚面世。让我惊异的除了与莫言交谈的惬意欢愉，还有他那遒劲敦厚的字迹——厚厚的书稿全是一笔笔写在有着方格的稿纸上！

"李冰小姐，笔端有灵气，果然是才女！"我们的对话见报没几日，我就收到了莫言亲笔签名的书。虽寥寥数语，前辈的慷慨勉励让我备受鼓舞，不由得闪过一星念头，"我若真有才华，是否也该去写写小说、散文呢？"

不久去望京采访虹影，对《饥饿的女儿》的喜欢让我与她一见如故。她请我和实习记者在她家吃饭，盘碗精致，各不重样。菜量不大，亦都可口。愉快地席地而坐，那采访更像闲聊。几天后，我把写好的对话文本发到她邮箱。"李冰，你的文字非常独特，只做记者，多么可惜！"这几句话，再次像石子丢进湖心泛起了涟漪。像一个习惯了幕后的编剧突然变得躁动不安分，再一次，我有了跳上舞台的冲动。

半年后，我辞职回家，完成了我的第一部长篇小说《写给玄奘的情书》，源自我的中篇小说《项链之痒》（袁敏老师主编的杂志《江南》2008 年第 5 期）。

2008 年，我调入中国艺术研究院从事文学创作，与已经在座的汪国真、刚调入的莫言成了同事。如今，汪国真已经离开人世，莫言获诺奖后退休，虹影旅居英国，我与他们都不再谋面，可他们和赵丽宏、李寂荡、陈建功、詹福瑞、梁晓声一样，都是闪在我码字生涯中的星光，让我闭着眼也能感受到方向。

感谢方宁主编的信任与斧正，我有幸在他主持的权威学术期刊《文艺研究》发表了两篇有别于其他文学对话的访谈，《一把在纸上散步的刀》《中国首先要解决当代艺术的标准问题》是我分别与艺术家冷冰川、丁绍光对当代艺术创作的深度理论探讨。

像我这样的小众作家，在这文学图书销量下滑的年代，出书似乎越发需要好运气。至今出版了14本书，我要感谢的人太多。尤其难忘花山文艺出版社郝建国社长，拿到书稿三天后就爽快拍板，"《梦里亦知身是客》（出版时书名改为《那时候，彼埃尔还活着》）写得朴实生动，有大量从生活中来的观察和思考，并且很懂节制，是一部好作品"。

本书所录21篇文章都曾幸运地发表于中国当代有影响力的文学刊物，《上海文学》《山花》《飞天》《长城》《天涯》《湖南文学》《广州文艺》《红豆》……有些也被选刊或选本收录，比如蒋建伟将《消失的黛安娜》收录在《海外文摘》（2025年第2期），张莉将《让雨下吧》收录在《2024年中国女性散文选》，此前她将《那场呼啸来去的夜宴》收录进《流水今日：2023年中国女性散文选》，陈建功先生主编的《年度散文50篇（2023）》将《总有个地方现在是5点钟》收录。此次出版前，我对每篇文章都做了修订。

散文集《总有个地方现在是5点钟》更是得到了中国艺术研究院副院长徐福山先生、文化艺术出版社负责人斯日女士的支持。

我很荣幸这些文字遇到了柏英这位非常有素养的资深责编，"读你的文字很过瘾，从最初缓缓的淡淡的叙述开始等待那突然袭击，然后，眼泪下垂，心跳上升……"——还有什么比暗夜行走偶遇同路人更感觉笃定欣慰？

同样出色的编辑还有《作家文摘》的王晓君。这位本身就是作家的女编辑对文学作品的判断总是一针见血，《与鳄梨有关的日子》让我们尚未谋面就成知音，她对这篇小文偏爱有加，不仅选登在《作家文摘》（2022年8月2日）上，还将其收入散文精选集。

我不能忘记《北京晚报》有情怀的资深编辑周家望、曾子芊、陈梦溪对我这默默无闻的写作者的无私支持。梦溪是晚报读书版的责编，不只一次邀我在"书乡"版写创作谈，从《下次你路过》到《那时候，彼埃尔还活着》。她真诚为我写书评："淡巴菰的散文，真挚有趣，每晚睡前一篇，舍不得看完。我总会频频被细节击中——它们看似幽微，却直指人心，令我时常忍不住跟朋友转述。做《北京晚报》书评编辑十年，几乎没有遇到过这种情况，真是神奇！"这善意如清泉淌过沙漠，闪耀着人性朴素高贵的光芒。

我知道，尽管想做到周全缜密，仍会漏掉太多贵人、恩人、有缘人，在此只能躬身叩首，祈望体谅了。我知道，他们向我投以温暖微笑的时候，从未想到过要有回报。

是的，我永远忘不了他们，每一个照亮我文学小路的"萤火虫"。

2025年2月

目　录

1

初尝鳄梨，是 15 年前。在当时的我眼里，它简约如艺术品一般的姿色远胜于作为食物的口感。

然而后来，我由衷地爱上了它。

那个春天，闷在空中 12 个小时后，在灰黄如雾的暮色中，我生平第一次从北京降落在洛杉矶。从机场往市里赶，在高速路上往两侧望去，一切都显得那么萧条单调，低矮的建筑，老旧的电线杆，触目惊心的涂鸦。有首歌叫《南加州从来不下雨》，是由于气候干旱吗？一切似乎都缺乏生机，不多的绿色都来自那光秃笔直的棕榈树，象征性地在头上顶着些扇形叶片。

人到了公寓，心仍像在飞机上悬着一般空落落的，我决定去楼下的超市逛逛，毕竟这是我要生活 4 年的地方。同事告诉我，过了街有三个超市，针对不同族裔的饮食习惯：美国的、韩国的、墨西哥的。因为都不大，我每个都走了一圈，发现一种奇怪的水果不水果、蔬菜不蔬菜的东西，而且像土豆、西红柿一样散乱地堆在那儿，显然是家常食材。那东西长得形状像梨，皮或绿或青或棕（后来我还看到茄子紫的）。标签上写着"avocado"。原来这就是大名鼎鼎的鳄梨，中国人通俗的叫法是牛油果，我猜原因可能和鸡油菌的得名相似，都因其色泽接近鸡油或牛油。当然，似牛油的并非这果子的外皮，而是果肉。那外皮则更适合鳄梨这个西方也叫的学名："alligator pear"——有着鳄鱼皮的梨。鳄梨这个名字我之前还是听说过的，缘于某种护手霜，据说是加了鳄梨油成分。

看到有几个人仔细又在行地挑着选着，我好奇地问一位面目和善的韩国老太太挑选的诀窍。"这个太硬，不熟，不好。这个太软，烂了，不好。不硬不软的这个，very good!"她的英语显然有限，口音极重，却尽力地想帮助我。旁边两位小男孩可能是她的孙辈，嘻嘻地笑着他们祖母的韩式英语。那一带是韩国城，我估计老太太平时基本说韩语。

可能是怕我理解有误，老太太仗义地把她挑好放进塑料袋里的两个递给我。99 美分一个。

回到公寓，我迫不及待地切开一个，像许多次切开水果时我都会被惊艳到一样，这鳄梨的外形是那么富有艺术美感——它让我联想到一枚切开的带壳的煮鸡蛋，只不过蛋白部分是乳黄色的果肉，蛋黄部分是黑褐色的圆润饱满的果核。而那将这一切包围起来的一圈深色的线条就是果皮（或蛋壳）。

用小勺轻挖下去，其质地丝滑细腻如黄油，放入口中品味，淡而无味，远没看起来那么诱人。它既没水果或甜或酸、让味蕾与内心俱满足的滋味，也没蔬菜那似乎与生俱来的植物的芬芳。没错，像对待一勺冰激凌一样细细咂摸，它确实有一股若有似无的清爽，可很快，口中便有一种肥腻之感，是肥油和肥皂混在一起的可疑。你要立在那儿愣几秒，理性地调动大脑功能，告诉自己这是特别健康特别受欢迎的鳄梨，继而，你咽下这一口，身体直接给大脑的反馈是：你确定吞下的是食物？

"太便宜了，才1美元一个，国内都十几二十块，还没什么供你软硬拿捏的可能！"北京有位大姐是健康美食达人，说她现在吃鳄梨上瘾了，一天没吃就感觉自己没完成养生任务。"撒一点儿盐。你试试！"

加了盐确实有了咸味，仍没让人食欲大增。

2

不久，我去公寓附近的一所韩国人开的大学读夜间英语班。这所只有几间教室的"国际英语学校"的目标人群是那些想以学生身份在美国逗留的外国人。一百多美元一小时课，注册一两个学期，至少可以保留学生签证。而且晚上授课，方便学生们白天去打工。

我参加的那个高级班有十个学生，来自九个国家，除了一位俄罗斯女孩，其他全是黑人和亚裔人。他们都很年轻、安静，眼神像没有根的水草一般飘忽。

几位老师也是穷人，一位黑白混色的女士超胖，总穿着袒胸露背的肥大花裙子，立在那儿，像撑着一个待晾干的小蚊帐。一位有着金色短卷发的男性白人，自豪地说他只去 99 分店买衣服鞋袜："傻子才会去梅西百货公司花冤枉钱。"他那双棕色皮鞋式样典雅，带一圈镂空花纹，细看便知是人造革的仿品。

那天晚上我们正稀稀拉拉地坐在教室，有些无趣地继续纠缠已经讲了好几课的"other, another"这类中国初中学生的语法。一个纤瘦的女孩面无表情地走进来，肩挎缀着长流苏的包，手里端着一个方形锡箔纸盒子。"Hi, Chiko, 那部电影拍完啦？我想你了。"白卷毛老师像打了鸡血般兴奋起来，与其说是因为多了个学生，倒不如说是因为来了吃的，他一边嗅着纸盒里那蒜香味儿的烤面包，一边在衣襟上搓着两只红手。

后来我才知道 Chiko 是日本人，在这里已经上了一年半的课。单身的她从不谈自己的家人，却举着手机轮番让人看她的"baby"——从日本带来的那只名叫本杰明的黑猫。她没有全职工作，为了糊口四处接一些化妆类的活儿，从为新娘化妆盘头到为电影里青面獠牙的怪物化妆，她都接。一小时 5 美元，因为没有身份，比加州规定的最低工资要便宜一半儿多。但即便如此，有活儿干就值得庆祝，缺课对她来说并不是坏事。因此她的英语说得磕磕绊绊，不时用手势替代。

她坐在我对面，手背上几道黑色印第安纹饰让人不解其意，但衬着她细瘦的骨节和细腻的黄皮肤，透着几分神秘。与人交谈时，她的单眼皮下狭长的眼睛总是略带吃惊地瞪视着别人，有着因熬夜或吸烟过多的眼袋，扬起眉毛时便有明显的抬头纹。

Chiko 人缘不错，因为时不时带些吃食来。那天除了蒜香烤面包，她还带着一小玻璃盒切成厚片的鳄梨和十来把一次性塑料小叉。早就饿得没精打采的老师第一个上前拿起一块面包，又起两片那黄中带绿的鳄梨就要放上去。"稍等，你蘸一下这个。"说着 Chiko 又变魔术一般把一个小瓷盒打开，里面是调好的芥末与生抽汁。看着老师一边大嚼一边称赞着"Great!"，我也如法炮制尝了一口，果然美味，那简单的料汁似乎给本来淡而无味的果肉注入了灵魂，丰腴而鲜美，大有吃生鱼片之感。

从此，这吃法就成了我的不二选择。我相信鳄梨在许多美国家庭都和西红柿一样是常备之物，不仅因为它是所谓"健康食物"，还因为它真是超级不贵。99 美分三个在许多食品店是常有的事。我好奇地在网上搜索这食材，惊讶地发现它居然在地球上存在了上百万年。它在全世界每年的产量竟达 720 万吨，其中有 230 万吨产自墨西哥——在一个名为"考克斯卡特兰"（Coxcatlan）的山洞里，考古学家发现了一粒果核，那是迄今为止最老的鳄梨物证——9000 至 10000 年之前，而墨西哥 76% 的鳄梨都免税出口到它的近邻美国。所以位于美墨边界的加州更是近水楼台，享受着远低于东部城市如纽约、波士顿的价格。

3

我从没想到在洛杉矶生活的一大不便是理发——西方人的发廊倒是不少，是因为中国人发质偏硬吗？尝试了几家写着"unisex"（男女不限）的理发店，每次都抱着碰运气的心情前往，顶着让我哭笑不得的发型离开。一位华人朋友给我介绍了小胡和他在华人区蒙特利公园市的理发小店。那店真像一只小麻雀，只有两张椅子，一帘之隔还兼作他们夫妇的卧室。洗发的两个水池子旁边有一个小却干净的灶台，算是厨房。二人来自东北，靠这小小理发店谋生已经3年了，顾客自然多是华人。小胡长得像费玉清，留着精心打理的蓬松及肩发型，只不过他的眼睛更大，透着良善。他太太小敏长得很壮实，来之前是某个乡村中学老师。小胡的手艺很合我的心意，且收费低廉（别人都收25美元，他只收20美元）。一来二去，我跟他们熟悉了，几乎每个月都去光顾。有时头发并不长，却也宁愿开半个小时车过去，给他们带点儿黑木耳或香菇之类的食材。坐在那儿有一搭没一搭地聊一会儿，看着金发碧眼的洋人从窗外走过，他们那东北味儿的乡音让我感觉自己离中国好像并不远。

有一天在我前面临时来了一个新客户，给我理完已是中午的饭点儿。我看到那张在屋角支起的小餐桌上是小敏准备的午饭：一砂锅白菜粉条，有几个丸子顶在上面。一小碟淡绿色的糊状物。

"今天牛油果又打折了？"小胡边清理着地上的碎头发边问。

"没有。就买了俩。"小敏正往桌前摆放两张小板凳。

"又不是不吃不行，干吗不等便宜了再买。"小胡侧过脸看了太太一眼，口气听起来是责备，却并不重。

我知道他们在老家有个准备高考的女儿，跟着小胡父母住。未来把孩子接出来是他们最大的心愿。

我看小敏当着外人受了责备脸色有些灰暗，便找话问他们可习惯这洋食材的味道。

"拌白糖当甜点吃，老好啦！比放盐强。"小敏舀起一勺伸给我让我尝尝，我谢绝了，说回家也试试。

放盐、放糖我都试过后，还是执拗地钟情于 Chiko 那芥末与生抽的搭配。

在洛杉矶的第一个圣诞节，我接到了 Luke 和他太太 Mimi 的圣诞前夜晚餐邀请。年过七旬的 Luke 是已故著名女作家谢冰莹的儿子，个子不高，精瘦挺拔，没有一点儿老年人的臃肿与疲态。在一位国内文友的引荐下，我刚到洛杉矶不久，他便从海边开车一个小时去我的公寓相见。棕黑相间的格子棉布衬衫，整齐地掖进洗得发白的牛仔裤里，很短但浓密的灰白头发像个精神的小帽盔，熨帖尽责地盖在头顶。尤其让人舒服的是他脸上那谦逊而安静的微笑，露出一口极整齐密实的白牙，像牙医广告招牌上的那样完美。我们立在我公寓楼下街边互相打量了半分钟，像确认过眼神的久别重逢的故友，不用多说话就默默地把对方放上了值得信赖名单。

那晚我不仅得到了 Luke 签名的谢冰莹代表作《一个女兵的自传》，还吃到了他一手调制的"guacamole"——地道墨西哥风味的鳄梨酱：把鳄梨打成酱状，撒入盐、柠檬汁、洋葱碎丁、香菜末儿，搅拌均匀即可。"你抹在这玉米脆片上吃。这是最正宗的鳄梨的吃法。当然，南美人也用它加糖和奶油做冰激凌甜品。"Luke 不是个话密的人，好听的普通话字正腔圆。Mimi 还传授给我一个让生鳄梨变熟的小窍门：用纸包起来，在室温下放几天，再硬得像石头的果实都会逐渐变软，趁它捏起来还有弹性赶紧食用。Mimi 来自台湾，有点儿嗲的口音让她听起来永远像个小女生："要多吃这个哦，尤其对咱们女生皮肤好呐！"

我后来读到美国一期科学杂志就鳄梨的营养成分做过的分析：鳄梨肉含有 73% 的水、15% 的脂肪、9% 的碳水化合物和 2% 的蛋白质。100 克的鳄梨有 160 卡路里，含超过每日所需 20% 的多种 B 族维生素、维生素 K，适量（10%—19%）的维生素 C、维生素 E 和钾。鳄梨还含有植物甾醇和类胡萝卜素，如叶黄素和玉米黄质。

牛油果尽管富含健康脂肪，但毕竟是高热量食物，不宜食用过量。一些鳄梨酱的食谱中也含有过量的盐，会导致钠摄入过多。

无论如何，这奇葩的鳄梨就成了我餐桌上隔三岔五的新欢。

5

公寓的阳台不大，每天都有灿烂的加州阳光带着笑容来访，像从不爽约的老友。某天早晨我走进阳台，惊喜地发现 Luke 送我的那株美洲昙花居然盛放了。不同于中国昙花的洁白，这白天也开着的昙花是桃红的。如果说前者美得像不施粉脂的少女，后者则是风姿绰约的丽人。Luke 喜欢种花种菜，后园里这株昙花已经与他相伴十余载。他看我不停地围着那挂着十几朵花的植物拍照，微笑着没说什么。不久，他选健壮的剪了几枝，插扦生根后开车一小时给我送了过来。没想到它真开了。

我兴奋地给这昙花拍照，打算发给 Luke 分享喜悦，忽然发现旁边那小盆多肉植物里居然冒出一棵小苗，直直的绿色小树干和火柴棍差不多粗细，却很有股不卑不亢的力道，头上顶着两个椭圆形叶片。我正在疑惑打量间，猛然明白那是前些日子顺手塞进花盆土里的一枚鳄梨核发芽了！

这小苗的生命力之旺让我瞠目——只几个月就高过了我的小腿。移栽到前租户留下的大陶盆里后，似乎为了回报我的关心，它像正在发育的孩子一样粗茶淡饭也挡不住抽个子长身体——清水、阳光、一盆土，是它需要的全部。我忽然对这小树心生无限爱意，它是那么谦卑感恩，不挑剔，不娇气，对有机会活成一棵树似乎无限珍惜。

一年后，那小树头上碧绿的叶片已经顶到了阳台粗糙的天花板。我试着打尖，剪掉一截。很快看到了斜生出来的两个旁枝。它仍是挺拔昂扬的，生长，生长，像个不知愁苦为何物的少年。"从成熟的树上剪枝插扦的 avocado，3—5 年就可以结果。如果从果核萌芽而来，就需要等 7—10 年。"公寓墨西哥园丁的话让我小有失望。显然，等不到那梨形果实挂在枝头，我就要结束工作回国了。

临走，我把那已经有小擀面杖粗的树送给了小胡夫妇。他们已经贷款买了一个带院子的平房。

回到北京，我看到售卖的鳄梨往往是在水果店而非菜市场，一枚枚摆放在纸盒里俨然是尊贵的稀罕物种，缺货时竟然 30 元一枚。网上不时有专家为鳄梨叫好：富含大量的不饱和脂肪酸，可美容养颜、改善发质、防止便秘。也有粉丝几十万的网红跳出来，澄清惊天大案一般义正词严地宣布："鳄梨既难吃又贵，还比牛羊肉含更多脂肪，百害而无一益。它之所以成为热销品，完全是墨西哥产地的成功促销。"更有甚者说鳄梨产业链之所以强大，是因为在当地黑社会的控制之下，"跟果农收保护费比贩毒收入还高"。

是因为跨洋运输让果实不再新鲜吗？在北京吃到的鳄梨确实不如在美国买到的可口。偶尔路过看到了，我会拿起一枚轻握在手，打量着它，不由得想，这在地球上经历了数万年风霜炎寒仍存活至今的果子，这从原始洞穴的火堆旁飞身到智能楼宇的餐桌旁的小梨，听到人类可笑的褒贬，如果可以开口说话，会说啥？

我那棵由果核变成的小树，算算，也该挂果当母亲了吧？

我怀念与鳄梨有关的日子，和散落天涯的朋友们。

这事儿要从住在洛杉矶的老约翰说起。他是我儿子 10 年前初到美国读中学时的英语家教，年轻时学英美文学，当过海军，离异单身，无儿无女。他开着一家只有他一个员工的小文化公司，承揽些宣传文案之类的活儿。据我观察，日子过得总是很拮据的他把挣来的钱都花在了两件事上：付房租，买书籍。前者是迫不得已，后者则是心甘情愿。他的家里只有一个再也插不进一本书的、顶到天花板的书架。可是地板、墙角、床头、所有桌面，满坑满沿儿都是书，摇摇欲坠。立在他家的书窝里，我总是既羡慕又自危，馋得步履难移，却又怕它们轰然坍塌。我戏称："您这哪是家呀，用我们中国人的说法，您这叫'坐拥书城'呀！"

坐在那个破旧得已经变形的长沙发上，跟我聊曾读或正读的书，老人总是快乐得像个拥有城池万千的国王。墙上有他年轻时的照片，那风流倜傥的青年如今已衰退成一株秋天的树，那一袭风霜却透着威仪与尊严。如果正好，冰箱里有半瓶白葡萄酒，那一刻便成了他这天主教徒的天堂。有时和他就某个不同观点讨论乃至争论，他会不以为然地微笑着眨一下眼，极具权威感地说："Not like that."（"不是那么回事。"）然后像个大学教授面对台下的学子，流畅地说出自己的理由，结束后仍是微笑地望向你，并不多想和你争执。那天我们聊到英国文学，听说我对毛姆情有独钟，他急切而准确地从茶几底下那堆书里抽出一本，兴奋地递给我，说是他刚从网上淘到的二手书，*On a Chinese Screen*。"一定告诉我你读后的感觉！"他热切期待的眼神让我不由得做了一个揣书逃跑的姿势，老约翰哈哈大笑，"可以再坐一会儿，我不管你的晚餐而已。"

最早读毛姆，始于《面纱》。刚读两页，便如饥饿者尝到美味一般舍不得一口气享尽。老想着，下一节得找个气定神闲的时机细嚼慢品。全书读完，我不由得掩卷叹息——看来天才的作家，绝非只靠囊萤映雪凿壁偷光的勤奋就可锻造。《面纱》既浪漫温情又残酷心碎，看似简单俗套的婚外偷情故事，却被他用手术刀和绣花针解剖再现得如此与众不同。

后来急迫贪婪地捧读《月亮与六便士》《刀锋》，这两部被某些评论家推崇备至的小说却令我微微失望。并非故事不吸引人，而是那个贯穿始终的讲述者"我"显得过于拿捏。且在两本书中，"我"都有些近似的脸谱化——本想置身事外做个潇洒过客兼看客，最终，却因好心或好奇牵扯进主人公的生活，见证一种不容于世的离奇人生。故事情节固然一如既往的曲折，读起来却有那么点儿疙里疙瘩，远不及行云流水的《面纱》使我陶醉。

无论如何，我仍是发自肺腑地爱上了毛姆，这位有着一张典型英国绅士酷面孔的作家，这位出生于巴黎、在德国受教育的法国人，可谓恣肆洒脱地度过了一生，浪漫不羁、传奇无数，是所谓把一生活成了几辈子的幸运儿。本是学医的他，23岁就发表了处女长篇小说《兰贝斯的丽莎》。一战爆发，他赴法国成了战地医生，大概是智商奇高机敏过人，被选派做了英国情报特工。然后又踏足政界，斡旋俄国退出战争。简直是一个会写小说会拿手术刀的詹姆斯·邦德！他被英法大学授予"荣誉团骑士"称号，更是英国女王钦点的"荣誉侍从"，却从不恃才傲物，认为自己不过是个"较好的二流作家"。

战后的他开始大量地旅行，从南太平洋到远东，甚至到了他眼中神秘至极的中国。学医的经历、法国文化的熏陶、世界各地的游走，让英国的毛姆成了世界的毛姆。从不感兴趣文学的所谓社会批判功能，曲折的故事、离奇的情节、离经叛道的人物才是他孜孜以求的写作目标。他认为真实的生活比任何虚构都更有魅力，"任何有理智有头脑的作家都写自己的经历，因为唯有写自己的经历他才最具权威"。他也多次惹恼了朋友，因为他们发现自己成了他小说中的人物原型。

小说《面纱》和游记《在中国的屏风上》正是他在游历中国后完成的。

与年轻时就有缘邂逅《面纱》不同，这部《在中国的屏风上》却似在冥冥中故意潜伏在某处，直到我人到中年才在老约翰的书屋偶遇。

On a Chinese Screen，有人直译成《在中国的屏风上》，有的则引申为《毛姆看中国》。那是毛姆 1919—1920 年在中国的游记。篇幅都不长，有些甚至不足一页，边读我边惊异地发现，作为一个生活优越声名鹊起的西方作家，对那个贫弱时代的中国劳动者，他竟持有那么真挚的同情和悲悯。

除了在城市漫步，毛姆喜欢去中国的乡野信步。远远走来几个做挑夫的苦力（coolie），他细细打量着他们身上那被统称为蓝色的衣服——那是外延多么宽泛的蓝色啊，从深色的靛蓝、松石的绿蓝，到淡得如牛乳一般的浅蓝，各不相同。即使刚好上衣与裤子同色，那磨破了的需要打块补丁的地方，绝不会是完全相同的颜色。不难想象，这个立在田边的洋人看新奇的同时，也被路过的男女老幼好奇又小心地打量着。高鼻深眼的他只微笑装作不知，看两个胖子威风十足地被轿子抬着走过，他估摸四个干瘦的轿夫加起来也不足一个胖子的分量。挑担的苦力们自动站定，低眉顺眼地侧着身子略弯着腰让路。有时路窄，还不得不迈进水田里以回避。轿子远去后，挑夫们相跟着继续走着，扁担在肩头有节奏地颤着。小路蜿蜒，畦垄如棋盘一般整齐，他们细瘦的身体、直长的扁担、绷紧的棕绳，像最不雕琢的艺术构图，加上倒映在水里的影子，那么简洁明快。他看得入了神！这劳动者用身体和大自然共同描绘的景象，远比在欧洲美术馆看到的名画更令他赞叹唏嘘。

中国的自然风光毫无疑问是美的。但他的眼睛似乎总下意识地被那些底层的劳动者吸引。他知道，别说担起来，如果谁想试着拎一拎那些他们一口气挑了30英里的担子，怕只能情不自禁地对挑夫们的耐力和精力佩服不已。听到他的赞美，有些阔绰的中国人完全不以为然："他们就配干这个。"他确实看到有些七八岁的孩子就牵着比自己还高的牛驮运货物。

他去参访古寺，在破败的庙墙外的榕树下，他看到他们在歇脚，抽根劣质烟，舒口气，聊会儿天。天气渐热，他们会把上衣脱下来光着膀子赶路，许多人肩膀上都有一块磨得红亮的茧疤，有些甚至还没有愈合，流着脓血，也没有任何包扎，就那么任木扁担在上面压迫磨蹭。他好奇，如此生存是否会导致身体的变异？有些茧疤，已经厚得高出身体，像驼峰一般鼓着包。他不知道他们是否早明白了活着就得逆来顺受，抱怨没丁点儿用，就连四平八稳坐下歇口气的工夫也是不敢奢望的。"他们会把货物放在地上，扁担仍横在肩上，半蹲在那儿停留片刻。你会看到那乏累的心脏紧贴在黄瘦的肋骨下跳动着，就像你在外科的心脏手术室看到的一样。那真是令人心酸的一幕！"

他鹰般的眼睛打量着那陌生的土地，更用作家的敏感之心真诚地体味着那风一样偶尔与他擦肩而过的生命。他走过田间的低矮农舍，一路寻到城门，到了城里，映入眼帘的是一群瘦弱黧黑的孩子，正在追着一只瘸腿的狗向它扔泥块。两个身形敦实穿长袍马褂的绅士立在路边儿聊天，各自都架着鸟，他们一边给宠物放风，一边有滋有味地品评着爱鸟。那鸟儿不时伺机腾空而起，但只能飞到牵着的细绳的尽头，很快又落回到那木架上。"那两个男子微笑着，看着鸟儿的眼神是那么温柔。"

即使暮色四起，他仍在街头徜徉漫步，像个外星人好奇地望着身边经过的人、马和车。踏着沉稳的节奏，毛色光滑的骡子拉着车缓缓走了过来，亮蓝色的罩顶子，带着铆钉的大车轮。车夫的两条腿垂在车辕下。太阳下山了，把一道红晕投放在庙宇那奇异陡峭的黄色檐脊上……他不由自主地想象，车篷下，是谁两腿交叉着坐在那里？也许是一个满腹诗书的学问家，正在赴朋友之约，期待着纾解盛世不再的郁闷或沉浸于说古论今的慷慨；也许是一个着丝袍佩玉饰的云鬓雾鬟的歌女，正前往一个 party，在那儿，她会美目顾盼吟唱一曲，坐定后就着香片茶，和有品位的同侪妙语畅谈。"骡车在渐浓的夜色中走远了消失了：它好像驮负着东方所有的神秘。"

"天才固然可羡，一个有着发自肺腑悲天悯人情怀的人则可敬。"此书读完，和约翰交流心得，他和我击掌称快，说，"哈，遇见同道（soulmate），真是开心！"

如果说一个人一生所遇所获全由天定，似乎有些宿命，可有些机缘之巧合却还真是匪夷所思。

是泉下有知感应到我这中国女子的真心敬慕吗？时隔不久，毛姆再次与我在一家不起眼的旧货店邂逅。

我一向对旧物着迷。在我眼里，那旧画破壶老木椅，上面都笼罩着一层用手触摸得到的东西，那就是打败人类无敌手的光阴。旧物让来无影去无踪的时光看得见摸得着。或把玩摩挲，或相对无语，光阴那已经远去了百年千年的足迹，不觉间已被拉到了眼前。那天，我开车去郊外农场买刚下树的橙子，荒野路边，居然有一家古董店赫然映入眼帘，叫作"Antique in the Barn"（谷仓里的古董）。我好奇地停车走进去，在那里似乎集中了世界上所有风马牛不相及的破烂旧货，一个放烈性酒的粗糙板条箱里横七竖八摆放着几十本书。

我蹲在地上逐一翻检着，猛然看到那个熟悉的名字：W. Somerset Maugham（毛姆英文名）。那是一本大16开的册子，绛红色的布壳封套已经褪了色。出版于1963年，封面是一幅毛姆的画像，跷着腿坐在那里的他，姿态放松，目光犀利，即使他并没望向你。再看那书名，我不禁微笑起来："*Purely for My Pleasure*"，意思是：纯属自我取悦。书名下是一行简介：38幅全彩油画复制品，均来自毛姆多年收藏，同时配有他的画评和收藏故事。其中世界知名的艺术家包括毕加索、马蒂斯、雷诺阿、高更、莫奈、罗特列克。

我找到价格，原价50美元，五折处理。25美元！

回家迫不及待地开享这艺术大餐，我不禁再次感谢上天眷顾——那些收藏背后的故事离奇得毫不逊色于他的小说。人尽皆知，《月亮与六便士》是以画家保罗·高更为原型创作的，可有谁知道，为了得到更多素材，上大溪地岛（Tahiti）寻访高更生前认识的人竟让他意外获得宝贝。我有时想，是由于没有家室之累吗？（他曾在年轻时有过短暂的婚姻。）毛姆一生都在路上，那说走就走的旅行让同时代的许多作家都羡慕不已。打听到大溪地岛某个树林中有个小木屋，高更病后曾在那儿休养过一段时间，毛姆上岛后便租了辆车，约上一个朋友前往。待看到那小屋后，他下车沿一条小路快步走过去，远远看到门廊下有"半打"孩子在嬉戏。一个男人，貌似那群孩子的父亲，走了出来，听明来意后让陌生人走进去。毛姆的眼睛不由得亮了，他盯着颓败的小屋上那三扇门呆住了：那门很普通，下半部分是木头，上半部分则是几块长条形的玻璃镶在木框上。其中一扇门的玻璃上有一幅画：裸着上身裹着牛乳色短裙的夏娃，侧立在一株开着白花的树下，手里握着一个苹果，目光恬静地打量着来者。他一眼认出，那正是高更的画！另两扇门的玻璃则一片斑驳，只有依稀的画痕。"我的孩子们刮掉了两个门上的这些东西，正打算刮掉第三扇门上的。"缓过神来的毛姆问他是否可以把这画卖给他。对方毫不在意地说："可以啊，但我总得有个门才行。"毛姆问他要多少钱买一扇新门，他说200法郎。于是作家当场付钱成交，把那门卸下来，带到车上运回了帕皮提（法属波利尼西亚首府）。

故事够意外的了，可是还没完。到了晚上，正在沙发上啜着红酒欣赏夏娃的毛姆听到有人敲门，却见一个陌生男人立在那儿，嗫嚅着说那门有他的一半，因此他也得要200法郎，除此之外似乎没有更多理由。"我很愉快地给了他钱。请人把那门的木头部分锯掉，用尽心思小心翼翼地把那玻璃画包好，先运抵了纽约，然后是法国。那画色彩很淡，但是那么迷人。我把它挂在了我的写作室。"

腹有才华，心怀悲悯，懂得艺术，走不凡人生路。毛姆这样的人，即使无缘相见，作为一个读者，想不爱都难。

毛姆活了91岁。发现自己更钟情于同性后，与一位男友相伴至永远闭上眼睛。那些画作也都留给了那位同性知己。毛姆的人生可谓与他书中许多主人公一样精彩传奇。我很好奇，是他的才华造就了他的勇敢，还是勇敢壮健了他的才情？

1

吃过早饭，我上楼换衣服。洛杉矶 3 月初的天，仍有寒意。我边
沿楼梯往上走，边默默提醒自己：黑色，黑色。找出黑色衣物，
参加在美国十年来的第一场真正的葬礼。

我从抽屉里找到一双黑色高筒丝袜，打算配那件黑色无袖羊毛连衣
裙，外面搭黑色西服上衣。已经六七年没穿正装了，更不会碰丝
袜。那天的葬礼好像就从丝袜套上我的脚尖开始，一截一截往上
撸，脚踝、小腿、膝盖、大腿，不知是我长胖了还是丝袜缩了水，
我两手忙活着又拉又拽，只见一道刺眼的光一闪——用力太大，
丝袜生生破开了一条口子。再换一条，仍是非常吃力，我心中甚
至生出了放弃穿这劳什子的念头。

可是这念头像微细火花，刚燃亮就被我掐灭了。今天，别说穿黑
丝袜，就是再不舒服的铠甲，我也要披挂好，因为，我要送别的是
迈克，那从不跟任何人提任何要求的好人迈克！

得知他的死讯已有一个月，我不止一次想象他躺在殡仪馆冰柜里的
样子，可我仍不敢相信，或者说不愿接受他死了的事实。我读书、
写字、做饭时会想起他，做瑜伽和跑步时脑海里也总不由自主地浮
现出他那眼皮极双的大眼睛和缝隙很宽的雪白门牙，他一如既往地

安静无辜，目光充满信任与友善。我想不通，一个本分厚道、从不与人争抢的人，为何偏要早早地被召唤到另一个世界？

黑色的噩耗来自山野披上新绿的初春。那个午后，我正在和两位老朋友在距家不远的山上远足，接到不会讲一句汉语的华裔女友玛丽安的信息："我不得不告诉你一个悲哀的消息，咱们的朋友迈克去世了！"

我惊讶地张大了嘴巴，甚至怀疑自己是否理解对了这简单的英文——"Mike passed away!"

"没错，'passed away'没有别的意思，就是'死了'。"两位顶着白发的朋友正拄着登山杖沿着窄小的山路往下走。他们都是年过七旬的老人，亦都为人父母，听说我刚刚死去的这位朋友只有53岁，都不由自主地停下脚步，唏嘘着面有哀容。一位望着不远处刚有新芽萌生的橡树说："太悲哀了，他父母得多么心碎啊！"

我认识迈克不过四五年，与他交往相处的时间也很有限，我们俩都话少，在一起说过的话超不过100句，但我却似乎看到我人生的背景墙上又多了一个空洞。从我少年时失去慈爱的外祖父起，越来越多我认识的人离开了。熟识者的死，总让我沮丧，甚至绝望，除了失去同伴的悲哀，还有生而为人的恐惧——我们是多么脆弱，不管白天黑夜，无论天涯海角，越来越多与我们有关的人像站不住的木偶，突然倒下，长眠不醒。随着时光的推移，逝者与他熟悉的角落被人们的记忆渐渐铲除，直到与人世再无一点儿瓜葛。这个世界仍旧像台巨大冰冷的机器，没心没肺地轰鸣运转。

如果用树来形容寡言沉默的迈克，我愿意将他比作一棵中国的枣树，不起眼地立在荒野，再极端的天气它也能咬牙生存，即便开花也不炫耀，只有小米粒大小，却默默地孕育，奉献出甘美的果实。如果说彰显个性、追求自由、及时行乐是美国人的普世价值观，那么迈克是我认识的美国人中最不像美国人的。他虽出生在美国，可血液里流淌着的是纯朴厚道的墨西哥先人的基因，就像每个周末来我邻居家后院割草的墨西哥大叔。你可以形容他是一块石子，一棵小草，一片树叶，一滴水珠，一粒沙子，在所有最普通最大众的东西身上都能看到他的影子。他理所当然地视自己为这世界的点缀，随和如风，沉静缄默，尽职尽责地做着分内的儿子、兄弟、朋友、员工。

"He is a man of a gentle soul."（"他是一个有着高贵灵魂的男人。"）玛丽安同时发来一张她手机里存着的迈克的照片，感叹说这个朴素如水的男子，三个月前出发的时候还与她道别，此刻却在远离父母亲人的地方永远地闭上了眼睛！身边唯一的陪伴是与他形影不离的小狗露茜。

初识迈克是在这山谷小城的保龄球馆。他本来与兰德尔、杰伊、玛丽安四个人一队，可由于玛丽安要照顾将做膝盖手术的老公，那个赛季不能参加，而球馆要求每个球队至少有一名女性，于是我便被我的房东杰伊游说成了替补。每个球队可以自由命名，因为兰德尔总是迟到让大家等，所以玛丽安提议他们这个队干脆就叫"Where is Randal？"（兰德尔在哪儿？）。

"不用担心你球技不如别人。根据你的实际水平，你可以得到弱势补偿（handicap），也就是额外加分，好弥补你与高手之间不公平竞争的劣势。"杰伊是个好脾气的软件工程师，他和迈克、兰德尔是发小儿。

"我可记得杰伊满头金发的帅模样儿！可惜，现在他的大光头比我的还亮，哈哈哈！"兰德尔显然是三人中的灵魂人物，他高大魁梧得像飞人乔丹，祖上来自亚美尼亚，秃头秃脑，嘴巴和鼻子间留着一撮黑色小胡子。他声音洪亮、爱说爱逗，只要有他在，永远不会冷场。兰德尔子承父业，与太太和大儿子一起经营着洛杉矶威尔士大街上的一家法务公司。本就自我感觉良好，随着生意越发兴隆，兰德尔的底气越发冲天，好像全天下没有他搞不定的事。"昨天我又超速被警察抓到，可我拿出那给法院急送的文件，那哥儿们就把我放了。多够意思！"大家都对他仗义又爱吹牛的性格习以为常，跟着笑笑而已。

三人中杰伊最小，47岁了，终日与电脑相伴的他人缘特别好，灰蓝的眼睛里总带着与世无争的微笑，谁有需要他都主动搭把手。

迈克最让我感觉亲切，因为他那墨西哥裔的五官让我怎么看都感觉像中国人。他只比兰德尔矮一点儿，也是肩宽胸厚相当健壮，总穿着褪色的蓝色或黑色圆领 T 恤和运动短裤。望着他那浓眉大眼、高鼻厚唇，尤其是黑而直的头发和黑亮的眼珠，要说他是个肤色有点儿深的中国人我一点儿也不怀疑。杰伊告诉我，迈克是第二代移民，父母年轻时从墨西哥越境跑到美国"黑"了下来，一口气生养了七个孩子，他是老小。难怪兰德尔总搂着迈克的肩膀叫他"beaner"，那是美国俚语，是对墨西哥裔和西班牙裔美国人的歧视性称谓，因为他们爱吃豆子。可是迈克一点儿也不恼，仍是表情憨厚地立在那儿，丝毫不觉得不妥或被冒犯。

"迈克，听说你在海军陆战队当了 7 年特种兵，你的枪法很准吧？"打球间隙，我好奇地问坐在休息区的迈克。他正不声不响地喝着一小瓶科罗纳，每次打球他都在球馆一角的小餐馆买上半打，放在小桌上，队友谁想喝就开一瓶。

"还行吧。"轻声说罢，他略有一点儿不好意思地望着我，似乎过多谈自己令他难为情。

打保龄球的人有个习惯，每当同队或对方队友打了满贯，其他人都会与之击掌相庆。迈克仍是比别人慢半拍的样子，无论自己还是别人击出了好球，他都表情沉静地泰然如常，好像他既羞于接受别人为自己喝彩，也不习惯借他人的幸运大呼小叫。有一次，我记得他接连两次打了豁牙球——中间的瓶子被打倒了，只剩一左一右两个保龄球瓶，像个豁牙——在别人同情的惊呼声中，他也是蔫蔫地微笑着，眨巴着大眼睛，在众人注视下，沉着地用他的旋转球准确无误地把其中一个击倒，干净利索得像从不失误的神枪手。

每周打球时各队都与另一个队分享同一球道，所以两队也是临时的对手。看着屏幕上的比分，但凡我们领先，争强好胜的兰德尔就摩拳擦掌，开心得把嘴咧到耳根；一旦落后几分，他就阴沉着脸，一副天塌下来的表情。我这新手虽然极力想打好，可有两次球都滚到了旁边的沟槽里，我窘迫难堪得脸都发烫了，尤其是看到兰德尔那失望的脸，有点儿后悔参加了这球队。

"丢球的时候不要转手腕儿，直着丢下去，只给它一个往前走的力。"迈克望着我，抓起球架上一个保龄球给我示范，仍是不疾不缓地轻声说，友善的脸上是真心的关切。

再轮到我，我尽力按迈克说的去打，居然打了个满贯，所有人都给了我鼓励的掌声。兰德尔甚至大步走到我身边给了我一个拥抱，大声说："This is my girl!"（"这才是我的女孩！"）

我望向迈克，他仍是安静地立在那儿，脸上是欣慰的微笑。

兜售乐透票的那位老先生看到我这新来的，上前热情地打招呼："姑娘，你喜欢这保龄球吗？"我听得出他浓重的南方口音。

"某种程度上挺喜欢的。"我说道。

不知道是我的中式英语（Chinglish）发音不够标准，还是老先生耳朵背，他扬着眉毛大声问："你说什么？"

"她说：某种程度上（to some extent）。"迈克悠悠地替我解围，目光柔和地望望老人，又望望我。

他仍像一座小山，稳稳地坐在那儿。眼睛和脸上的表情忽然让我看到了童年的迈克，一个健壮微胖的小男孩，不多言不多语，总安静好心地观察着他所在的世界，在需要他的时候，不需要吩咐就懂事地上前相助。

我就是那么喜欢上了迈克。

"你听说过吗？迈克，你们墨西哥的玛雅文化与我们中国文化有相通之处，有考古学家发现，除了有相近的玉刻玉雕，玛雅人的文字与中国西藏文字有许多共性，说不定你的祖先是从中国去的。"跟迈克聊天，让我心安自在，没任何顾虑。

"很有可能啊（Very likely）。我有两个朋友去了趟越南旅游。当地人认定他们是越南人，说长得太像亚洲人了。"他仍是憨厚地望着我，那脸上的笑意不浓，却很暖，像一盆没有火苗却让人浑身热乎乎的炭炉。

2

和杰伊一样，迈克也是单身汉，但有一个名叫安吉的女人与他同居过一阵。

那年春天，保龄球馆组织去拉斯维加斯打球，那是我第一次见到安吉。她个子不高，丰满得像只笨拙的大胖梨，可一双灰蓝的眼睛却很好看。是感觉别人都不喜欢她吗？安吉脸上、身上有一种她想遮掩的自卑和怨怒。看到别人对她或多或少或明或暗的疏离，想到她是迈克的朋友，我主动跟她搭话。在一起吃自助早餐的时候，听说我有个儿子，天然的母性让她大方起来，光彩焕发地说她有五个孩子，来自三个爸爸，并给我看他们的照片。我们聊到迈克，她脸上显出几分不自在，"他是个好人。我们也认识好几年了，可是我知道他的家人和朋友都不喜欢我，说我是挖金者（gold digger，占便宜的人）。我也没闲着啊，除了在发廊打工，还去美甲店兼职……对了，你要做头发可以找我。"她灰绿色的卷发披散在脑后，从样式看不是出自高级发廊。

我问性格和善像天使的杰伊："为什么你也不喜欢安吉？"

他微笑着说并不讨厌她，只是有一次安吉打球时球掉沟里了，他在旁边看着"噢"了一声，安吉就恼怒地沉着脸，一副被冒犯了的样子，从此就再也不搭理他了。"我其实一点儿也没有嘲笑她的意思。她好像特别敏感，估计也就只能跟迈克这老好人相处。"

有一次我和杰伊去超市，一个坐着轮椅面容慈祥的老太太跟他打招呼，他说那是迈克的老妈。"他妈真不容易，生了七个孩子。迈克现在是这个大家庭中唯一的男孩了。"

"为什么现在是？"我好奇地问。

"他有一个比他大几岁的哥哥，年纪轻轻就死于心脏病。他哥也从未结过婚，女友为他生了个儿子，可那孩子好像早早就夭折了。"杰伊一向不爱打听别人的私事，语焉不详地说着，中间夹杂着许多"我也不知道"。

"迈克都快 50 了还没成家，他家人可想而知多着急。安吉虽然收入不稳定，可已经生过五个孩子，如果跟了迈克，为他生个一男半女的也不错，至少他家有香火了。"想着迈克母亲那不无忧虑的脸，我说。

"问题是迈克也不认为安吉是他想结婚的人。有一段时间安吉可能觉着没希望，就搬走了。可后来又丢了工作，没地方住，迈克看她可怜，又收留了她。"

一说到迈克，杰伊温和的脸上总浮现出舒眉展眼的笑，透着发自肺腑的亲近。他们都是不善社交也不喜社交的单身男，都心地善良、从不与人计较，就连对狗猫也从不抬高嗓音，对金钱更是没有概念。年轻时，穷得叮当响的他们都迷上了打高尔夫球。杰伊说，那时他刚工作，被暂停了驾照，因为他加班后在回家的路上开车打盹，连人带车撞上了隔离墩。那阵他上下班全靠公交车。"每到周末，迈克都开车先接上我，然后去兰德尔家会合，去 30 英里外的球场打球，半路上找个地方吃个汉堡。我们一起打了 3 年高尔夫，直到迈克开始为电影公司工作经常离开加州。"我可以想象，自小母亲早逝、父亲与弟弟生活在遥远的他州，在杰伊眼中，迈克就是手足情深的兄弟。

这哥仨毕业于同一所中学，却开启了完全不同的人生之路。杰伊去读大学。兰德尔逼老妈退休，接手了父亲的公司。迈克想读大学，可家里经济条件不允许，于是他懂事地去当兵，为的是得到美国退伍军人可以享有的士兵福利（G.I. Bill），包括退伍后大学学费的免除。

科威特、阿富汗、巴基斯坦……不同于别人的三五年混个退伍身份，他在海军陆战队一待就是 7 年。退伍后如愿读了个会计专业，先是给小公司打工，极为偶然地受聘到好莱坞一家电影公司。他认真、踏实、话少，在是非很多的娱乐圈，可谓一股罕见清流。在许多电影公司的争相雇佣下，他开始了常年离家在外的生活，电影在哪儿拍，他就跟到哪儿，常常一走就是半年，甚至更长时间。

他每次回来都要和杰伊、兰德尔聚聚，吃饭的地点不是披萨店就是烤翅店。吃什么不重要，只要有朋友有啤酒，于他们就是天堂。有一次他们想尝尝新开的一家中餐馆，让我也去。"我们不会点中餐，你做主！"兰德尔仍是唱主角的那个，数他话密，数他声高，讲他一家刚去佛州看的赛车他赌赢了，讲他儿子的同居女友如何不懂事、住在家里连个鸡蛋都不买，讲他妹妹的前夫离婚好几年了还总去他家……无论谁说话，迈克总是一如既往地好脾气地听着，瞳孔亮亮地望着对方，不时慢悠悠地呷一大口啤酒。好像他从没出过门，好像他离家在外的一切都没什么可说的。

"露茜怎么样？"兰德尔终于打住神侃，扭头把一只胳膊搭在迈克结实的肩膀上，亲热地问。

"挺好的，她是个好女孩。"迈克脸上露出开心的笑，却没有说下去的意思，我头一次留意到他门牙中间的缝隙有点儿宽。

看我好奇的样子，杰伊笑着说露茜是迈克的狗，已经 12 岁了，他无论去哪儿都带着她。

"露茜是他的情人，给艾玛看看照片！"兰德尔吃了盘子里最后一个虾仁蒸饺，鼓着腮帮子说。

那是一条沙皮狗，灰黑相间的皮色像一块洗旧了的毛毯，圆滚滚的身子下像板凳一样支着四个小短腿，皱皱巴巴的脑门儿，一点儿也不好看，可要说丝毫没有打动人心之处也不公平，它皮肉下坠的脸上是一双忧郁无辜的黑眼睛——水汪汪的，亮晶晶的，像眼泪随时都可以流出来的那种忧郁，让稍有同情心的人看了都想抚慰它一下。我常听人说宠物和主人的心性是相互映照的，这话我以前很是怀疑，但那一刻我相信很有道理，至少，完全适合露茜和迈克——他们的良善本身就是柔软的铠甲，让人不忍心伤害。

"我保证，自从你收养了它，它一天也没离开过你。那时它也就三个月大？"兰德尔说。

"三周。"迈克望着手机上的露茜，眼里一片柔情和慈爱，像望着自己的孩子。

不久杰伊过生日，收到了两张礼品卡，一张是星巴克的，来自迈克，另一张是山姆会员超市的，来自兰德尔。美国人并不送重礼，逢生日或圣诞，朋友间互赠也不过三五十美元的礼物。

"艾玛，你不是喜欢星巴克咖啡吗？走，我请客。不对，是迈克请咱们！"那个周末杰伊兴冲冲地开着车拉我去离家不远的超市，那里面有一家星巴克。那穿着好看制服的收银小哥拿着杰伊那张卡刷了一下，扭头说："你这卡里只有5美元，需要再补4块5。"

我惊得下巴都要掉下来了——迈克送的礼品卡里居然只有5美

元?！杰伊虽然也有点儿意外，却丝毫不愿去多想为什么只有5美元。他补足了余额，端着那加了冰块的卡布其诺喝得开心，好像那根本不是一个值得花费脑细胞去想的问题，当然，这让我大感不解的一幕也丝毫不会影响他对迈克的看法。

不久兰德尔来借杰伊的皮卡，他要去郊外的苗圃买两株牛油果树。"你知道吗？迈克把安吉赶走了。哥们儿，为了你！"

"怎么可能？我可从没跟迈克说过安吉一个字的坏话，倒是你和玛丽安，成天念叨让他离开她。"杰伊一脸困惑，脸上仍带着笑。

"你记得你过生日时迈克给你的星巴克礼品卡吧？居然被安吉调了包。迈克是多么心细的人啊，他有一天突然发现安吉用的星巴克卡上有他亲手标上去的符号'J'，那是你名字的首字母。"

安吉想必知道杰伊为人单纯，遇事总大而化之，更不会去追究那卡的面额，趁迈克不留意，悄悄把自己的5美元卡替换了迈克的50美元的。

杰伊听罢宽容地笑笑，并未责备安吉。

我决定在后院搞一个中式晚餐聚会，请这哥几个尝尝地道的中国美食。因为自知厨艺有限，我请了好友凯丝来助阵。她来自美食之乡广州，盐焗鸡、叉烧肉都做得相当正宗。

那是一个春天，后院的果树们都绽放出漂亮的花朵，小巧轻灵的蜂鸟箭一般飞来窜去地忙着采蜜，似乎李子、桃、杏、柠檬很快就结满枝头。吃喝尽兴，兰德尔非让我教他们玩中国麻将。

"迈克学得最快，别看他不声不响……"凯丝看他们不时诈和，笑得喘不过气来。她 40 出头，一双凤眼总笑眯眯的，说话温声软语，体态娇小可人，非常具有东方韵味。

"别忘了，他是跟数字打交道的呀！"杰伊故作不服输地说。

散场后，迈克最后一个离开，他坐进车里，摇下车窗道再见。我说，以后会多搞这样的聚会，希望他能来。他不疾不缓地说："我还以为你要把凯丝跟我勾连上（hook up）呢。"他本来想说得轻松戏谑一点儿，可那微黑的脸上仍是厚道认真的表情。我说："我倒想呢！可人家凯丝有个相处了 5 年的男朋友。""说真的，我喜欢中国女孩子，她们心好、顾家。"他摇上车窗，挥挥手，走了。

事情过去了，可我却记住了迈克的话。

一个月后，我的好友 H 从北京来小住。她是我一本书的责编，离异，手巧，心善，虽然比迈克大四五岁，我仍不想放弃万一的缘分。刚好迈克约杰伊去远郊参加草莓节，于是我们四人便开同一辆车前往。在那露天集市上逛来逛去，我们看得眼花缭乱，几乎没有说话的机会。而且男女想看的东西不同，最后我们身不由己分成了他俩和她俩。太阳偏西了准备离开时才在车里相会。

路上不过 40 分钟车程，迈克听不懂一句汉语，H 英语讲得磕磕绊绊，而且我俩坐在后排讲了一路中文。

暗中期盼的丘比特没有出现。

某天，已故女作家谢冰莹的儿子贾先生约我去他家吃饭，他太太咪咪问我是否认识不错的美国男人，她有一位在银行工作的女同事，丧偶多年，正在找男朋友。照片上的女士不仅面容姣好，气质也知性而明朗，我欣喜地想到了迈克。

那个周末，在保龄球馆，我兴奋地把银行美女的照片给迈克看。"不错吧？"我有些喜滋滋地问。他安静地打量了一会儿，点点头，望着我的大眼睛中有藏不住的满意与向往。"哇，性感女人！"（"Wow, hot lady!"）兰德尔也凑上来抢过手机咂嘴赞叹。我让迈克给我两张他的照片，我好发给对方看。他掏出手机，翻找了半天，才发给我一张。那是他的工作照，穿着灰细纹圆领 T 恤，外面罩件深灰夹克，背后的墙上是用铅笔工整标注了许多日程的挂历，画面是美国新式战机。说实话，那照片让我看了心里没底，因为上面的迈克虽然仍是浓眉大眼高鼻梁，方正的大脸和有棱角的嘴唇，却显得有些憔悴疲惫，灰灰的。

于是我趁迈克没注意，悄悄用手机拍了几张他的侧脸。想到那气质高雅的女白领，我发照片给咪咪的时候特意强调："这位迈克不上相，本人比照片好多了。"

"长得还蛮周正的，只是显得有点儿面老。是不是工作太累了？"咪咪祖籍上海，凡事都想得比较周到，最怕拿出一个差距太大的，让女友不悦。

好歹照片还是传过去了，对方答应见一面。我听了比迈克还开心，和咪咪一再打电话，商量见面的地点，最后决定我和迈克开车100英里去她家。可迈克忽然接到一个拍摄急活儿，离开加州去了得克萨斯，跟我说好两个月后回来就安排见面。

结果没想到，工作刚结束回来，迈克就出现了脚肿腿肿，他父母逼着他去医院。一查，说是糖尿病外加肾肿瘤！

住院治疗一段时间，他又回到保龄球馆，仍是安静从容的样子，好像病的是别人。我安慰他说我相信他没事："你一点儿都没消瘦，可见那肿瘤不是恶性的。"他点点头，笑笑，其实他已经知道结果，那瘤不是良性的。

"伙计，哪一侧的肾出了问题？"玛丽安那年长她15岁的老公布鲁斯是位须发皆白的老顽童。"两侧。"迈克仍是淡定地说。

"啊……你这家伙真走运。"本来预备了安慰一下，说句"肾有一个好的就行"之类，布鲁斯被迈克的回答弄得不知如何应对，愣了一下，从牙缝里挤出这冷幽默。

大家想笑又笑不出来，都望向迈克，他坐在椅子上，仍穿着那小帐篷一样的三个 X 的棉 T 恤和卡其短裤，脸上没有一丝愁苦和恐惧。我看到他的小腿和膝盖上有着许多深浅不一的疤痕。没有人知道那些伤疤的来历，因为他从不自诩英雄细数当年。

我没再提见面的事。迈克也没再问。

新冠疫情后，我回到了北京。

我偶尔和杰伊通话，他是唯一用微信的人，问及他的朋友们，他说兰德尔的小公司因祸得福发了意外之财，政府的资助让他这样的小企业白捡了上百万美元。"迈克被截掉了一个小脚趾，因为他的糖尿病并发症。"他们照样打球，商量着再去拉斯维加斯高兴一把。

我回到洛杉矶已是 2021 年夏天，急着采访，没再去打球，但不时听杰伊讲到他们打球的趣事：兰德尔决定减肥，参加了一个强化训练营。布鲁斯排了半年队，终于做了换膝手术。迈克没有参加今年的球队，因为不久他要去路易斯安那，有部电影要在那里拍。

"迈克的身体没事？"我问杰伊。

"应该是吧。你知道，他从不谈自己……"杰伊仍是一脸轻松。我暗想，美国的医疗技术可见真发达，我知道的另外几个患癌的熟人也都好好地活着。

那个黄昏，我正在为前院的月季剪枝，就看到一辆卡车轰隆隆地从街角开过来，停在了便道上。车门开了，一个健壮敦实的身影跳下来，原来是迈克，他来接杰伊去郊外射击场打枪。

"你回来多久了？中国的疫情怎么样？"他仍是少言寡语的样子，脸上真诚的关切却一览无余。

我打量着他，看到他明显比以前瘦小了一号，似乎脸色也更黑了，鬓角也添了白霜。

立在那儿寒暄了一小会儿，他和杰伊驾车离去了。望着他那皱巴巴的衣裤和越发黑了的四肢，我忽然感觉有些心酸，迈克这年过半百的老单身，何时才能有个伴儿？

我再次搜肠刮肚，想找到个合适的人选。可是又想，如果知道他一身的病痛，哪个女人还愿意见面呢？

我想，哪天不忙了，请他们哥儿几个吃饺子。可万万没想到，那是我最后一次见到迈克。

4

"迈克的遗体运回来了。一个月后在殡仪馆有告别仪式。"杰伊那天下班回来，面色悲戚地对我说，"用飞机运遗体很贵。好在美国电影业工会出了这笔钱。"

"你会去吗？"我问。

"你为什么问这个问题？我当然要去了。我是他的哥们儿！"一向从不说硬话的杰伊脸色有些难看地瞪着我说。我记得不久前他在得克萨斯州的父亲死了他都没去，他继母说没有葬礼，把人火化了就行。

"我不是说你不该去，而是担心看到迈克的遗容你会更伤心难过。"这是我的真心话，"我就不去殡仪馆了，我想记住他活着的样子。那天你们去射击，最后一次交谈……"

那天杰伊提前半小时下班，在厨房吃了一碗牛奶麦片，就匆匆往外走。"替我跟迈克道个别。"我说。他回过头冲我道了声谢就离开了。

晚上我在家看书，却心神不宁，想象殡仪馆里的场景，给杰伊发了信息问他是否顺利。

"最近由于疫情去世的人多，原定 6 点开始的告别仪式得等一会儿，前面还有两拨排着队呢。"

杰伊回来时已近 10 点钟。

"迈克躺在棺材里，穿着海军军服，白色大檐帽被他的双手捧在胸前。他像睡着了，随时可以睁开眼睛坐起来跟我们打招呼……我实在忍不住，哭了……我后来去拥抱了他的母亲。她坐在轮椅里哭得真让人不忍心看……我以后要常去看望她。"杰伊说着又红了眼圈，"葬礼明天早上 10 点开始。先去教堂祷告，然后去墓地。"

正说着，我接到了玛丽安的短信，她也刚从殡仪馆回到家，说她第二天有个重要签约，她就不能去参加葬礼了。"我太吃惊了，迈克身份证上的名字居然是米格尔（Miguel），这么多年来大家都以讹传讹，叫了他五十多年迈克！"

第二天一早，一向晴朗的天下起了小雨。汽车在高速上飞驰，灰云像大团吸了水的棉花，飘浮在天宇，像随时都可以坠落下来一样。我和杰伊都没说话，唱片里放着诺拉·琼斯的歌："I do not know why I did not come..."（我不知道为什么我不会来……）歌声空灵而惆怅。

半小时后，我们已经按导航到达那些凋敝破败的小城。立在路边的不是树，而是焦褐色的木头杆子，上面的电线松垮地低垂着，像被晾晒着的黑色毛线。街道很窄，两侧的房子无论是民居还是店铺都低矮简陋。"为什么选这儿？这是迈克父母熟悉的社区，许多墨西哥裔都住这一带。"

那个教堂也很不起眼，要不是大门的上部有一个彩绘的耶稣像，它还不如一个有钱人家的宅院气派。教堂门开着，外面摆着一束白百合与白菊扎成的花圈，有几个着黑西裤、白衬衣的男子站在那儿。"他们是抬棺人（pallbearers）。"杰伊小声说。路边已经没有停车位，我们开到另一条街上才停下车，走回到教堂。

兰德尔一家已经一个不少地立在那儿，包括两个儿子和一个女儿。第一次，我看到垂头耷脑地闭着嘴的兰德尔。他和小儿子约翰都穿着白衣黑裤，戴着黑色墨镜，肃立在那儿，像要执行任务。

我们互相点头，算打了招呼。

这时一辆奶白色的加长轿车缓缓驶到路边。在人们的注视下，那六位白衣黑裤戴白手套的男子走近前去。车后门打开了，露出一口木棺。六位抬棺者一边三个，把棺木抬到了早准备好的一个带滑轮的棺架上，一个教堂执事模样的黑衣人盖上一长条镶着金边的幕布。

"迈克！"我心中一沉，同时认出抬棺人中有兰德尔与约翰。

"为逝者抬棺被视作一种荣耀。约翰虽然不是兰德尔的长子，可迈克是他的教父。"杰伊轻声道。我们随众走进教堂里，看到长椅上已经有不少安静等候的亲友同事，只有少数人戴着口罩。

我们在后排刚就座，就听到音乐声响起。西班牙音乐一向是欢快明亮的，同样的乐器用来奏哀乐却悲凄异常。人们都起身面对过道而立。迈克的棺木在音乐声中缓缓被推进教堂。那一刻，我的泪水止不住地流了下来。迈克，我又见到你，没想到是阴阳两隔！

穿着白袍的神父在台上读祈祷词。两位好友上前读《圣经》。神父洒圣水在棺木和亡人亲属的头上。众人一起唱赞美诗。

兰德尔上台致悼词。他摘下还戴着的白手套，打开手中的几页纸，先是向各位来送迈克的人致谢。"……我和迈克不仅一起读小学，还是邻居。我小时候惹了爸妈不高兴，总是躲在他家待几天，等家人气消了再回去……21 岁那年，我听说迈克要去当兵，我也想去，我不想和他分开。可征兵的说不能保证我们俩会分在一起服役，于是我放弃了。7 年后，他回来了，成了让我羡慕的英雄。但我最佩服他的不是他的枪法，而是他的为人。我从来没见过一个比他更低调更谦逊的人。无论和谁在一起，他总是倾听者，从不说他自己……"我看到前排迈克的母亲已经开始拭泪。

兰德尔说，有一回他们去一个酒吧喝酒，与另一拨人发生了口角。"我们离开后就各自回家了。过了几天我看到迈克走路有点儿瘸，便问他怎么了。他说没事儿，一点儿小擦伤。我不信，撸起他的裤腿才看到他那条腿肿得足有两倍粗。我再追问，他才说那晚我们离开酒吧后，他被那伙人截住暴打了一顿……我逼着他去了医院，医生都吓了一跳，说伤成这样还不在乎的人太少见了。"

坐在我前排的雪莉叹了口气，她是兰德尔的太太，据说听到迈克的死讯，当即哭得泣不成声。

"我和雪莉还没结婚的时候，常约迈克在我家吃饭。有一次饭后他都离开了，我和雪莉拥抱着接吻，忽然听到窗外的大笑声：'我看到啦！'原来是迈克，他踩着梯子隔着窗玻璃冲我们扮鬼脸，待我追出去，他飞快地大叫着跑开……我常欺负迈克，有一回我们喝酒后回家，大半夜的我把车开得飞快，看到街上空无一人还把喇叭鸣得直响。一辆警车追上了我们，警察一边训斥我一边开罚单，我指着迈克说：'不能全怪我，他也有责任。'迈克只无辜地望着我笑……"说到这儿，兰德尔和听众都笑了。

"我父亲曾告诉我，如果你一生中有一个真正的朋友，那么你就是富有的。在我的朋友名单上，迈克是排在最前面那个。可是现在，迈克，你不玩了，你走了……"兰德尔哽咽着说不下去了……

哀乐再起。人们起立默哀。我望向教堂的穹顶，不知道木棺里的迈克的亡灵可曾目睹这一切。看到这么多人前来为他送行，他脸上一定又会是难为情的微笑。那个少了一个脚趾、坏了两个肾脏、彻底没有了心跳的迈克！

想到再也没机会为他找到一位心仪的中国太太，我的心猛然疼了一下，虽然我知道，恩厚如他，永远不会怪罪我。

灵柩再次被推出教堂，两名着海军军服的年轻人庄严地把一面美国国旗覆盖在上面。

灵车在前，后面随行的车辆都打着双闪排成一队，缓缓向墓地驶去，遇到红绿灯也不停，因为有两个骑警在各路口指挥放行。

圣佛南度墓地很开阔，如茵的草坪上，一块块贴地朝天的墓碑方方正正，像是亡人的名片。

迈克的木棺被停在一个早就搭好的绿色布篷下，旁边的两把折叠椅是为他力不可支的父母准备的。

人们小心避开脚下的块块墓碑，见缝插针般立在草地上，许多人披上带来的厚衣物，因为小雨夹着冷风又飘了起来。我忽然看到一块斜倚在新土上的铜牌，显然不久前刚被从草地上取出来。读上面的人名才猛然发现，那是迈克18年前去世的哥哥。"他们打算把兄弟俩葬在一起，既省了墓地钱，也让俩人就个伴儿。"雪莉也走过来，看着那铜牌跟我说。我蹲下身子，看着那上面的刻字："被深爱的儿子、兄弟、孙子、父亲……回家了。"时间显示这位比迈克大3岁的哥哥去世那年是39岁。

"哦，他曾和未婚妻有过一个儿子，活了三天孩子就死了。他到死也没结婚……"雪莉难过地说。

这时，一位海军士兵取出放在树下盒子里的小号，立正，笔挺地立在那儿吹奏起来。不同于在教堂听到的西班牙哀乐，这小号声在雨中清亮悠扬，仿佛我们所在的不是墓地，而是硝烟飘散的战场，那号声呜咽，哀而不伤，让那一刻的天空弥散着庄重与荣光。

我想记住那一刻，掏出手机开始录像，镜头移至棺木前，我看到了迈克母亲的脸。她胡乱地抹一把泪，抽泣着，看也不看地把大手绢塞给身边的木然的老伴儿。

我的眼睛又湿了。世间有多少父母能够承受两次白发人送黑发人的悲哀？

号声结束，两位身姿笔挺的军人一头一尾双手揭下棺木上的国旗，从一端开始折叠起来。那位军人叠得极慢极细致，直到将它折叠成一个墓牌大小的长方块，他双手捧着国旗，庄严地走到迈克父亲面前，蹲下，把国旗敬献给老人，抬头望着他说着什么。迈克的父亲长得和儿子一样，高鼻阔脸，浓眉大眼，只是须发皆白，脸上布满老年斑，最让我难忘的是他紧闭着的嘴角，向下垂着，像一弯残月。他尽量挺直腰背，不让失去儿子的悲伤淹没作为父亲的尊严，接过那国旗放在膝上，嘴仍是紧闭着，那哀伤无奈的大眼睛失神地眨了眨，随即望向面前的棺木，仿佛在跟里面的儿子说："我会替你保存着这面旗。"

"看，那不是安吉吗？"杰伊悄声跟我说。

一个身板挺直的女子正和旁边戴墨镜的男子交谈。我不敢相信那个精神抖擞的人是胖梨安吉，走近些，看到她的正脸，果然是她。

"嗨，你好！"看到我，她脸上浮起一抹自信的微笑。抹着淡紫色眼影，明显减肥成功的她，居然好看了许多。与别人一脸忧戚相比，她的眼角和眉梢甚至显出不合时宜的轻快。

"真让人意外，迈克走了……"我嗫嚅道，好奇地望着她。

"是啊……我们有过很美好的历史，所以，我今天特意请我的未婚夫一起来的……这是阿伦，我现在工作的美容院老板……"说着，安吉有意无意地提高了嗓门，抬眼飞快地打量着刚走过的一个眼睛红肿的女人，嘴角上扬，浮现出一个微笑，那笑像来自生活称心如意的满足。后来杰伊告诉我，那眼睛红肿的女人是迈克的大姐。

随后，人们走到树下，从一个笼子里捧出一羽羽白鸽，围成一个圈，同时放飞向蓝天。

那天晚上，我梦到了迈克，他敦实健壮一如从前，仍是不声不响地微笑着，眼皮很双的大眼睛透着孩子才有的快乐。他手臂里挽着的，是一位中国新娘。

1

如果有人问我，去一趟洛杉矶，有什么生僻但有味道的地方可看？我会毫不犹豫地脱口而出："獾堡（Fort Tejon）。"这是一座建于1854 年、群山环绕中的废弃军事堡垒，如今虽被辟为加州州立公园，却因地处荒野，它仍和 170 年前一样，与那古橡、山峦一起，缄默、忠诚地为美洲大地上的历史做着注脚，当年那些有血有肉或快乐或痛苦地活过的白人、印第安人、墨西哥人都早已尘归尘，土归土（ash to ash, dust to dust）。

"Fort"易懂，意为堡垒、兵营、要塞。而"Tejon"这个连美国人读起来也别扭的名字是西班牙语，发音类似"提浣"，本意是獾。之所以冠名为獾堡，是因为当年此地多獾。

从洛杉矶市区沿 5 号高速北上至此，不过 80 英里，时空就像被一只魔手切换了一般，一个小时就从现代化都市穿越回了亘古洪荒。据说每天沿繁忙的 5 号公路经过獾堡的机动车多达 54000 辆，可似乎没有一辆肯停下来去看一眼这四面环山的荒园，即使它和那几株 400 岁古橡树上的疤痕一样，浓缩着无尽的光阴故事。是啊，这美利坚大地上不可再生的符号，对于为生计奔波的现代人来说，有何必要看一眼？如果你告诉他们早在 1860 年美国人口普查时，有 960 个居民的獾堡曾是南加州第三大城市，我相信每个人都会吃惊得被口中的可乐呛得咳嗽。如果你再告诉他们，正是从这个不起眼的兵营走出过9位在美国内战中运筹帷幄的将军，他们会不会熄火下车，迈着有些不灵便的腿脚走进去满足一下好奇心？

新冠疫情席卷全球，大家终于醒悟到这病毒远非流感那么温柔，2020年春天，加州政府下令关闭了所有的非必要经营场所，包括影院、商场、书店、饭馆，甚至公园、海滩和登山的通道也被临时关闭或封禁。人们懊恼又迫不得已地将自己与大自然隔离开来。卖花草、菜苗和果树的苗圃园生意陡然火爆，无论如何，那些叫得上叫不上名字来的鲜活植物们至少是大自然的小小碎片。我客居的山谷小城距离洛杉矶市30英里，那几家规模或大或小的苗圃很快被我逛得像自家的后园，没有了新奇感。我开始上网搜索远处的苗圃，每次都和同样痴迷园艺的探险家史蒂夫老人做伴同往，结果没有一次令我们失望，总有些新奇又可爱的植物被我们搬回家。"獾堡"这个名字就是在那样的搜寻过程中在网上跳出来的。

初次前往这个连本地人史蒂夫都只是听说却未驻足过的旧兵营，已是暮春时节。洛杉矶的春天虽然算不上料峭，但进山仍有寒意。作为美国西海岸最主要的南北交通干线，5号公路上总有数不清的巨型货车轰隆隆地行驶着，和蚂蚁甲壳虫般的轿车相比，它们更像一条条蠕动着的胖蚕，速度不快，那大如磨盘的车轮和庞然身躯却让人极有压迫感。在这样的巨兽间穿行着，海拔不知不觉间已经达到1500米，牛乳般稠白的雾弥漫在前方和两侧的山峦间，立在其中的树湿漉漉地舒展着枝条，像正在沐浴的仙女。

看到那标着"獾堡"的路牌，我们小心地驶离高速，绕半个圈，跨一架小桥，到达公路的另一侧。那隐蔽在一片高大挺拔的橡树林后面的，便是很不起眼的獾堡入口。其实这近在家门口的公路和对面的私人牧场，都曾是当年兵营的一部分，如今连上周边的山坡，缩水了一半的公园仍有近700英亩。路边只能停十来辆车的水泥空地是停车场，仍有一个自动购票机，生了锈立在一隅，却仍有刷卡收银功能。和所有美国国家公园一样，这小小的州属公园也是按车不按人收费，5美元一位。

说是大门，并没门，只是个入口，比许多美国私人农场还窄小。没有守门人，没有游客。也许因为地处荒野，不用担心人们扎堆聚集，这个挂着一块"加州州立公园"牌子的所在，在疫情期间并没有禁止入内的警告。

在高速车辆往来的背景噪声中，我忽然听到哗哗水声，扭头左右探寻，才发现这与公路平齐的入口地面是由粗大木头搭成的桥，下面有溪水冒着洁白泡沫欢实奔淌着，沿水流则是野蛮生长着的各种灌木。我想这就是当年人们赖以生存的水源葡萄藤溪（Grapevine Creek）吧。迫不及待地进园，十几步之遥是两株粗壮高大的橡树，像是会施法术的老谋深算的巫师或智者，不动声色地立在那儿，闭目静察来往每一个声音。橡树叶子早落尽了，却仍有一团一簇的绿色在深灰色的枝干间点缀着，那是寄生槲在上面安了家，叶片透亮碧绿，坦然得像是在自己的地盘上。入园一游的人都不会忽略树下那两间小木屋——棕熊般立在那里，敦实厚重，从房顶到四面墙，块块木板饱吸了风霜，已经像古董，铁钉子锈得几乎与板材融为一体。开始我以为是厕所，很快看到旁边立着一块牌子，"监狱"（Jail）一词赫然在目。那同样厚重的木板门是虚掩着的，拾阶走进去，我的心立即感到压抑紧张，那本不大的小木屋内部又被隔成三间，分别有门，每个单间不过一张单人床尺寸（当然没有床），墙上有半个枕头大的带铁条的透气窗洞。三个小囚室门外是一条只容一人走过的公共过道。谁曾在此深陷囹圄？无论那人是罪有应得还是冤枉受屈，被囚在这逼仄斗室，想必是非常绝望与无助的。

另一个同样大小的木屋则是堡垒的岗哨，24小时值班的士兵日夜守卫，因为没有被隔断显得相对宽敞，里面不仅有一张通铺一样的结实大木板（床），进门的墙上还有一排极粗大生着锈的铁钉，钉在一块长条形木板上，显然是供挂衣帽之用。见多识广的史蒂夫告诉我，那钉帽是方形而非圆形，证明那是百年以前的铁匠工艺。

继续往前走，眼前则是一片空阔的旷野，准确说，是三面环山的一大块平整洼地。空阔平坦的土地呈黄褐色，覆盖着一层松软的已枯萎成棕色的草甸，脚踩上去，能感到草茎酥脆折断的响声。除了零星散落的几间房屋，目光所及就是那地图上标名为"圣埃米吉迪奥"（San Emigdio）的山峦，并不低矮，却线条柔和圆润，像一堆手工揉捏出的面包挤挤挨挨着被谁摆放在天地之间。不同于秃头的山顶，山体之间的褶皱或低洼处被灰绿色的植被完全覆盖，多是灌木，这儿一丛，那儿一块，像是面包出炉过久而生了绿色霉斑。

2

当然，那一面悬挂在高高的旗杆上的美国星条旗亦不容忽视，红白蓝的图案作为这荒野唯一的亮色非常夺目，山风吹来，那旗便骄傲地飘扬起来，像一面鼓足了劲的帆。史蒂夫平时见到被锯倒的古树都会俯身去数树的年轮，他在一株老橡树下兀自望着那面旗呆立片刻，冲我嚷道："31 颗！上面有 31 颗星星。你要不再数一遍？"没错，这个兵营建于 1854 年，而被美国从墨西哥连买带抢过来的加州成为美国第 31 个州也不过是 1850 年的事。除了后来并入的阿拉斯加和夏威夷，美国当时的版图已经和现在一样大。广袤的土地让美国政府既喜且忧——在仅有东部国土的时候，靠着河流运送补给到各地戍边军队就足够，人迹罕见、原住民部落分散而治的大块西部如何管控？单是给军人发放给养的交通费用一项，居然就比美墨战争前的全国军费还高。于是像獾堡这样的兵营就应运而生，在 19 世纪中期，仅在加州就建了 30 个。獾堡的驻兵被称为"骑兵"（dragoon），近百人的队伍，才配有 24 匹马，遇有大规模行动，多数士兵只能小跑着行军。为了解决远途军队物资运输，当时还是美国战争部长的杰斐逊·戴维斯（Jefferson Davis，南北战争爆发后成为南方联邦总统）突发奇想，提议军队用骆驼代替马匹进行物资运输，因为骆驼比马匹更耐饥渴，适合在西南部荒凉干旱地带跋涉。于是国会拨款 3 万美元从地中海沿岸购买了 75 匹骆驼，其中的 27 匹在 1859 年到了獾堡。但这异域牲畜项目终究只是实验，且本就争议颇多，后来没能普及，到美国内战爆发彻底弃用。被当成笑话讲的是与骆驼一起去往美国的五个希腊人和两个突尼斯人。首先，那五个所谓希腊骆驼专家几乎没有一人懂得如何摆弄骆驼，之所以主动前往，是因为听说美国遍地黄金，抓住这个免费前往的发财机会是他们的初衷。两位突尼斯人倒是对骆驼不陌生，可一到了美国得克萨斯，广袤荒凉的大草原让那哥儿俩乡愁顿生，嚷着非要回家。还指望着他们教会本地人如何使用这批骆驼的海军军官只得软硬兼施：必须干够六个月。如果到时还想回家，就可以得到免费遣返，同时还给一定报酬。最后两个突尼斯人真回了老家。那五个希腊人倒也争气，连学带蒙掌握了一些驾驭骆驼的技能，尽管他们的名字从来就没让美国人搞明白谁是谁，其中三个人的名字分别是："Georgics"，"Georgious"，"Georges"。另两个人倒不是乔治，却也近似得让人头疼："Hadji Alli"，"Hadagoi Alli"。最后只有两个人在官方记录里留下了近似绰号的名字：希腊乔治（Greek George），嗨乔利（Hi Jolly）。

军队装备不佳，一来是由于政府缺钱，二来这些军人的作用不是备战，而是保护移居来的白人与印第安人、墨西哥原住民的和平相处。族裔间的矛盾、宗教信仰的不同、语言的障碍，都导致混居其中者冲突不断，牲畜盗抢、动用私刑更是最常见的恶性事件。可以说，当时的驻军有点儿像地方警察，骑马巡逻、维持治安是最重要的功用。有一次，一个叫托马斯（Tomas）的印第安人杀死了自己的妻子与岳母，在獴堡骑兵的帮助下，洛杉矶郡警察追踪500英里后将其抓获，并以谋杀罪将其绞死。

事实上，距离獾堡 15 英里就是名为塞巴斯蒂安（Sebastian）的印第安保留地，美国政府一开始信誓旦旦要给原住民自己的空间，可迫于手头拮据，1853 年设想的 75000 英亩在 3 年后缩减为 25000 英亩，而到 1863 年，保留地的印第安人被迁移到獾堡聚居。

骑兵介入的一次有名的命案发生在 1859 年夏天的圣芭芭拉。一天早晨，人们发现一位名叫弗朗西斯的墨西哥人和他十几岁的儿子被人吊死在了离家不远的木匠谷的橡树上。他的另一个儿子报官说父亲和兄弟是被一个叫约翰的白人和他的三个儿子及几个同伙带走的。说话间有人看到约翰的儿子乔治骑马经过，立即义愤地上前追拿并想杀死他报仇。官方逮捕了约翰和动用私刑吊死弗朗西斯父子的嫌犯，同时拘禁了追杀乔治的四位墨西哥人。

不久庭审，陪审团共有 16 人，白人与墨西哥人各一半，审判结果可想而知，双方都被释放。但那并不意味着迎来了和平。几天之后约翰就与死者弗朗西斯的寡妇发生口角，并且向那个曾想杀死乔治的墨西哥男子寻仇，在来复枪的逼迫下，那人只得跳崖逃命。

不久墨西哥人情急之下向原州首领求情，要求豁免相关人的罪责，否则落入白人手中只能死路一条。由于当时机构建制极不健全，市长、律师、警察全都空缺，这位首领息事宁人，答应了他们的要求。唯一的郡法官查尔斯·弗纳尔德（Charles Fernald）是个正直的白人，作为代表正义与法律的唯一声音，他请求獾堡的骑兵出动给予震慑："你们双方都无视最起码的事实——你们都是美国公民，既享有同样的权利，也承担同样的责任，互相的节制与包容是未来和平生活的基石。"军队头目詹姆斯·卡尔顿（James Carleton）对双方进行了义正词严的批评教育，自此，那一触即发的暴力事件暂时平息了，但双方的敌视却延续到了后来。

那猎猎国旗下，有一座土墙垒成的长方形平房，是依旧图复建的士兵宿舍。在1854年8月10日，随着被任命的卡斯托尔（Castor）中尉首次来到獾堡的有一位叫威廉的牧师，他不仅开设了当地第一个教堂，还为一位士官的两个孩子施了洗礼。之所以选择这里驻军，毫无疑问是为了生存考虑——这看似荒芜之地有水源、有草料、有木头，基本满足一队人马的日常生活所需。除了军官住宅、士兵宿舍，医院、食堂、面包房、军需商店等40个由百姓与士兵们共同搭建的土坯建筑，这大山夹着的洼地还有地窖、菜田、水井、马厩、鸡舍、猪圈。官兵们的日子并不太平，因为坐落在圣安德烈斯断层上，1857年1月9日早晨那场7.9级大地震让本就不结实的兵营毁坏严重，土屋如遭炮击，墙塌顶陷，树木被连根拔起，河岸到处是吓人的裂口。震后重建也很不顺，因为此后两年都余震不断。

除了天灾还有人祸，白人移居者与当地印第安人矛盾激化、暴乱不止。即便如此，獾堡守军那小小的乐队仍去洛杉矶参加了当年的国庆游行。第二年，太平洋陆路邮政公司成立，全长2800英里的邮递交通线路东起密苏里的圣路易斯，西到加州的旧金山，既传送信件物品，也供旅客乘马车出行。全程走下来需要25天。獾堡兵营成了沿线的驿站之一。每周一、三，从獾堡到南部的洛杉矶单程每人收费 12 美元，每周二、四，到北部的维萨利亚单程每人收费 15 美元。乘着马车出行是相当奢侈的一件事，因为当时军营中一位中士每个月的收入不过 18 美元。3 年后，美国内战爆发，驿站停运。

天空如一块淡蓝色的绸布，温柔地覆盖着大地上的一切。群山又像一只只肥胖的手掌，为地上的人兽和树木围拢出一个避风场。一年年过去，人兽扛不住了，老了病了残了死了，像那土坯垒成的房屋一样，最后都又回归为泥土。有些树木显然是幸运者，比如那几株被贴了牌子告知游客已有 400 岁的橡树，像失去了臂膀或带着刀疤的老兵，穿越过 4 个世纪的风雨，没有一株是完好无恙的，却仍有尊严地屹立在那儿，坦然静候时间之手把它也召回的时刻。不知道多久前，有一株老伙伴立不住倒下了，连根拔起，树皮脱落，露出骨骼般苍劲坚实的木质，它沉沉地躺在苍穹下大地上，威严如恐龙的化石。

我留意到一株老橡树似乎比其他同伴有着相对年轻的风貌，走近细观，其下的一块墓碑立即令我唏嘘不止。那不是一个战士的墓，下面掩埋的甚至不是一个当地人的遗骨。那块边角都不整齐的黑色石头上刻着几行字：

IN MEMORY OF

PETER LEBECK

KILLED BY A X BEAR

OCT.17/1837

（以此纪念

彼得·里贝克

被一头灰熊杀死

1837 年 10 月 17 日）

我后来借助史料查到不多的几句对他的描述，有人猜测他是来自加拿大的法国人，来到当时还是墨西哥领土的加州打猎，以获得皮毛为生，没想到被一头凶猛的棕熊当成了猎物。他的同伴发现了他残缺不全的尸体和掉在地上的枪，沿着血迹追踪并杀死了那头肇事的熊，并把这不幸者埋在这棵橡树下。当时没有墓碑，人们将树皮削去一块，刻下了上面简单的墓志铭。

1854 年开始驻扎在这里的军人们应当是熟悉这棵树的，尽管那树皮上的文字已经模糊不清，那土冢也早已夷为平地。10 年后，兵营废弃，大家四散东西，直到再 10 年后的 1874 年，地方小报《贝克斯菲尔德新闻报》（*Bakersfield Newspaper*）第一次刊登了署名雷蒙德·伍德（Raymund F. Wood）的文章《彼得·里贝克之生死》（*The Life and Death of Peter Lebeck*），说他曾遇到一个人，声称在 1842 年看到过死者入土 5 年后那埋在树下的坟丘。1889 年，一位巡山的女护林员在树下捡到了一块掉落的橡树皮，才发现了厚厚的树皮内侧刻着反写的文字，原来那被削掉的树皮经年累月之后，又渐渐长出来，覆盖了当年裸露的铭文，那块已经发黑的橡树皮如今在克恩（Kern）郡博物馆收藏展示。护林员围着那粗得三人才搂抱得过来的老橡树挖掘，并没太费周折，就找到了那惨死者的尸骨。看起来他有 6 英尺（1.8 米）高，骨架不再完整，两只脚、右前臂和左手都已经没了，左肋骨有两根断裂。究竟谁是里贝克？人们再次分析，更加确认他是一家名为哈得逊湾的皮毛公司从加拿大派到加州捕猎的雇员，根据树皮上"ISH"（希腊文耶稣的前三个字母）的寓意他应该是法国人。1936 年，公益组织"原住民女儿"（Native Daughter）才把树上的铭文刻到了碑上，算是给了这惨死荒野的人一个永恒的铭记，附近的小镇也因他命名为里贝克。

如果彼得·里贝克泉下有知，我想他未必会满意这块墓碑，因为那上面除了他的名字，居然还有一头熊的全身像——加州州旗上那粗壮的棕色熊正是要了他命的灰熊（grizzly）。名为灰熊，其实是灰棕色，以凶猛残忍著称。

再次打量那株荫护着这位可怜猎人墓地的老树，我忽然想，这树之所以比同伴年轻，是否正是由于猎人以尸骨滋养回报着它的庇护？

"我同情彼得，他不仅是位陌生人，还是我们的同类。"听我这么说，史蒂夫也点头说："我们真幸运，没有生活在那个荒蛮的时代。"我立在那儿，双眼饥渴地环顾四周，想象自己在借一百多年前那些在此活过的人的眼睛打量每一棵树、每一座山、每一根木栏、每一块石头，想象他们对坏天气的诅咒，想象一个粗俗故事引发的笑声，像树枝嘎巴断裂一般的笑声。于我，他们不是完全陌生的逝者；于他们，我亦不只是永无机会谋面的外乡人。我是他们离去时不小心落下的一员吗？穿越了一个多世纪，他们走了，我还在这个世界见证着那空壳。

因为不停地举着相机拍照，不一会儿我的手就被吹得通红，脸颊也像失了水分的一张纸，干冷生疼。但我是那么庆幸自己没有错过这个能听到历史低语的所在。是它的牵引，拉长了我的生命维度。

1850 年，美国人的平均寿命是 40.1 岁，也就是说，多数生命离开这个世界的时候远远比现在的我要年轻。想到此，我再次叹息无语。

4

在风中信步走着，不远处是整个公园最体面的建筑——一个刷成了淡灰蓝色的二层小楼，那是当年军官的官邸。未进去，先看到不远处几道土夯的残垣，那是一个菜园遗址，褪色的粗大木桩半截入土，风化得像水泥，上面锈成铜色的粗硬铁丝围成一圈栅栏，里面，十几只棕红条纹的珍珠鸡咕咕叫着晒太阳，看到有人前来，也纷纷安静下来，好奇地打量着，似乎想破解对方的来意。我兴奋地叫道："安妮的菜园！"

说到这个兵营，一位有血有肉的人物就是那位名为约翰·威廉·加德纳（John William T. Gardiner）的上尉军官。这位 1817 年生于缅因一个富裕之家的男子是一位职业军人，19 岁读军校，参加过美国早期的几乎所有战争，美墨战争后他被派驻在加州旧金山，1853 年在前往南加的汽轮上遭遇风暴，船上人员多半葬身大海。失去了随从的约翰有幸存活，身体却被多年的征战与这场海难击垮。1855 年，他前往獾堡驻守，同行的有新婚的妻子安妮（Annie）。他们的故事之所以被我读到，是因为他们二人都有写信的习惯——在那与世隔绝的荒野之中，给远在东部的家人不停地写信是他们生活中最大的慰藉。

当年的旧屋早已不存，如今这楼是 1957 年在旧石基上重建的。拾阶而上，站在铁艺栅栏的窗前，望着那早已泛黄的蕾丝窗帘和一张婴儿木床，我似乎嗅到他家那热气腾腾的饭菜香，听到咿呀学语的孩子稚嫩的声音。木头案板旁，放着竹编的篮子，里面尚有几个素色的碗碟，似乎女主人只是下楼去菜园挖一棵洋葱马上就回来。一切物件都是拙朴甚至粗糙的，可又处处透着那活在其中的主人的体贴与尽力。"厨子对烹饪似乎一无所知，而我自己知道得更少。"

这是军官太太安妮的自我调侃，1855—1856 年她曾在此居住过一年。照片上的她端庄典雅，礼貌克制的微笑后面是掩不住的沧桑。当时的她 34 岁，丈夫 38 岁。新婚不久她怀孕生子，可婴儿很快夭折。她有一位名叫玛丽的女仆，是一位下级士官的妻子。除了从军营杂货店买到牛肉、羊肉、米、面，她有时从印第安人那儿买些瓜果，手有余钱的时候会请人从洛杉矶代买一些苹果、梨、葡萄等算得上奢侈品的食物。外面那小小的菜园毫无疑问让家人的餐桌多了一些菜蔬。偶尔运气好，外出狩猎的军人们也能猎到一些鹿、羚羊。

上尉写信给父母表达自己对四间宽敞住房的满足，他知道，一箭之外的士兵宿舍，码木头一样睡着 60 个，甚至 80 个成年人。照片上的上尉相当精瘦，也显得比妻子年轻，犀利的眼神、唇上的髭须都让人感觉他是个体质羸弱却思想进步的有为青年。他崇尚科学、向往文明，即使在这戍边的前哨，也不忘为远在华盛顿刚成立不久的史密森学会（Smithsonian Institution）收集标本——在楼下石砌的地窖里，他有一个个装满酒精的小桶，里面浸泡着蜥蜴、蛇、青蛙、蟾蜍等獾堡各类特色动物。"每次我到地窖取东西，都担心那蛇会忽然从桶里伸出脑袋。"安妮的紧张一点儿也不足为奇，虽然他们卧室的地板上就有一整张印第安朋友送的狼皮，不同于平铺在地上的身体，那狼的立体的头部完全是按标本的方式制作，嘴巴大张，双眼机警地望着你，似乎可以随时从地上跃起来。

上尉同情印第安人。"我听说过的那些白人的暴行，如果是真的，太可怕了。印第安人天性安静和平，如果不受打扰，他们会一直与世无争地生活着。"在 1855 年 7 月 13 日的家信中他写道。

他还鼓励几位士兵组建了小乐队"獾堡吟游者"（Tejon Minstrel），小提琴、吉他、五弦琴奏响的音乐和太太安妮不时张罗的下午茶会一起，着实为那空阔的兵营带来了不少温暖与笑声。

这兵营里的女人是比山上的熊还罕见的物种，有三十几个，也不过是军人的妻子，除了玛丽受雇于上尉，其他女性便给兵营的医院和不愿自己浆洗衣服的军人做洗衣妇，按人头收取费用，每月 2 美元。

约翰上尉与安妮后来又生了五个孩子，两个夭折，一个死于 20 岁，只有两个活到了 20 世纪。他本人于 1879 年死于缅因州故里，活了 62 岁。

5

离约翰和安妮的家不远，是一个设为展厅的建筑。门开着，可随意参观。当年军人们穿过的制服、马靴，巡逻时戴的头盔，胯下的马鞍，挎在肩上的枪支、水壶，甚至还有男女样式的纯棉质地的睡衣、睡裤、袜子，所有的一切都像被魔手触摸过一般凝固在了旧日光阴里。那些曾与这些东西肌肤相亲的生命呢？感受到我好奇的打量，他们可会无语微笑？

除了最早五个印第安部落在此繁衍生息，獾堡这片土地上最早的记录可以追溯到 1772 年西班牙殖民时期，一位上尉到此地追寻逃兵。1847 年，美墨战争结束的前一年，加州就归了美国，尽管还不是一个州。始于 1854 年的獾堡驻军除了维护一方安宁，还修建了锯木厂、电报线。但相对宁静的生活在 1861 年画上了句号，美国内战爆发，虽然加州并没有沦为血腥战场，但其为战争的走向做出了重要贡献。"我不能想象，如果没有来自加州的黄金支持，我们如何能够应对这场国家紧急战事。"后来成为美国第 18 任总统的格兰特将军曾直言不讳对加州的感激。除了黄金，人力上的输送也不容忽视。尽管远在距东线战场 2500 英里的西部，加州仍有 17000 人奔赴前线（极少数参加南方联邦军），当时的加州人口也不过 40 万。这与东部有些人抗议政府征兵的反战游行形成了极大反差。除了参与许多重大战役，1862 年，由 5000 名加州志愿者组成的队伍从洛杉矶行军 900 英里，直抵得克萨斯州，将南军堵截在亚利桑那州以东，成功阻止了战争西进的可能。獾堡的驻军也在内战伊始就改编加入了美国第一骑兵，和加州大多数军人一样，他们自备军服、武器和旅费前往东部参战。据历史统计，加州战死在内战中的人数为 500。

所有的战争都是残酷的，美国内战结束已经 160 年了，现在的一些美国人开始客观回顾这所谓的"胜利"。这场战争不仅让 62 万美国人失去了宝贵生命，还让原本就无辜的印第安人血流成河，包括那支抗击南军的加州武装志愿者，对印第安人曾大加杀戮，甚至在亚利桑那州对一个名为"阿帕奇"（Apache）的部落进行了灭绝式的屠杀。据统计，从淘金热到内战结束，仅加州的各路军人和所谓白人治安委员会就杀死了9494—16094个印第安人，包括许多老人、妇女和孩子，而且，多数杀戮并不是发生在武装战斗中。

加州支持北方军队的功绩固然令人瞩目，可就像任何硬币都有两面——那支持南方蓄奴制的少数派一点儿也不沉默，他们甚至在内战结束后一度越发嚣张。成千上万南方蓄奴州的农场主被加州的气候和一些反动的政治倾向吸引，在内战后的几十年里迁移到了加州，继续纪念祖先的叛乱，在任何必要的地方粉饰历史。不仅在好莱坞永久公墓（Hollywood Forever Cemetery）内树立了西部第一个纪念南方联盟军人的纪念碑，还将国家公园的巨大红杉、著名山头以罗伯特·李、杰斐逊·戴维斯等南方将领的名字命名。

那些死而不僵的南方势力并非没权没势的普通百姓，在政府官员中不乏这样的死硬派（diehard）。将公民权扩大到所有土生土长的美国人并赋予黑人选举权的《第十四修正案》和《第十五修正案》分别颁发于1868年和1870年，而作为唯一拒绝这两项修正案的自由州，加州直到1959年和1962年才批准通过。在南北战争结束后的重建期，美国历史上第一位非洲裔副总统候选人弗雷德里克·道格拉斯曾四处奔走演说，为自己的黑人同胞叫屈——在南北战争中，有18万黑人参加北方联邦军队、2万在海军服役，他们和白人战友同生共死、浴血奋战，却仍得不到基本的人权！这个"生而为奴"的男人有个印第安母亲和一位黑白混血的父亲。8岁时被送到一个农场主庄园为奴，几经倒手，遇到一位好心的女主人，教他识字读《圣经》。后来他因为教别的奴隶识字，被主人卖给一个以残暴著称的奴隶主。遭到数不清的暴打后，他多次逃跑却多次被抓回，直到某次幸运逃脱，跑到北方自由州。亲身经历和极好的口才让他成为演说家、畅销书作家和争取黑人民权的斗士。据说林肯太太曾将丈夫生前最喜爱的一根手杖赠送给这位无畏的政治家。即使在黑人被宣布自由的后战争时代，他仍多次被种族主义者追杀或毒打，有一只残手至死都没能复原。

1863年，加州志愿军入驻正式军队已经撤离的獾堡。同时有大量的印第安人迁徙至此。第二年，这个兵营被军方正式废弃。驻兵十年间，共有七名军人死在獾堡。

曾经有一位牧师买下了这块旧兵营地用来养羊。很快，在美国历史上不容忽视的人物、曾经得到过五位美国总统任命的"聪明人"爱德华·菲茨杰拉德·比尔（Edward Fitzgerald Beale）盯上了这块地方。这位总统眼里的红人头上顶着一系列光环，从海军中尉、反英间谍、美墨战争英雄、边疆开拓者、加州和内华达州印第安人事务主管、加州观察员、加州民兵准将到驻奥匈帝国大使。他让自己史上留名的另一个机会是：在加州发现金矿后，他日夜兼程把金子样品带到东部的华盛顿，成为当时令人瞩目的"黄金发现者"。和许多白人都是土地渴望者（land hunger）一样，在西部广置土地是他从未停止的梦想，尤其在林肯总统委任他做加州观察员时，他以极低的价格买下了包括獾堡在内的大片原墨西哥土地，成了坐拥27万英亩土地的真正地主。当时的地产商评估其面积等同于一个洛杉矶市。于是那小小的兵营就变成了全美第一大私人地产"獾堡庄园"（Tejon Ranch）的一个"米粒"。

1939年，土地持有方将5英亩"赠送"给加州政府作为公园，并有了小规模重建。1954年，加州买回200英亩土地，再次将公园扩建。

历史的发展变迁就是这样不容任何人设计，看似合情合理，又荒诞得令人瞠目。

史蒂夫并没像我一样时而东拍西拍、时而立着发呆，而是弯腰用一根随手捡来的木棍在土里卖力地翻找着什么，俨然一个职业的考古工作者，不远处立着一个小标牌："炊事区"。一会儿，他手里捧着一堆瓷片过来让我看，那些白的蓝的绿的碎瓷片显然是来自军人们用过的饭碗盘碟，有的纯色，有的带碎花纹。

当时的骑兵上路巡逻时除了佩刀和枪支，就是干粮袋里那几个死面面包（unleavened bread）。那面包就是从这如今只残存着几块砖头的烤炉里出炉的。之所以不放酵母，就是为了让面包不松软，瓷实，不占地方，耐饥解饿。

我不禁想，如果那缺油少盐、啃着干面包巡逻的士兵知道在他们去前方打仗时，有人如此豪横地在后方广置地产、过着奢华的生活，他们还会那么卖命吗？

后来，我和史蒂夫又分别在夏、秋、冬不同季节去过獾堡。和那些网红打卡景点的浮光掠影不同，这个荒凉的所在似乎是我前世就熟稔的家，每次不管带着什么样的心情奔来，我的心立即踏实地有了安放之处。

普鲁斯特说，他愿意相信那个古老的部落传说：人死之后的灵魂会被拘禁在某些看起来低端的生命上面，或是一棵树，或是一块石头，或是一头野兽。那被截获的灵魂，有时——并不总是——在若干年后偶遇某个能听懂它呼唤的有缘人，随即魔法解除，灵魂得到释放再次回归人类。我情愿相信真有那不期然的灵魂呼唤，至少可以来解释我对这个栉风沐雨近两个世纪、仍从容执着地在大地上存活着的兵营的皈依感。我希望我是那个能听懂灵魂呼唤的人，我希望我能释放那些被囚禁的不甘心的逝者。

站在那儿，举目四望，闻着那清冽的空气，我的心是那么笃定温暖，仿佛一个手脚长满冻疮、四处流浪的孩子终于找到了一直渴望的火炉，找到了那一块给予小小身心温暖的布。是的，一块布，那遮天蔽日的大块云朵厚重得如奶白色的麻布。那密不透风覆盖着山峦的苍翠树叶和野花亦好看得如一块绸布。甚至，那被种植过蔬菜、垒过锅灶的黄沙一般的土地，也如一块让人的脸想贴上去的棉布。

最后一次去獾堡是雨后的冬日。除了我们俩参观者，就是山脚下那片橡树林里的野鹿一家——六七只身形矫健的大鹿小鹿敏捷地在树间落叶上跳跃着，看到人，也不躲避或惊慌，立定，抬头望过来，像一尊尊有温度的雕像。

"我们也许可以捡到一些被雨水冲刷出来的旧物。谁知道呢，没准儿有一枚中国清代的古钱币等着你呢！"史蒂夫是个走路喜欢低头的人，他那探险家的神经似乎总绷着，一块颜色奇特的石头，一截风干了的木头，一片锈迹斑斑的金属，别人根本没察觉到的东西都会被他捡拾起来打量半天。

仍然有风，温度也比我所在的小城低 8 摄氏度，提前穿戴得严实，也并不感觉太冷。我们带了登山杖，沿仍是寥落空旷的公园走了一圈。一切都已经是熟悉的，可我仍不时会停下来，从不同角度拍那永远拍不够的橡树和旧房破壁。

"与大自然相比，我们人类真是可笑。努力工作赚钱，贷款买个房子，买树种下，雇园丁照料，期待它们茁壮成长，还不尽如人意，不是死了就是不争气地不开花不结果。但是走出来看看大自然！你不需要做任何事，所有的美都在那里慷慨恣意地展示给你。当年的驻兵其实也是幸运的，不像现代人，朝九晚五做办公室里的机器。"史蒂夫边走边感慨。他已经在一株老橡树下捡到两只带着尖利门牙的袖珍头骨，"这俩可怜的家伙可能是老鼠或鼹鼠，当了苍鹰或秃鹫的美味。"雨水的冲刷让土褐的原野不时闪着亮光，低头细看，多是一块块瓷或玻璃残片。

我也学着他的样子，偶尔留意地打量着脚下。当时接近正午，阳光越发灿烂和煦，那样没有目的又心怀期待地走着，让我想起儿时在乡间和奶奶去拾花生的场景——秋后收获过的花生地，田野像一件穿旧了的衣服，松软地平铺在那儿，原本结实的土地上面低矮的花生秧被刨走了，连带着下面那一串串饱满的花生果。总有个别幸运或不幸的果实被遗忘在地下或某块土坷垃后面，于是，便有了闲人闲时的新营生——臂弯处挎着个篮子走走停停地捡拾起或多或少的好运。忽然我看到了它！灰铜色的小小一枚，兀自躺在地上，没有任何遮蔽，也没有任何被捡拾起来的妄想。我弯腰把它捏在手里，那是一枚制服上的金属纽扣，上面有三个大写字母：CSA。史蒂夫惊叫道："天哪，你知道这是什么吗？这是南北战争时南方联邦军人制服上的扣子。在这样一个军事堡垒被你捡到了，太神奇了！"看到我狐疑的眼神，他掏出手机，给我看有人在网上出售美国内战纪念品的照片，那纽扣果然和我手中这枚一模一样。

可是，既然当年加州并未成为南北战争的战场，这枚纽扣是如何落在这里的？史蒂夫推测只有两种可能：一种是战争结束后，有南方战败军人跑到这里来避难，毕竟南加有相当多的南方蓄奴支持势力。那些退役士兵不时穿上战场上的制服集会，表达对"失利"的不满。另一种可能就是这并非一枚原来的扣子，而是后来的复制品。"你看到公园网站上的提示了吗？为了让人们不忘历史，公园每年定期都会举办纪念活动，除了19世纪驻兵的日常生活再现，还有美国内战时的小规模战役模拟。"史蒂夫再次仔细打量摸索着那扣子，来回左右地看着，说通过上面的包浆来看，应该不像新仿的。他答应带回去让他的邻居——著名的加州理工大学地质学教授乔治来给评估一下年代。

在回家路上，我们第一次走进了路边那个写着大大的"ANTIQUE"字样的古董店，虽多次经过，却从未有机会一探究竟。和大部分古董店一样，这个四百多平方米的一层平房里面，有许多小小的隔间，每个隔间都是一个摊主的小小分店。他们平时不出现，委托古董店统一接待顾客。除了有限的一点儿铺租，还要给店主一定份额的销售提成作为回报。

我相中了一套德国手绘瓷盘，五只，极薄且脆的瓷，一百多岁，居然没有一点儿磕碰破损，只是手绘的花朵和镀金的边缘有些褪色。付款时和店主——一位相貌极为和善的中年女子攀谈起来。她接手这个店不过两个月，以前的店主是她的老板，"我本来每周只来一次，做兼职，结果她宣布退休不干了。我便接手了。租金？650美元一个月。真的，太便宜了。生意？还真不错，别看有疫情，我们又地处荒郊野外，人们不时来淘些东西呢。"史蒂夫问这简易房子的房主是谁，"獾堡庄园！你知道最早的主人是比尔家族，可1912年的时候他儿子把这 27 万英亩地卖给了《洛杉矶时报》的持有者，后来又进行了公司化改制。如今人家可不只是种杏仁、开心果树的庄园了，草场租给牲畜放养的牧人，荒山旧屋租给电影电视公司，不远处那个奥特莱斯卖场也是他们最近开发的。你想得到的生意，人家都有。所以古董店这样的临建租金，人家根本看不到眼里。"

回到家我一页页读着从獾堡那小小游客中心拿回来的宣传册，其中一页上写着：

Leave only footprints. Take only memories.

（只留下脚印，只带走记忆。）

乔治教授说那枚扣子有八成的可能是南北战争中的旧物。我打算下次再去獾堡，把它带回去。

前几天一直刮大风，车库上方那架风车茉莉被吹得像团乱发。我搬了梯子，踩上去正理顺着，听到身后路边传来小狗清脆的叫声，不用扭头我就知道是邻居格瑞正在遛小狗"杰克"（Jack），那特别爱叫唤的小黑狗本不招人喜欢，可最近剪短了毛，穿上了小红背心，居然跟人理了发一样，一下秀气可爱起来。

打了个招呼，格瑞本来都走过去了，又折回来，语气带点儿犹豫地说："你一会儿干什么呀？我们订了几张露天音乐会的票，在老年活动中心，有兴趣可以一起去听听，那是一支模仿乐队（cover band），今天唱的是吉米·巴菲特（Jimmy Buffet）的歌。你知道吉米·巴菲特是谁吗？"格瑞年近70了，仍有一头浓密的头发，尽管花白了，仍根根得体地直立着，显得很有律师的派头。

我还真不知道这乐队，但听说是在露天听老歌，便毫不迟疑地说想去看看——室外，至少不用担心病毒，而且，许多美国老歌着实好听。房东杰伊刚好也闲着无事，说可以给我当车夫同行。既然6点钟就开始，还真得抓紧时间。我立即回屋发挥快速烹饪的特长，在15分钟之内，烤了根已经解冻的法棍面包，煎了两块在冰箱腌好的去骨鸡腿，用开水焯了一袋菠菜，加入泡好的核桃仁，做了凉拌沙拉。吃罢洗了碗，正好5点一刻。

"是不是应该请格瑞他俩搭车同行？"我坐进车，边系安全带边问。

"我倒不介意拉着他们。虽然都打了疫苗，能分开不挤一辆车，也许更安全。"杰伊思忖着说。

这露天音乐会之所以吸引我，除了可以听美国老歌，还因为我喜欢格瑞和米琪这对老邻居。我忘记了最初搬到这一带来住时是如何跟他们有了交往的。"别误会，我们不是夫妻而是室友，他从我还住公寓时就分租一间卧室，20 年前我买了这带院子的房子，他也跟着搬了过来。怎么说呢，我两就像结婚太久了的夫妻，互相早就看不顺眼了，可还是凑合着住一块儿。这个格瑞是个老混球，特别不通情理，你说他明明可以在家得宝连锁集团（Home Depot）办一个免税卡——人家有政策，凡是退伍老兵都可以享受免税待遇，我让他办一个，毕竟我们经常在那儿买材料维修房屋，可他偏不！"米琪是个面相透着精明的富态老太，一头很短但蓬松卷曲的白发顶在头上，像个养尊处优的第一夫人。她比格瑞小两岁，在一家法务公司做行政。这场疫情让她既害怕又感激——疫苗还没问世时，美国死于病毒感染的人数多得吓人，她忧心忡忡地跟我说："但愿我能活到领退休金那一天。"后来人们普遍接种了疫苗，温水煮青蛙一般，对这疫情也逐渐习惯或接受了，仍然无恙的米琪嘴上没说，心里似乎有点儿感激这疫情，她被老板允许居家办公。"谢天谢地，我终于可以不用每周五天在高速路上奔命了。你不知道，好几次我都差点儿被那些玩儿命的司机追尾！"我没见过她在高速路上的险情，可知道她不是一个好司机，甚至身为会员她轻易不敢去好市多（Costco）购物。"车停得太密集了，我怕把人家的车剐蹭了。"于是杰伊有时候帮她捎带些东西。

不同于年轻时离异的格瑞，米琪从未结过婚，倒是有过一位未婚夫，可 50 岁就患癌去世了。"他可是世界上最疼我的人，总给我送礼物。那年我们去夏威夷度假，太开心了……"说到此，米琪红了眼圈。我看到过她壁炉上那位未婚夫的照片，一位胖而温和的军官。问她为何当年没结婚，她说因为对方在偏僻的兵营，她不想离职去那儿成家。而格瑞对此却给出了不同版本的答案。"她有时拿我当理由，说我跟她同处一个屋檐下让她没结成婚。"有一次格瑞请我们去吃日本菜，趁米琪没到，他红着脸说。我发现虽然米琪是房东，可到了大事上还是指着格瑞拿主意。格瑞若是飞到外州去参加同学聚会，她会吓得赶紧找个女伴来家里住几天，连狗都只在后院遛。格瑞不时善意地跟我们嘲笑米琪是个"worry wart"（杞人忧天者），还无奈地摇着头说她太懒。"嫌自己胖，她宁可去医院挨一刀，把胃切除了 2/3，说是那样可以少吃少吸收。我跟她说过多少回，每天别窝在屋里，该出去走走路……"格瑞早年曾去越南服役，退伍后靠军人补贴去大学读了法律，可是工作了没几年，突然的婚变让他消极避世，除了偶尔接个熟人的案子，早就不当职业律师了，熬到 60 岁后，每个月仅靠政府发的 900 美元的退休补助生活，我有一次听米琪说格瑞每月付她的租金是 600 美元。即便如此，偶尔一起出去吃饭，格瑞总抢着付账单。

相比于地主婆米琪，邻居们显然都更喜欢格瑞。东邻家的女人有了胎动，慌里慌张地叫车去了医院，留下屋门四敞大开着。是遛狗的格瑞看到了，各屋查看一遍，替他们把前后院门能关的关能锁的锁。西邻家女儿参加派对夜归，大冬天的醉倒在车里。是格瑞去敲她父母的门，把她唤醒、扶进屋。名义上是米琪有两条小狗，可每天早晚去旁边小公园遛狗的总是格瑞。米琪还总抱怨格瑞不够随和，因为他拒绝割草坪。"如果你想省下每月付给墨西哥园丁的 80 美元，我愿意出。可我不想割草。"跟这位温和又倔强的格瑞大叔在一起，我总忘记自己是外乡人。

夕阳把天上一抹云染成了虾粉色，那透明的粉是草间弥生这画家老太也调不出来的，让人想飞过去贪婪地深吸一大口，那味道，我想一定比半开的栀子花还香甜。那个位于半山腰的新建社区很容易被人忽略，因为米灰色的房子和不宽的街道都太不起眼。生活在洛杉矶的一大好处是，停车场不仅车位充足，且几乎都免费。我们卡着点儿到了。

"我们是格瑞邀请来的，他应该已经到了……"因为没有门票，杰伊跟一位工作人员模样的妇人解释。"啊，没问题，既然是格瑞的朋友。"她话音未落，格瑞已经微笑着从门里闪出来。我们随他往里走，他熟络地轻声告诉我们，可以在前台免费领一瓶饮料和一袋土豆片儿。我们依言领了，走进去，找到在藤编长椅上占着座位的米琪。

说是音乐会，不过是几栋建筑围起来的一块空地，一排排稀疏摆着的椅子和沙发组成了临时的观众席。水泥地面上有许多半人高的花盆，里面栽着一人多高的橄榄树，正开着小米般淡黄的花。一些彩色小旗子也插在花盆中迎风飘着，上面印着一只红绿相间的鹦鹉，一行醒目的字让我感觉有些莫名其妙："It is 5 o'clock somewhere."（"总有个地方现在是5点钟。"）

我有点儿失望，我们的座位是最后一排，离舞台有点儿远。虽然场地并不大，我还是觉得看热闹要坐近点儿才过瘾。

临时搭起的舞台上，有两个老男人在摆放麦克风和乐器。舞台背景则有些怪异——高处的山坡上有一条不宽的公路，不时有拖着货物的卡车轰隆隆驶过。

看着许多人的后脑勺，我发现无论男女和肤色，那头发不是纯白如雪，就是"salt and pepper"（直译为盐和胡椒粉混合，意思是黑白相间的发色）。而且几乎无一例外的，人人手里都拿着一小袋炸薯片，咯吱吱吃着，不时喝上一口矿泉水或饮料，像一群正在山坡树荫下休憩的羊。

杰伊问我们该付多少钱，格瑞微笑着说不要钱。"这是政府为老年人搞的福利。只要你过了60岁，都可以在这个中心的网站上注册，随时会看到演出和活动信息，报名就行，免费的！"格瑞有些自豪地说。他一直对目前执政的民主党不看好，把一切好都归功于共和党光辉的过去。"我们本来预订了四个座位，可有一对朋友夫妇来不了，临时就请了你们来。"

米琪很有风度地微笑着，把目光从手机上望向我，说很高兴在这儿看到我，随即把那系着绳的花镜推到头顶上，歪着头，有些神秘地问："你们街对面的格兰特怎么样？我看他比以前薄了一半！癌症四期，真让人担心。术后感染？那可不是好事儿。要是我，也许就放弃治疗了。好在他有两个儿子带他跑医院。"她知道我与亚美尼亚邻居格兰特一家走动较多。

说罢她给我看她侄女的照片，一位刚从医学院毕业的大学生。米琪这当姑姑的对侄女非常好，跟我说未来她身后的一切都归侄女。"当然，她得跟我亲才行。"

我则问她最近是否看到了詹妮弗。"那次在她家门口守夜之后我见过她两次，一脸憔悴。才30多岁，丈夫就开枪自杀，还是在自己家的阁楼里！我想那一阵连阴雨没起好作用，一下就是半个月，我都快抑郁了！我想这辈子她都不可能彻底走出那个阴影的，听说她带两个孩子去接受心理治疗了。所幸她妈也在加州，每个月都开四五个小时的车过来陪她一阵儿。"米琪鲜少与邻居往来，这些我猜都是从格瑞那儿获得的二手消息。

我们俩正聊着邻家的各种不幸和物价之高，台上的男人开始对着麦克风说话了。那话筒效果不太好，嗡嗡的，我得竖着耳朵仔细听。

在路上我已经查到吉米·巴菲特，今天乐队要模仿的这位音乐人仍然健在，已经76岁了。乡村民谣之于美国百姓，就像他们的腿和牛仔裤一样贴合，那个把歌词写得像散文的鲍勃·迪伦，那个扭着胯唱得女人们神魂颠倒的猫王，那个用大鼻孔哼哼唧唧的吉米·杜兰特，都像让美国人感觉舒服自在又酷劲十足的牛仔裤，只不过有的是海一般深情的蔚蓝，有的是沧桑尽现的浅蓝，有的是被岁月漂洗后的脏白。他们让人着迷，让每个听歌的人都以为他唱的正是自己的故事、自己的回忆、自己的昨天。

"这位吉米·巴菲特可不仅是歌手、作曲家、词作者，还很有生意头脑，几年前就听说他拥有 9 亿美元身价。有两家以他的歌名命名的餐饮连锁店，他还经营夜总会，写畅销小说……"格瑞看我掏出手机上网，轻声说，"你查一下，看他和后来 1977 年再婚的太太还在一起生活吗？"

我不禁笑了，看来美国老人也追星、也八卦。我在维基百科上找到他的主页，递给格瑞。"这些老歌真好，唤起我们这代人的回忆。不瞒你说，我特别喜欢他的 *Come Monday*（《星期一来吧》），那是我二十多岁时最喜欢的歌……"格瑞微笑的脸上有一丝难为情，好像说到的不是一首歌，而是当年他暗恋着的女孩。

歌声响起，格瑞指指树下插的彩旗，告诉我说现在唱的正是 *It is 5 o'clock Somewhere*（《总有个地方现在是 5 点钟》）：

> Pour me somethin' tall an'strong
>
> Make it a "Hurricane" before I go insane
>
> It's only half-past twelve but I don't care

It's five o'clock somewhere

（给我倒些高杯的烈酒
在我发疯之前把它变成"飓风"
现在才 12 点半，不过我不在乎
总有个地方现在是 5 点钟）

"你知道为什么是 5 点钟？那是饭馆的开心时刻（happy hour），是酒水打折、人们趁机喝上一杯的时段。有时候在中午或晚上想喝一杯，又感觉不是喝酒的时候，人们就会自我安慰着倒上一杯，说一句：总有个地方现在是 5 点钟（It is 5 o'clock somewhere）。这其实就是美国文化，及时行乐，自我放松。"左耳听着歌，右耳听着格瑞的轻声解读，我连声说太棒了，同时看到杰伊和米琪也都开心地随节奏晃着脑袋。

格瑞透着笑意的脸粉扑扑的，上唇修剪整齐的短须也翘起来。

"为什么那小旗子上有只鹦鹉呢？"我追问道。

"吉米多数时候住在佛罗里达，那里气候和夏威夷相似，林间有许多鹦鹉，人们也爱穿夏威夷衫，他的许多歌迷听他的演唱会时都穿着夏威夷衫戴着鹦鹉帽。另一位同时代的歌手蒂莫西（Timothy）就脱口而出，叫吉米的粉丝'鹦鹉头'（parrot-head），当时另一支乐队'知足之死'（The Grateful Dead）的粉丝自称'死亡之头'（dead-head）。"格瑞说这些时笑意温吞吞的声音慢吞吞的，像不好意思在不懂的人面前显示自己的懂。因为我们四个人坐在同一张长椅上，挤在中间的我俩离得特别近，我留意到他的门牙不仅很细小，而且颜色比其他的牙齿要深，有点儿棕褐色。它们像松动了一样往前凸出来，让我想到小狗"杰克"（Jack）那稀疏而向外凸的牙。可我并不觉得讨厌，因为格瑞是对猫狗都不会大声呵斥的好人。在我看来，好人的一切都可以被原谅。我听米琪说格瑞之所以最近开始在上唇蓄胡子，是因为他要帮一位朋友出庭，自知牙齿有问题，他留着胡子遮丑，说等攒够了钱去看牙医。

"……哇，这个可不好，他居然支持民主党，还曾给希拉里竞选总统捐了一大笔钱。"格瑞仍握着我的手机在看，即使说这话，他的语调仍是轻柔的。米琪同意我的看法，说格瑞是个外貌好看的男人。"要不是看他顺眼可以搭个伴儿，我早把他这倔驴赶走了。可是我要不收留他，他去哪儿住呀？他前妻是菲律宾人，嫁给他时就已经有了两个孩子。虽然后来他还很热心地去看孙子辈，可他们好像跟他并不亲。"是为了不讨人厌吗？格瑞尽量把自己捯饬得干净利索。不管是去草坪遛狗还是骑着自行车去超市去健身房，总把灰白的头发整齐地梳成三七分，戴个草编礼帽。洛杉矶一年四季阳光灿烂，多数时候他都穿一条卡其短裤，上面配T恤罩长袖棉衬衣。我喜欢格瑞，乐于清贫却体面有尊严地活着，即使时有不满政府的言论，却从不怨天尤人。

乐队一共就四个人，银发飘飘像个侠客的键盘手，微胖的鼓手，两位吉他手。他们都是 70 岁左右的年纪，都穿着花色不一的夏威夷衫，边照顾手中的乐器边放声唱着，好像这不是什么音乐会，而是在谁家后院自嗨。当然也有主唱，是那位穿着粉色沙滩裤、戴着棒球帽的吉他手，年华老去丝毫没影响他的自信，似乎年轻时女人和朋友的宠爱让他早积攒了足够的底气。台下的银发族显然把他们又拽回到了昔日的好时光，四位老男人唱着弹着，还扭起来跳起来，开心得像四个活力四射的男孩。"这边的听众好像表现最好，喜欢跟着唱。我爱你们！"

Come Monday, it'll be all right

Come Monday, I'll be holdin' you tight

I spent four lonely days in a brown LA haze

And I just want you back by my side

（星期一来吧，一切都会没事

星期一来吧，我会将你拥紧

我独自等了四天，在洛杉矶棕色的雾中

我只盼望你能回到我身边）

唱到一半，音乐戛然而止，他们和台下听众一起大声清唱着。每个人心中都有属于他（她）的那个星期一！

我听着那整齐的和声，望着一张张动情的脸，莫名地感动，甚至，想落泪——谁没年轻过？谁能不老去！

"我想到前边去站着听。"格瑞说罢自顾起身往台子那边走去。我也跟米琪和杰伊打声招呼，脚步轻快地跟随上去。我们立在房屋廊下，靠着那巨大的青砖柱子，斜望着近在咫尺的乐队和在台下那小块空地上起舞的对对男女。

"你看那对老夫妻，跳得多好！"音乐太响，格瑞凑近我的耳朵大声说。

那是一对衣着和相貌都很体面的老人，目光温暖、笑容和蔼，他们互相挎着胳膊，与其说是在跳舞，不如说是搀扶着随着鼓点晃动身体。我望着听着，情不自禁地在心底感慨——年轻时尽情尽兴地爱过、痛过、活过，当青春不再，就从容放松地老去、死去。这样的人生，其实也真不坏。

It is 5 o'clock somewhere.

没错，总有个地方现在是 5 点钟。

"艾玛，你应该去看场棒球赛。不管喜不喜欢，懂不懂规则，都不重要。你要知道，棒球和可乐、烧烤、房车一样，也代表着我们美国文化。"回到洛杉矶不久，玛丽安和她先生布鲁斯邀请我去他们家共度美国国庆日。和所有美国家庭一样，雷打不动的国庆项目不过是在后院吃烧烤，看政府放烟花。布鲁斯在他家后院那不大的游泳池来回游了几圈，听杰伊和玛丽安在商量订棒球赛的票，趴在池沿上一边歇气一边大声游说我，水珠在他白色的胡楂上闪着亮光。

他们家在这个群山环绕的小城东南面的山顶上，后院铁栏杆外面就是深深浅浅的山谷。由于干旱和早先两场野火，山坡上没什么植被。最好的景观除了远处高速公路上那来来往往的车流，就是很少爽约的夕阳。在我的影响下，也下载了微信的玛丽安发过几张落日景观照给我，那从不重复的色彩与构图，确实既柔美又壮观。

我蹲在泳池边用手机拍着那汪蓝色的水面不断变换形状的栏杆倒影，笑着说我会考虑一下。

对于棒球赛，我其实并不感兴趣，虽然我知道美国人对棒球的热爱就像中国人对乒乓球一样。棒球赛，准确说是看棒球赛，是一项全民参与的盛事，尤其是在洛杉矶。作为道奇队（Dodgers）的主场，印着交叠"LA"字母的棒球帽似乎是最受欢迎的帽子，无论老少，都喜欢戴上一顶。那帽子似乎是心照不宣的暗号，意味着共同属于某个令人骄傲的团体。不论走在街头或坐在餐馆，抑或相遇在海边沙滩或远足的小径上，甚至，只是散步经过某家大门敞开着的"man's cave"（美国许多家庭的车库并不用来停车，宽敞的可停放两到三辆汽车的室内，除了满墙满架齐全到可以开个修理店的五金工具，往往还有一张客厅淘汰的旧沙发，一台二手电视和冰箱，让其成为男人喝着啤酒看球赛的绝好天地，所以叫"男人的洞穴"），正独自看球不过瘾的男人，抬眼看到路人头顶上那熟悉的帽子，立即会热情地打招呼，对方如果问一句比分，两人立即会你来我往，像妇女们说到孩子一样，没有句号地聊下去。

我早年曾有去健身房的习惯，发现美国许多健身房墙上那24小时静音播放的电视画面都是总也播放不完的棒球赛事。我不明白用一根木头棒子猛击那小球为何有那么大的吸引力，惹得上万人跑去看现场不说，围在家里或酒吧看电视转播的人们为一个跑垒的成败大呼小叫惊心动魄，有些球迷对非球迷或其他队的球迷某句不敬之语大打出手，甚至拔枪相向。

10年前我刚到洛杉矶工作，有一位朋友送了两张棒球赛的票，我送给一位男同事，请他带我儿子前往。结果两人看了不到三局就回来了，我那同事在国内是篮球高手，苦笑着对我说："节奏太慢，没意思。"

后来我倒是看过一部关于美国历史上第一个黑人棒球球员杰基·鲁宾逊（Jackie Robinson）的电影《42号传奇》。在20世纪40年代，美国种族隔离制度仍然盛行，只能在黑人球队打球的鲁宾逊承受着侮辱与压力，靠自己的独有天分和不屈抗争，不仅成就了梦想，还为打破种族制度立下了不可磨灭的功劳。

"票订好了。半个月之后的星期天，我们可以开车到布鲁斯家，搭他们的车一起去，停车费我已经和票一起网购了，油钱我就不付他了。"某天杰伊下班回来，一边咕嘟嘟地灌着冰水一边对我说。

"可是我还没想好要不要去，坐在那儿五六个小时看一场球赛，多枯燥。天气这么热，而且德尔塔病毒（刚发现的新冠毒株）那么凶险……"我还在犹豫不决。

"你会喜欢上棒球的，我今天就开始教你基本规则……"说着他已用遥控打开了电视，那一如既往的热烈解说声传了过来。

94美元一张球票，不去也不能退。再说，我也很喜欢和细致周到的布鲁斯、玛丽安夫妇一起出行。他们俩是相差15岁的老夫少妻，曾供职于同一家保险公司，太太是行政主管，丈夫是电脑技术员。两年前公司被收购，收入高的玛丽安率先被离职，布鲁斯退休在即，出于人道被继续留任。后来玛丽安一边自修了硕士学历一边上网求职，谋到了一份更好的工作，"大办公室、大工资条"（Bigger office，bigger check）。我还在中国时她就兴奋地跟我报喜："咱们中国人以勤奋能干著称，我对得起这个职位。"玛丽安的父亲来自香港，母亲是菲律宾人，她幼年时全家先是移居关岛，然后再到美国大陆。有着一张中国人的脸和瘦小身材的玛丽安不会说一句中文，却非常以自己的中国血统自豪。我喜欢她，不仅因为她那张看着亲切的同胞脸，还因为她坚强的性格——十来岁时母亲抛下他们与人私奔，父亲靠在餐馆打工养活她和弟弟。每次我们出去吃饭，玛丽安都会多塞给服务员小费。"我忘不了我父亲当年养家糊口的艰辛。"一家三口日子刚好过一点儿，去大学就读了刚两周的弟弟出车祸身亡。父亲闻知噩耗全身冰凉失去知觉，18岁的玛丽安跟着警察去500英里外的亚利桑那州认尸，带回家火化入土。大学毕业后嫁人生子，离婚后单身多年，几年前嫁了下属布鲁斯，她又像中国最传统贤惠的女子，对病痛不断的他悉心照顾、宽容备至。布鲁斯喜欢热闹爱开party，自小食素的她每次都笑吟吟地在后院摆满鸡腿、牛排、热狗等地道的烧烤和酒水，各类有趣的游戏从不重样儿，让每一个来客都痛快地尽兴。

总之，半个月后，我生平第一次坐在了棒球赛看台上。

布鲁斯夫妇是标准的道奇粉丝打扮，除了棒球帽和一模一样的在前胸印着大大的道奇队标的蓝色夹克衫，一头白发的布鲁斯腰间还挂着一只棕色的棒球手套。"你这是手套还是熊掌？"听我跟他开玩笑，他咧嘴开心地笑了："亲爱的，我真高兴你决定去看比赛，我爱死你了（I love you to death）。这手套已经跟了我15年啦！"人老了凡事总往坏处想吗？担心堵车，怕没有了好车位，明明下午1点钟才开赛，布鲁斯建议我们上午11点钟就出发。一路高速飞奔，不到一小时，顺利到达体育馆停车场。因为布鲁斯不久前动过膝关节更换手术，他有一张残障人士停车证，可以把车开到离入口最近的停车区。

看到四面八方赶来的球迷们，几乎没有人穿自己的衣服，那后背上印着不同球员名字的运动 T 恤让我恍惚感觉人人都是球星。受现场气氛的感染，我也兴冲冲地跟着走去安检，没想到我们四个人有一半未通过。先是布鲁斯，他的黑色帆布腰包"尺寸过大"。"我上次来就带着这个腰包进去的，怎么这次就不行了？"看他一脸不解，一位个子敦实的男安检员拿出一张 A4 纸，再次比量着他腰包的尺寸。"凡是超过这张纸的包都不行，除非是透明塑料材质的。"一向爱抬杠的布鲁斯并未纠缠，听话地返身往车场走去。知道他腿脚不好，我们仨也跟在他后面。"那位女士，你的包也不合格，虽然是透明的 PV 材料，可是太大了，尺寸不能超过 12 × 12 英寸哦。"我回身才醒悟，原来说的是我，顿时颇为意外和郁闷。几天前接到玛丽安的信息说一定要背透明的包，否则不能过安检，于是我特意上亚马逊订购了一款，上面还写明"体育馆专用"，居然超标！

我们都回到车前，把精简后必带的几样东西都放进玛丽安那个透明小包。我那串香蕉也成了烫手山芋，本来放在一个塑料袋里，本来已经过了安检，可一位安保模样的男子突然走上前，说香蕉可以拿进去，但超市塑料袋不够透明，不能带入。

因为不打算吃体育馆的快餐，除了一顿尽量丰盛的早餐，我打算一旦饿了就和东京奥运会上的运动员一样吃香蕉，既补充体力又没罪恶感，还不用清洗。结果谁料想得用手拎着这串香蕉走在四处都有人拍照的体育馆！最高兴的可能是美国著名的香蕉公司"都乐"（DOLE），因为那串香蕉上的每一根都贴着带品牌标识的小标签。我非常窘迫，便赔着笑脸问一向助人为乐的杰伊是否可以替我拿着。"我可不想拿串香蕉满世界走，要不你干脆现在就吃了它。"好说话的人显然也有说"NO"的时候。于是，在我的带领下，他和玛丽安做好事一般立在一个人少的地方，每人也剥开一根香蕉吃着。"祝贺你，终于找到了两只垃圾桶。"杰伊语速极快地揶揄了我一句。他俩那味同嚼蜡地尽义务的表情让我哭笑不得。布鲁斯拒绝吃，先有点儿看热闹似的微笑望着我们，然后打趣说："那么健康的东西，我怎么能吃？"嗜糖如命的他有美国人典型的糖牙齿（sweet tooth，意为爱吃甜食），他的名言是："我从不把糖放在食物上，我只不过把食物放在糖上。"

因为是中午时分，许多人怕堵车，便空着肚子赶来，原先还生意冷清的几个快餐亭子前都排起了长队。"我得先买点儿吃的去。"布鲁斯自言自语一般说了这话就兀自走开了，也不客气一下问其他人是否需要什么。刚走了几步，又回转身确认了一下我们所在的看台号。

杰伊确实是心细之人，订票时仔细勘查了方位。我们的看台在西南侧，虽然露天，上面一层伸出的看台正好为我们遮住了阳光。

"价格是有点儿离谱，一听啤酒要 7 美元。一份热狗 20 美元。"虽然嘴里嘟囔着，布鲁斯不一会儿仍然端回来一餐盘吃食。除了他说的两样，还有一袋带壳的炒花生。我有些吃惊地发现所有吃东西的人居然都把垃圾直接扔在自己的座椅下面的水泥地上。"就是这样的，因为座椅密集，没有地方安放垃圾桶。比赛结束后球场工作人员再打扫。你知道，许多人来这里不光冲着比赛，还可以名正言顺地吃热狗、吃花生。"玛丽安好心地解释给我听，我脑海里立即想起美国总统特朗普和儿子看球时也一人举着一个热狗大嚼的画面。

看到一排排的环形看台上稀稀拉拉地坐着些人，我暗自高兴，至少不用太担心病毒了。可很快就发现我高兴得太早了，不到半小时，陆续到来的球迷们就填满了每一张座椅。球场上有几位工作人员正在给沙地喷水以保持湿度。几位穿白靴和迷你裙的女拉拉队队员立在球员们休息的区域（dugout），她们被称为"道奇女孩"，个个都高挑漂亮像模特儿。除了鼓舞士气，她们也负责与观众合影。布鲁斯就趁我们吃香蕉的时候跑去跟两个美女咧嘴笑着合了影。

大屏幕上滚动的广告和音乐停了。观众席上不时发出喝彩声和口哨声，原来是队员开始入场了。

随着广播里宣布比赛马上开始，所有人起立，无论童叟男女都脱帽肃立，国歌声起。不是奏国歌，而是唱国歌。一位女歌手立在球场一角声情并茂地演唱，所有人把手放在左胸心脏处，跟着哼唱这在美利坚大地上整整回荡了 90 年的歌曲。

Oh，say，can you see by the dawn's early light,
What so proudly we hailed at the twilight's last gleaming？
Whose broad stripes and bright stars，through the perilous fight...

（噢，你可看见，在晨曦初现时的第一束光
是什么让我们如此骄傲，在最后一道黄昏之光中欢呼？
是谁的星条穿越枪林弹雨激昂飘扬⋯⋯）

曲调达到高昂动情处，掌声和口哨声又响起。这就是美国的爱国主义风格吧，朴实，真实。

"每场比赛赛前都唱吗？"我悄声问。

"对啊！"杰伊自豪地回答。

我看得出，那真不只是唱国歌，人人都似乎被使命感与自豪感鼓舞着。至少，那一刻如此。

坐定后我有点难为情地问杰伊与道奇对抗的是哪个球队，他说是纽约麦茨队（Mets）。似乎没几个回合，客场的麦茨就在第一局拿到三分！我左前方的两个年轻男子大声喝彩，其中一位还吹了个极响的口哨。感受到周围道奇队众多球迷的侧目，那个略微年长一点儿的男子立即从脖子红到了脸，笑着说："抱歉啊，我太激动了，忘了这是在洛杉矶，道奇的主场啊！我不会再吹了。"看他这么说，豪爽的洛杉矶人反倒不好意思了，一位金发女士冲他友好地挥手说："没事，真的没事。"

除了球队得分令人兴奋，球被击飞落入观众席似乎也叫人期待，至少那意味着有可能捡到球。"如果球被击往咱们这个方向，你也要争取帮我抢好不好？"杰伊赔着笑问我。

"那有什么值得期待的，上面又没有球星签名。"我不以为然地说。

"那也有意义，比如现在这个球，是贾斯汀·特纳（Justin Turner）击过的呀！"那位一脸络腮红胡子的特纳大叔就像当年的明星赛车手舒马赫、网球帅哥阿加西一样，是许多球迷的最爱。我留意到许多观众的衣服上都是他的名字和他穿的 10 号。杰伊儿时最爱的运动就是棒球，中学时打的是二垒。我可以理解成年后的他对棒球的钟爱，有不少成分是对青春岁月的缅怀，就像我们那天聊到去迪士尼，我说我不理解那个适合孩子的乐园如何吸引他这样的成年人每年都去一趟。"没错，迪士尼确实适合陪小孩子去。你和我不一样，我打小就经常去迪士尼，总是和父母、姥姥一大家子。那个地方是我的儿时记忆。"

"天哪，这次又是那个方向，已经连续五次有球落下了，下次咱们订那个区域的票。"瘦小安静的玛丽安也睁大眼睛羡慕地望向刚得到了空中飞球的男子。在大家祝贺的掌声中，那人立起来举着球开心地向大家展示了一下，很快他又向前探出身子，似乎在确定什么，在大家的注视下，他把那球递给了前排一个只有四五岁模样的小男孩。掌声再度响起，为他的慷慨之举。

"其实和看足球一样，在家看电视转播角度更好。"我说。我们的看台位置不错，可仍是不够清晰过瘾。

"可是在家你就感受不到这样浓烈的氛围了。你听。"杰伊说。

"我们去看道奇队（Let's go dodgers）！"大屏幕上不时闪现这人尽皆知的道奇口号，刺激得观众席上所有人都加入这呼喊的声浪，此起彼伏的应和声和带有节奏感的击掌声从未中断过。"再大声点儿（Get louder）！"于是那呼喊声加大了分贝。不仅如此，人们还不时依次从座位上站起来，配合着全场扮人形浪潮。

三个小时过去了，五个小时过去了。终于（对我来说），比赛结束了。道奇队 2∶7 惨败。

"麦茨队打得不错啊。客场，还赢了七分。"我一边左右晃着酸痛的肩背一边就事论事地说，注意到杰伊并不以为然，非但没有他一贯客气的微笑，还面有不悦地说："至少我记不得他们什么时候赢过总冠军。"玛丽安也用不解的眼神瞥了我一眼，似乎在说："你这立场咋不坚定啊，我出门前明明给了你一顶道奇棒球帽！"

随着人流往外走，我突然想起8年前去南加大（USC）看过唯一的一场美式足球赛（中国叫橄榄球），圣母大学（ND，我儿子所在的学校）对抗南加大，一向强势的冠军队圣母大学那次也输了。

如果我告诉杰伊和布鲁斯这也许纯属巧合的同一结局，那么，这是否将是我第一次也是最后一次跟他们来看球赛？

坐在回程的车里，看他们那一张张沉默的脸，我想张口又闭住了。道奇输了，可我真觉得不怪我啊。

无论如何，以后再听到"Let's go dodgers"的呼声，我相信自己会微笑着在心底附和，像《小王子》中的小狐狸看到了麦田，就温柔地联想到小王子头发的颜色。因为既然"建立了联系"（established tie），就已经给生命涂抹上了一层新的色彩，不管有多淡。

只有灵魂回得去

美国虽然只有二百多年历史，客居在此，我仍喜欢去寻有历史感的老地方逛。镶着彩绘玻璃的教堂、坍塌废弃的兵营、亘古永存的莽原林野，甚至有年头的无名墓地，都像大地上的魔幻切口，让我在走近的瞬间化身时间旅行者（time traveler），轻盈地跳进美利坚那油灯马车年代的褶皱里。

18 世纪传教士们在这新大陆上建的传教所（mission），也是吸引我的神奇之地，虽然我对建筑本身一无所知。加州在 1542 年迎来了白人面孔。跨海而来的西班牙人，带来的除了肩负武器的士兵，还有身着长袍的传教士。国王的战士有朝一日荣归故里，上帝的天使们则往往骨埋他乡。单是从 1769 年至 1833 年，西班牙人在加州就建了 21 个传教所，把上帝的仁慈形象植入原住民大脑的同时，还帮他们"文明化"，传授农耕种植、畜牧养殖方法。差异让人类有了融合，有了爱恨。爱恨交织的人一茬茬死了，鲜有线索可寻。那长在大地上的旧舍还在，如寄居蟹的壳，即便残破，至少给后人一点儿痕迹去怀想，去亲近。

疫情之初，房东杰伊换了一家公司，每天工作九小时，每隔一周可以上四天班。也就是说，一个月内有两个周五可以和周末连休。他早听我念叨要去看那个名为"拉普利西玛"（La Purisima）的传教所，头一天下班后便给车加满了油，为的是一大早就启程，毕竟单程 200 公里的路途要开两小时，而我们决定当天往返。

驱车沿 101 州际高速贴着太平洋海岸西行北上，我想要看的是西班牙人在加州建的第 11 个传教所：圣母玛利亚的纯洁之胎（La Purisima Concepcion de Maria Santisima）。

那是个春日。高速上车并不多，左侧是蔚蓝如巨大绸布的海，右侧是迤逦绵延的山。偶尔，在山洼老橡树下或临海滩涂上，有一小片房屋闪现，像沙滩上的脚印在提醒人类的存在。正是在这样的行进中，每隔十几分钟，那些锈迹斑斑的教堂钟（mission bell）会不时映入眼帘。顶着帽子一样的铸铜钟罩，由细瘦笔直的柱子挑着，那钟柱在上部弯曲，像牧羊人的手杖，更像佝着背的牧羊人。每次看到它们一闪而过，我都似乎看到一个个瘦削伶仃的传教士正在途中跋涉，他在这荒野烈日下口干舌燥，刚要站直腰身歇口气。

"这就是'El Camino Real'（西班牙语，皇家之路）。从南部的圣地亚哥到北部的索诺马，延绵 600 英里，这条传教士脚踩出的路被称作'历史之路'，几乎每隔一两英里就有一座这样的钟，一共有 450 座呢。"看我举着手机在擦肩而过时拍个不停，杰伊笑着说不用急。

"这些教堂钟真像一串不停歇的逗号，连缀出一段历史，应该好好保护起来。"我由衷地说。

"哈，保护？有些印第安人正强烈呼吁要把它们拆掉、熔化成水，说这些钟是耻辱的象征，提醒他们祖先被白人奴役和统治的过去。"

杰伊说着，嘴角浮起一抹宽容的微笑。

我不由得想到一周前在圣巴巴拉看到的一抹苦笑。站在一处印第安人的史前遗址前，历史学家约翰告诉我们："这里曾挖掘出一个墓穴群，碳测定有 7000 年的历史。出土的一些骨头和文物本来都陈列在博物馆。可最近这些印第安后裔不断发声，要求归还给他们。他们要把那些骨头和随葬品都再埋回地下去。"而这些民间请求已经得到了政府首肯。

1769 年，西班牙方济各会开始在加州传播圣经福音。原住民聚集、土壤肥沃之地，自然是教堂的首选，毕竟信上帝也得吃饭。随着会所像一枚枚棋子逐个落下，一条由脚踩出来的小路也像根带子把这些棋子串了起来，长年累月，由窄渐宽，可容马车通行。几十年后，加州从西班牙和墨西哥人手中独立出来，成为美国的一部分，这条路最终成了现在的 101 国道。

"可是当时并没有这些教堂钟。直到 1906 年，为了纪念这条宗教之路，有人捐款在公路沿线放置了这些钟。没想到才过了半个世纪，450 座钟所剩无几，要么被盗，要么被毁，有些地方改道，那钟也莫名其妙地消失了。到了 20 世纪末，文物保护者们才以原钟为模型，再次铸造了一批摆在原地。"杰伊虽然是个软件工程师，可因为土生土长，对当地的历史还是有所了解。

"如果回到过去，你是西班牙人，愿意舍家抛业来这新大陆吗？"

我好奇地问杰伊，其实也在自问。

"我不会。我喜欢安宁的日子。就像好多欧洲人，喝着家门口的咖啡长大，娶个自小认识的女孩为妻。即便成家有了孩子，眼前晃着的是老祖母的脸，往来的是小学、中学时结识的朋友……那心里多踏实。"杰伊认真地说，然后扭脸看了我一眼说，"我知道你愿意冒险。"

"没错，我想，换成是我，我会放弃熟悉的生活，来看看这新大陆。毕竟，人活着就是一场经历。日复一日地重复，对我来说没什么意义。"我语气坚定地说道。

"可是许多人还没看一眼这新大陆，就死在了路上。你不是晕船吗？"

不久前我和朋友相约从长滩搭船到卡特琳娜岛，22英里一小时的海路，我被那并不猛烈的海浪折磨得头痛恶心。想到那狼狈的一幕，我心虚地闭了嘴。

聊着天，太平洋逐渐淡出视线，我们开始往内陆扎，一道道浑圆起伏的山峦让景致越发清新。雾气在山顶弥漫，坡上的黄色野花开得绚烂，仿佛一阵风过就会羽化成蝶。刚吐出鹅黄嫩绿叶片的灌木，细瘦却有生机，像刚要发育的少女。片刻工夫，忽觉豁然开朗，满目已是没有遮挡的平原。

我不停地摇下车窗拍照，同样的景色连拍数张。然后逐一打量细看，明知相差无几，却像看着自家孩子，一张也舍不得删掉。

杰伊和我相反，看到再好的景色也只是立着安静打量，说他要记在心里。"也许爱拍照的人多半自恋——出于自己的在场，所到之处所见之物，便都感觉与己有关，所以越发值得存留下来。"我笑道。想起王阳明那句："你未看此花时，此花与汝同归于寂；你来看此花时，则此花颜色一时明白起来，便知此花不在你的心外。"解释给这美国人听，费了一番口舌也说不清道不明，只好悻悻作罢。

导航显示还有 5 分钟就到达目的地，名字有些无趣："Lompoc"，意为"死水"。这死水确实不吉利，1812 年一场大地震把传教士辛苦建造的房屋毁坏殆尽，后来者只好迁到几英里外的地方重建，也就是今天我们要看的拉普利西玛。1933 年美国政府才把废弃毁损的会所划归为历史公园，并拨款重建。

望着这即使在今天驱车前往也显得偏僻荒凉的所在，我不禁为自己刚才的豪言壮语而羞愧。传教士们褴褛的灰袍下得跳动着多么虔敬的心，才能心平气和地接受这些自找的困苦啊。就算幸运地没在海上殒命，顶着烈日在陌生的荒野跋涉数月，才能寻到一点儿人烟。而有些人还没来得及说出上帝的名字，就被充满戒备的同类一棍送进了天堂。

停车场入口处有一个小亭子，没人值守。在自动购票机上花 6 美元买了停车券，泊好车，走进不远处坡地上的游客中心。跟我们热情打招呼的是几位老人，显然退休后再发光热。

沿墙依年代摆放着许多黑白照片，和屋内高粱木柱的简约风格很协调。这个一目了然的展厅里，除了展示传教会的旧貌和修复过程，更多的是实物，原住民在神父指导下学会制作的铁艺家具、木器、纺织工具、皮革、织布、筐篮、蜡烛等。

室内已经有四五个游客在无声地边走边看。这个传教会所最早建于 1787 年，17 年后，就有 1500 个印第安人移居这里，学会种庄稼、饲养牛羊的同时，手里还有了硬通货——用动物油脂制作的肥皂、蜡烛，是部落间以物易物的抢手商品。

可是好景不长，1804 年开始，"文明人"带来的天花和麻疹让许多没有抵抗力的原住民送掉了性命。他们开始怀疑这些白人居心不良，一些幸存者逃走了。几年后的大地震和暴雨，更是让这个传教会所几乎变成了废墟。

好在永远有无畏的传教士前赴后继。相信上帝也相信科学的佩耶（Payeras）就是其中之一。他决定把教会搬离那可怕的地震带，跨过死水在新址打下地基。他不仅加厚了墙壁，还打破了原来类似于中国四合院的建筑布局，一字排开，设计了木顶拱形长廊的条形建筑，廊下由 18 根土坯廊柱支撑。因而当时人们管这里叫"直线堂"（Linear mission）。这长条若面包状的屋舍被土墙分隔为若干间，有体面的礼拜堂、神父会客厅、图书室，有实用的铁匠铺、制蜡室、鞣革间、织布房，还有简陋的官兵宿舍、食堂。到1820年的时候，人丁再次兴旺起来，神职人员、士兵、匠人和原住民一起组成的小小社区居然有了874人。是终于得到了上帝的护佑吗？那些年风调雨顺，物产丰足，在两万头牛羊的滋养下，这群人着实度过了几年好日子。织毯和兽皮成为他们最大的收入来源。衣食足知礼仪，越来越多的人开始相信《圣经》、归顺上帝。拉普利西玛传教所远近闻名，成了传教所的典范。

似乎上帝嫌对他的信徒考验不够，1824年，平静的日子被墨西哥人的到来打乱了。原住民跟着发生了叛乱，传教士被迫还俗出走，田产和房舍在私人农场主间几易其手。1850年，加州成为美国的土地，又过了二十多年，传教所才回到宗教社团手中。

读着这些历史变迁我更加欣慰自己此行不虚。我们决定不直接去参观修复的老建筑，而是假想自己是当年的印第安人，沿那条两英里的土路走一圈。

蓝天像被谁尽职地清扫过，干净得没有一丝云的残迹。本就空旷的荒野在艳阳下像巨幅古画，几千几万年前就画好了摆在这天地间，就连最暴烈的风雨也奈何其不得。走不多远，就见路侧平坦的土地上平整地显露出一些条形青石，那是一百多年前丘马什（Chumash）的屋舍地基。我忍不住东张西望，似乎直觉有个面目和我相近的人正躲在某处打量我。

"看到那些用弧形瓦片层层叠加出来的水渠了吗？这儿还有个石头砌垒出来的水池！显然这是当时人们灌溉贮水的设施。"杰伊兴奋地说着，T恤已经汗湿了一片。路边有些叫不上名来的灌木和芦苇，与东一丛西一蓬的野生仙人掌一样，不动声色地立在烈日下。除了灰褐色的蜥蜴，唯一的动物就是叫不上名字来的小鸟，也是灰褐色，立在路中央不大的一摊水洼里，像是溺水般扑棱着翅膀，看到有人来也不躲，继续在那泥水里扑棱着，原来它在洗澡。它那么认真而执着，好像不把那小小的身体洗干净它会难受死。我们在三米外站住，立定成两个木头人，直到那鸟儿欢叫一声嗖的一下飞刺进旁边的灌木丛。

走了一会儿，前面现出一片橡树林。有着好几百岁的老橡树像一群耄耋老人，弯腰驼背，相互搀扶着搭出一个清凉走廊，似在迎候我这从大洋彼岸来的访客。

我忽然想起德国人马丁·布伯那句俏皮话："各种生物在我们周围活动，却不能上前靠近。我们想对它们以'你'相称，却为语言所限。"

"'CCC'指什么？"我问杰伊。刚才看到展厅墙上说是他们重建了这个地方。

"那是'Civilian Conversation Corps'的缩写，意思是民间资源保护队。1933年罗斯福总统发起的一项运动，为的是帮美国人走出经济大萧条，由国家出钱，雇佣失业又没技能的年轻人修建国家公园和文化遗址。"杰伊一边擦着头上的汗一边说，"这就是美国联邦的好处，平时各州都有自己的一套，可到了危急时刻，国家拿出纳税人的钱来统一纾困解难。"

这个我们马上就要看到的传教会所，当时不仅是加州最大的修复工程，其规模之大在全美国也是不多见的。一个应当被记住的名字是建筑师弗雷德里克·哈格曼，这位年轻人在动手设计前做了大量的历史考察，与国家公园管理局请的专家们一起斟酌再三，以确保重建尽可能准确，毕竟原址上只剩了一道残缺的土墙。

被晒得满脸通红，我们终于到达了此行的主要目的地。苍穹之下，线条简洁的西班牙白墙红瓦，立在看不到人迹的旷野，纯朴美好得像一件来自远古的礼物。

我们像两根梳头篦子里的发丝，无一遗漏地逐房屋进出，仔细好奇地打量着，恨不得浑身都长满眼睛，虽然每间屋里陈设并不多。木架床、桌椅板凳、烛台、十字架、毛毯……它们之所以让我看了又看，是因为我从中嗅到了时间那永恒的气息。那么容易地，你能看到那些使用这些东西的人的身影。那间能容纳二百来人的教堂是唯一关着门的房间，走近了才会看到门上贴着的一张纸条："推门请进；离去时请关闭。"我猜这样是为了不让墙上的圣母油画被日光破坏。那几尊立在神龛里的圣父圣母圣婴像，造型简单拙笨，表情丝毫没有圣洁感，倒是一脸懵懂无辜，像来自地中海沿岸的农人。那镂空的木头亭子是忏悔室，布帘子仍低垂着，像听了太多的罪恶，显得心事重重。

由于房屋很高，墙壁厚实，里面相当凉爽。有一间空房不仅没有任何陈设，墙也没刷灰，露出里面斜十字交叉的黄土色沟壑，有些沟壑填了白灰。

"这是为了展示当年匠人们的建筑手法——土灰混合是为了增加墙体的结实度。你看这面墙有些特别，1933 年重修时加入了更先进的技术，用铁架子支撑，外面再包土和灰。过去的人也相当聪明。"杰伊佩服地边说边摸着那沟壑。

"当年在这里挥汗如雨的年轻人一定是心存感激的。在这远离家乡的荒野，没日没夜地一干就是 3 年。毕竟，他们有了口饭吃。"我忍不住说，"200 个年轻人，单是这用土混合秸秆做的砖，他们就打了 11 万块！单块有 65 磅重哪！"

"他们还烧了 37000 块瓦、15000 块地砖。那时的人不像现在的人这么在意自己，人在穷苦的环境里好像更有奉献精神。"杰伊说，"你看现在，许多生意都招不到人手，有人宁可躺在家里吃政府救济也不出门做事。真丢人！"

实际上，在开工 7 年后才彻底完成了所有的 13 座建筑，共用了土坯砖 25 万块、屋面瓦 9.1 万块、地砖 5.5 万块。

我不由得想起在游客中心看到的那个铁皮箱，那是发给年轻工人装工具和生活用品的收纳箱，箱盖上贴着西部片明星约翰·韦恩（John Wayne）的贴画，里面放着手套、牛仔裤、剃须刀、牙粉。这些近百年前在此干活出力的男子们，早追随着当年孜孜布道的神父、织布造蜡的印第安人，长眠在黄土之下。可是望着这无数双手臂立起来的土墙和房梁，我似乎仍听到他们带着热气的笑声。

从廊下的前门进去，每间屋子都可以从后门进到后院。院子有围墙，围出一块块菜园。还有一个粗重的石碾，可以碾谷物，还可以榨橄榄油。

而院角那间充满烟火气的小屋，让我立即闻到了家的气息，似乎灶里的柴火刚燃起，祖母只是出去挖些土豆马上就要回来。那是一间摆放着简陋炊具的厨房，厚重的条案、大锅，挂在墙上的葫芦水瓢，放在木条搭成的层架上的罐子坛子，带泥糊烟道的敦实的灶似乎还有温度，靠在烟熏火燎的墙角，让我想与它们踏实相守。

"你自己回去吧，我要留在这儿。"我不由得嚷道。

"住这儿可是没有电灯，只能点蜡。"

"没有光污染，在星光下睡觉才香甜！"

"也不能淋浴？"

"偶尔弄个木桶洗洗也行。"

"没有手机网络？没有汽车去远处的地方？"问到这儿，杰伊的笑已经开始有了揶揄和不信任。

"网络和汽车嘛……"我似乎口气不那么坚决了，就算在勃朗特三姐妹的年代，也有马车捎送信件。

房外的大片空地上，那用木头围起来的畜场，有几只羊和火鸡在吃食。我感觉肚子也在叫了。

一位朋友听说我的方位，建议顺路去那个闻名的马车驿站打尖儿。"那可是一百多年前的老驿站，绝无仅有，被修葺后改成了餐馆。"

离开高速行驶进一条极窄的盘山公路，两侧树木繁茂，颇有原始苍凉之感，好像真回到了那驾着马车赶路的年代。

在山道上拐了几个弯，终于看到路边停着几辆车，靠山一侧的路边有几间低矮的小屋，如果没有那个"春天的老酒馆"（The Old Spring Tavern）的招牌，没人会在路过时多看它一眼——这由圆木为架木板为墙的灰扑扑的小屋像奄奄一息的病人，仿佛谁不小心一碰它就会倒下。

有几位老者在外面的露天木桌上喝着啤酒，我猜他们与其说是来吃饭，不如说是来怀旧的。

"对不起，晚饭只接受预订。"女招待自信的表情说明店里生意不错。

"晚饭几点开始？5点？现在还不到呢，可以点午餐吗？"杰伊有些不死心，开了半小时过来居然被打发掉。

"抱歉，我们没有午餐。"

我们无奈地上路，目标锁定在网上查到的一家4.5星的海鲜餐馆，就在圣巴巴拉市中心。

我点了螃蟹、牛油果、蔬菜沙拉，杰伊点了扇贝、虾仁意面，都非常可口。那刚出炉的面包也让人大赞，外焦里暄，就着入口即化的黄油，让一天的劳乏顿消。

"你那大土灶也许烹不出这样的晚饭。"杰伊满足地喝了一口鸡尾酒道。

望着餐厅橘红的壁灯，听着周围人们的欢声笑语，我仿佛看见了1933年的一个春夜，那群美国建筑工人正围着篝火吃烤土豆，火光映红了他们泛着汗光的脸；我仿佛看到，1833年的一个春夜，那个孤独的传教士刚咽下最后一口干面包，捻亮烛光，开始写一封家书……

我叹了口气，忽然感到莫名的虚空。先人们已经完成了属于他们的历史一瞬。我们的呢？

回到家已经是晚上 9 点钟。

吃饭花去 100 美元，油耗 50 美元，参观花了 6 美元。我俩算账后均摊。

望着手机里那荒野中的长廊旧宅，我知道，回得去的恐怕只有灵魂，而不是被现代文明异化了的肉身。但愿这些文字，能让泉下有知者感觉到后人的怀想。

爆米花好美

浓重的乌云挂在天上，阴沉、神秘，像庄严厚重、等待拉开的幕。太阳这辛勤的主角从洛杉矶失踪多日还没露面。它也许溜去什么地方过新年喝醉了，也许，只是厌倦了早起早睡的作息，想任个性偷个懒。

身在西半球的我已经提前一天为日历翻了篇儿，和国内的友人们一起告别恼人的 2022 年，期待平安吉利的新岁。"你的除夕怎么过？可以去看看《阿凡达 2》。"我的犹太老朋友史蒂夫刚捡了半日垃圾回到家，"每周一次，我捡垃圾 6 年了，今天是最少的一次，只装了一袋。也许那些无家可归者想让我过个好年，没忍心多扔。"

临挂电话他又提到那电影，说他和太太头一天刚看了，虽然长达三个多小时，还是值得一看。

我有 3 年未进影院了。距离看《阿凡达 1》更是隔了 13 年的光阴。故事情节已淡忘了，只记得那 3D 的画面很唯美且震撼。房东杰伊在疫情期间失去了在得克萨斯州卧床多年的父亲，过节也没了地方可投奔。他正愁新年空落落的，听我说想去看电影，立即上网购票选座位，才发现除了前三排的已全部售罄，只好选了元旦当天下午 2:10 那场。看到票价，我有点儿吃惊，25 美元，还不包括 9.5% 的税。听我说这将是我在美国看得最贵的电影，杰伊笑笑说："没办法，成本太高。据说詹姆斯·卡梅隆这大导演都怒了，说这部电影预算太贵了，投资方估出的成本是 20 亿美元！它得成为世界上顶级叫座的电影才能收回。"我不由得有点儿同情这位天才导演：

"搞艺术的人得在钱面前屈服，这世界算完了！"杰伊说："你还真不用担心，资本家对掏观众腰包胸有成竹，才上映两周，票房就到了 10 亿美元。"

阴雨模糊了昼夜晨昏，旧年的最后一天和新年的第一天似乎交织而来，没有一点儿区别。有不少人家院子和屋檐上还挂着圣诞节的装饰，新年似乎只是个时间概念。

刚 1:30，杰伊就下楼穿鞋要出发，虽然开车到影院不过 10 分钟。"怎么也要打出买可乐和爆米花的时间来呀。"听我怪他沉不住气，他认真地说。我想起上次去看棒球赛时许多观众边为球队加油边大嚼热狗的场景。美国娱乐文化有时更像一种舒适文化，怎么舒服怎么来，尤其在节假日，谁要提什么卡路里就等于不识时务，会被人侧目。

我出了门又折回来，塞进挎包里两个新口罩和几张消毒湿巾。新年第一天为一场电影而染上流感，在我看来实在得不偿失。

电影院有点儿冷清，除了大厅入口处有一位检票员，只有卖食品的柜台前排着六七个人。我们去取 3D 眼镜。角落里放着一堆眼镜的大塑料桶边立着个检票员，只粗略地瞄了一眼我们手机上的电子票。IMAX 那 3D 影厅门口根本没人守着。"谁都可以混进来看啊。"杰伊打趣道，"你真不想要爆米花？"看我坚决地摇头，他排队去了。

我用消毒湿巾把领到的两个观影眼镜都擦拭了一遍，想象着它们刚被某个携带病毒者戴过，我擦得特别仔细。是听多了我对垃圾食品的声讨吗？杰伊只买了一杯可乐。那可真是超大杯，得有我半个手臂高。

3D放映厅有两百来个座位，我们的座位号是H14、H15。在那显然是最好的中间位置坐下，环顾四周，稀稀拉拉的不过三五十个人，嘴里没有一个闲着的。喝的当然是影院售卖的碳酸饮料，吃的多是爆米花，个别人顺进来影院不卖的薯条、汉堡。杰伊碍于我的面子，开始也戴着口罩，可很快就以喝可乐为由摘了下来。

屏幕上播放着电影预告片，声音隆隆震耳。陆续有人像鬼影无声地摸黑进来，低头就着地灯确认座位排数，其中有两个女人别进我们这排，手里都端着貌似食物的纸桶纸盒。"对不起啊。"经过我们蜷缩避让的腿时，她们低声表达着歉意，看大致身型像母女俩。"没什么的！"杰伊好脾气地回应道。这二位原来就是我们的邻座，母亲刚经过我就一屁股坐下，她把一瓶水插在扶手一端的杯架上，把厚棉服抻展坐定时似乎侧脸看了我一眼。我跟杰伊小声嘀咕，如果开演了他右侧那几个座位还空着，我们就挪过去，尽量不跟人坐那么近。他点头说好。

预告片大约放了20分钟，还没开映正片。我扭头打量四周，别说我们这排，整个影厅居然已经座无虚席了。且人人都在吃着喝着，好像专门跑来不是为看电影，而是来填饱肚子。我这唯一戴着口罩闭嘴坐着的人不禁为他们担心：灌进那么多食物，难道都能忍着不上厕所吗？这电影加上广告可是近四个小时呢。

"你不觉得周围坐满人特别像一大家子在欢聚看电影吗？我喜欢这样！"杰伊吸一大口可乐，似乎很快慰地微笑道。

已经面有沧桑的汤姆·克鲁斯骑着摩托纵身跳下山崖。眼看着人车分离即将坠落谷底，降落伞打开了。揪心的观众异口同声地噢了一声，前排一个男人逗趣道："别担心，这肯定不是汤姆·克鲁斯本人。"我也跟着笑了，心想，其实看看预告片也不错，至少下次打算看那电影前有了一点儿皮毛可判断。忽然，随着一声"Happy new year"，一大桶爆米花递到我面前，来自我左侧的那老妇。她扭脸望着我，那微笑是淡淡的，却那么真诚。在屏幕画面的明暗交替中，我才看清那原来是一张亚裔面孔，60岁左右，相貌普通，却慈祥而友好，像我在国内出入同一个公寓的大妈。不仅我愣住了，旁边的杰伊也望着那桶爆米花想说什么又没出口，他甚至手臂微动了一下，似乎想接过去又打住了。"谢谢。不用了。我们午饭吃得有点儿饱。"我尽量语气自然地婉谢着。"哦，吃过午饭了。"她轻声说罢，把那纸桶挪回自己腿上，脸上仍是笑吟吟的，像是问自家孩子要不要喝杯果汁听到说不的答复，丝毫没有被拒绝的不自在。我发现那桶下面还细心地垫着两个纸盒，估计是怕油污了衣物。

电影开始了。拖着好看的长尾巴、长身玉立的半人半兽男女，强悍又不乏正义感的鱼，柔美的软体花朵和海藻，仙境般的奇异山林和海洋……当然，在这样的背景下是一场捍卫家园与同族的以弱胜强的战争。一切都极有创意，我看得入了神，感觉这《阿凡达2》真是不负期望，怪不得美国许多影评网都给出了93%的好评。

刚看到主人公索利（Sully）一家背井离乡逃到了潘多拉星球的岛礁水国，我忽然迫切地想上厕所。望着别人都岿然不动看得投入，我不由得心生羡慕。打量着每一个填得满满的座位，我才知道选择这所谓的好座位真是如给自己织了一张不方便之网，无论从哪个方向走出去都有心理压力。

我一边怪自己上午喝了太多的茶，一边想忍住，自我安慰说也许看得专心就会忽略这小小的身体需求。宇宙人追踪而至，找不到索利一家，便放火烧了一个水寨……我悄悄看表，3:40，离结束还早着呢。无奈，我只得轻声告诉杰伊说我要去厕所。他也许喝了那超大杯的可乐，说他也正有此意。于是我们不停地小声说着"对不起"，猫着腰快速平移到了过道上。

"你说那老人为什么要给我们一桶爆米花？在电影院我还是第一次遇到这么友善的举动。"刚远离了那夸张的杜比音响，我迫不及待地说。

"我最困惑的倒不是这个，我一直在猜她是让我们从那桶里抓一把分享，还是想把那一桶都送给我们。"杰伊笑道。

洗手间在临近出口的过道里。经过几个放映厅门口，听到有不同电影正在播放的声音。

我们边走边有些兴奋地讨论着。"得到陌生人送吃的，我其实并不特别吃惊。你记得我今年4月去波士顿出差吗？在洛杉矶机场我排队买汉堡，一位排在我前面的陌生女士点了餐，付账前突然扭头对我说：'你的账单我来付。'不由分说，等我点完她就一起刷了卡。我当然很高兴，谢了她的善意。我知道这叫'传递善意'（pay it forward），是社会上流行的一种善行：为毫不相识的人做点儿什么。而接受者感激之余往往也会效仿复制，对另一个陌生人无条件地付出钱财或其他帮助。"

听他这么一说，我还真想起来了。出差回来后的杰伊还上网查了一下，说这"pay it forward"的反义词是"pay back"（回报），它不是简单的双方的付出和回报，而是把善行像链条一样传递到下一节。这其实是个有着古老起源的概念，从古希腊的喜剧到本杰明·富兰克林的信件中都有它的雏形。爱默生在他1841年的文章《补偿》中也提出了这种理论："我们要把得到的好处再次回报给另外的人，一行对一行，一分钱对一分钱。"

"Pay it forward"这个说法真正传播开来借助的却是文学。最初出现在作家莉莉·哈蒙德的小说中，她1916年出版的《欢乐花园》中写道："你不回报爱，你要把它传递出去。"（You do not pay back, you pay it forward.）科幻作家罗伯特·海因莱因在《行星之间》中不仅普及了这个词，还创立了一个人道组织，推广这个理念。 这个短语和概念也启发凯瑟琳·海德写出了一部获奖小说，书中年轻的主人公发起了一场"pay it forward"活动。2000 年，她的小说被改编成电影，进一步使这个理念成为家喻户晓的短语。甚至从 2007 年开始，4 月 28 日成为"传递善意日"，主张通过普通人的小善行在各地泛起"善意涟漪"来改变世界。法国、德国、芬兰、澳大利亚、加拿大、印度等八十多个国家先后加入了这一活动。

这一现象还催生了"礼物经济"理论——商品和服务在没有明确合同或债务的情况下进行交易。

杰伊在机场得到陌生人买单那天就是 4 月 28 日。

"那你为别人付过账单吗？"我问杰伊。 我知道他一向乐于助人，光是给红十字会献血就达五十多次，因为他听护士说他的 O 型血特别适合新生儿。

"还没呢。 我一直打算着呢。"他笑答。

"是不是也得选个看着顺眼的人？"

"我想是吧。 没人愿意给一个看着讨厌的人付账吧。 哈哈。"

一位老人从后面匆匆赶过来，急急地问我们出口在哪儿。"该死的，才想起来，我好像忘了锁车。"老人须发皆白，戴着顶老旧的格子鸭舌帽，腿脚有些不便。说话间我们走到了洗手间附近。我向老人指指那写着红色"只供出外"（EXIT ONLY）的门。他推门而去。

"出来咱俩在这儿会合！"杰伊对我说。我们刚要分别走进过道两侧的男女厕所，就见那老人刚消失的两扇推拉小门像蚌壳张开了嘴，且越张越大，变戏法般进来一个年轻的妇人。她一脸慌张，一手向外推着那门以免它很快速地关闭，三个小男孩像三只小猫钻了进来。我和杰伊都愣住了，大脑似乎运转了一会儿才明白，她等在门外只为趁机混进来！

那妇人显然没想到被俩陌生人看到这不光彩的一瞬，她先是望着我们似乎想说什么，然后快速垂下眼帘，嘴里小声命令那几个五六岁的孩子别叽叽喳喳。也许我们诧异的目光像针刺痛了她，她那张本是白净的脸一下涨红了。像下定了决心一样，她告诉孩子们往前走几步，坐在那长椅上等一下。她站在那儿，把声音压低到轻得像这冬天的雨滴："孩子们吵着要看《阿凡达》，我知道这是个好电影，尤其对孩子们。可票太贵了，我只能负担得起三张。我不得不精打细算，疫情以来，物价太高了……我的孩子们特别喜欢看电影，平时都是看周二的打折日场（matinee）。我知道，这很丢人……"她窘得又垂下眼帘，像在和那暗红的地毯说话，发梢上湿湿地挂着雨珠。

我望向那三个男孩，有两个和母亲一样是黑发，另一个是金棕色卷发，脑后和两侧剃得很短，头顶蓬松地支棱着，像个可爱的鸟窝。三个孩子已经把那红色的塑料长椅当成滑梯，上下蹭着滑着，像三只小松鼠。

"你说买了三张票，还差一张吗？"杰伊故意放松表情，轻声问。

"3 到 11 岁的孩子买票可以打折，我给他们仨买了……"那女人似乎想证明她没有撒谎，掏出手机来。

"不用，不用看。我现在去给你买张票。你可以等一下吗？不过，《阿凡达》已经开演了好一会儿了哦。"杰伊道。

"哦，我们看的不是 3D 的，那更贵，更看不起。只是普通的，还有 20 分钟开演……这怎么好意思……"那女人眼里露出惊讶又感激的笑意，说罢她又压低声音。我看出她不过三十来岁，圆脸上那个小翘鼻子还带着孩子气。我知道，她实在不想让孩子们目睹她的苦衷和难堪。

"你们俩去买票吧，我在这儿和小朋友们玩一会儿。"我笑着说。那三个小男孩都有着亮晶晶的眼睛，是刚淋了小雨吗？他们光滑干净，像海浪冲洗过的小贝壳。他们并没因为我是陌生人而拘束，相反，争先恐后地告知我各自的名字和年龄，分别是 4 岁、5 岁和7 岁。"我们三个有不同的爸爸，可妈妈说我们是好兄弟。"卷发的那个笑起来很顽皮，薄薄的嘴唇边有两个小酒窝。

待我们再回到影厅时，屏幕上索利家的四个孩子已经被凶残的宇宙人盯上，在海洋中绝望奔逃。小儿子最终拼尽力气，受伤死去。母亲抱着他对着苍穹发出动物般的悲鸣。我左侧的那位老人家不住嘴地叹息着，咒骂着"shit"，边摘下眼镜拭眼泪。艺术的魅力就在于你明明知道是编的假的，却不由自主地相信和投入。天空侠（Skyman），所谓的宇宙人其实是拥有高科技的人类，他们残忍贪婪，无所不用其极地抢占宇宙资源，不惜生灵涂炭。我边看边想，编出这电影，也许证明人类还没厚颜到不自省不自知的地步。可对残暴的自省自知未必意味着悔过自新，人类仍然在打着各种名义互相猜疑、伤害和掠夺。"索利一家永在一起。"（"Sully's stick together."）当他们相拥着彼此勉励时，我想到了那三个眼睛亮晶晶的孩子和他们的妈妈。我愿意一厢情愿地相信，这部电影和这句话让他们一辈子都忘不掉。

5:40，片尾曲响起。不少人在黑暗中鼓掌。起身离开前，我俯身轻拍一下邻座那位老人的手臂，诚心诚意地跟她道了声"新年快乐"，她扬脸望着我，微笑着挥手道别。

离电影院不远的街角有家名为"盐溪"（Salt Creek）的餐馆，那是我和杰伊难得都喜欢的西餐厅，尤其爱吃他们那刚出炉的面包，外焦里韧，抹上两种不同口味的新鲜黄油，一入口就停不下来。

招待我们的是一位三十多岁的白人男子，短而卷的黑发，戴着黑框眼镜，眉眼间有些忧郁，像个吟不出好句子而发愁的诗人。隔着窄窄的过道，有一家四口显然刚坐下没多久，正吃着面包和开胃菜。那是典型的美国中产之家。夫妇都保养良好，富态，衣着讲究得体，他们很客气地冲我们微笑着点头，算打招呼，带着养尊处优的底气和优越。一儿一女和刚才电影院的三个小男孩年龄相仿，也都像温室中的花儿，有教养地和父母相挨着坐在仿皮的火车卡座上。

"我能不吃三文鱼只吃上面的奶酪吗？"戴着红框眼镜的小男孩轻声问。

"当然可以，奶酪是世界上最好的食物。"男侍两手各自端着一个厚重的盘子小心走过去。他们点的主菜开始上场了，三文鱼和牛排。

"那我能不能只点烤奶酪不要鱼？"小男孩又问。

"哦，你先把这上面的吃完，如果还需要，我来想办法。"男侍好脾气地道。

"别听他的，这些能吃完就算他厉害。抱歉，孩子就是这样不知自己的胃有多大。"父亲接口道，他给太太和自己的酒杯再次斟上红酒。

"没关系，我倒感觉他知道自己要什么很可爱。我家也有这么个年轻人……"侍者道。美国成年人为了体现平等意识，往往不用"little boy"称呼小男孩，而喜欢鼓励性地用"young man"。

"哦，今天是新年，你不陪他过？"

"他在我父母家呢。我下了班就赶过去，但愿他还没睡着。说实话，我真心感谢他，他是我活着的希望……"

我悄声对正吃着面包的杰伊说："你看看这家的俩孩子，再想想刚才那女人和她的仨小家伙。人生在起点就已经有了高低差别啊。"

杰伊说："是啊。"他说他正在想，既然美国这么发达富有，未来有没有可能看电影免费，就像去国家公园一样。我知道美国所有国家公园只收停车费，免入场门票，而且如果花80美元买张年票，全国423个国家公园随便游。"后来我想，电影不可能免费。电影是私人投资的商品，有人花巨资投拍，就是想卖票收回成本，想赢利。"

面包并非直接放在桌上那小篮子里，而是放在一张食品纸上，仿印成白纸黑字的小开报纸，《美国时报》（The American Times）的大报头很醒目，日期是1989年11月19日。报头左侧有个小黑框，写着："改变世界的所有新闻"（All the news that changes the world）。

待杰伊拿起纸上最后一块面包，我便把这二十多年前的《美国时报》拿在手里读了起来：第一个美国女宇航员萨莉·赖德（Sally Ride）登上太空，年仅 32 岁，成为美国最年轻的宇航员。 柏林墙倒了，200 万东德人跨过界线去西德。 失事 76 年后，泰坦尼克沉船在纽芬兰南部 350 英里的 10000 英尺海底被发现。《外星人》（ET）电影票房爆表，一周就斩获 1100 万美元的票房。 美国曲棍球队成为第十三届冬季奥运会黑马，战胜一向强势的冠军队苏联队和芬兰队，一举夺冠……

咀嚼着这些旧闻，那新鲜面包似乎格外可口。 我们俩都点了沙拉当主菜。 杰伊的是鸡肉卷心菜沙拉，我点的是扇贝烤梨生菜沙拉。我留意到疫情以来这家餐馆的价格涨了不少。 我那盘同样的沙拉在疫情前是 21 美元，现在是 27 美元，而且本就不多的扇贝数量更少，几乎成了点缀。

餐厅里人多了起来，多像是从电影院出来的人。 虽是元旦，餐馆里却远不如圣诞节时有气氛。 人们似乎一点儿也不拿元旦当回事。早晨我跑步的时候，遇到遛狗的人，大家也仍和往日一样道声"早上好"。 我跟其中一个大叔说了声"新年快乐"，他立即眉开眼笑，似乎那声祝福让他很意外又兴奋。

邻桌很安静，大人和孩子都没什么动静。 桌上的食物也剩了许多，全然不像杰伊和我又多要了一份面包。"我要吃爆米花。"那扎着漂亮粉色蝴蝶结的小姑娘忽然轻声说，眼睛盯着一个走过的小男孩手里的爆米花。"那是垃圾食品，你最好别碰。"坐在她对面的母亲低声却不容置疑地否决了。

我不禁又想起刚才那亚裔大妈来。她和女儿各自捧着一桶爆米花，是买的时候就打算好了要送人呢，还是忽然发现邻座也是亚裔面孔，让她亲切之余爱心萌生？如杰伊猜测的，她是想送我那一桶呢，还是想让我抓一把？我是否不该谢绝而接受她的善意呢？

虽然知道永远不可能得到答案，我仍不由得胡乱想着。

那面容忧郁的男侍更忙了，点菜、上菜、端冰水、送账单。"你的柠檬水不用再加热水了吗？"杰伊问我，他喝的冰茶已经续了两次。我说："算了吧，他那么忙，我回家再喝也行。"

邻桌一家结账离开。经过时，好闻的香奈儿的海洋香氛飘进我的鼻孔，显然是那女士的气息。侍者快步送他们出门，手里拎着几个打包盒。

我们也准备离开。杰伊正在掏信用卡，就听到那回来收拾邻桌杯盘的侍者惊叫道："我的天呀！"（Holy moly!）

我们抬眼望去，他手里捏着打印出来的账单，低头看罢，似乎不相信，举起来对着灯光再次细读道："125 美元的小费！"

"什么？！祝贺你呀！"杰伊笑着大声恭喜，"说明他们认可和感激你的服务。"

"他们的餐费是 125 美元，加了倍（doubled），付了 250 美元！还留了一句话呢：'希望你家的年轻人得到他期盼的新年礼物。祝新年好运！'"这位自己也是年轻人的侍者眼里闪着幸福的光芒，那忧郁像融化的雪不见了踪影，我看出他其实是个很斯文秀气的男子。

我像见证了奇迹一般也跟着激动起来，走向停车场的路上仍不住地感叹："真希望不只是新年这一天能激发起人们的爱心。我真为那侍者高兴！"

杰伊却口气冷静地道："这种过高的小费（over tip）时有所闻。你别为他高兴得太早了。你没听说过那个曾经很轰动的小费新闻吗？今天元旦，得说那是去年了，也是在这新年伊始，44 个地产商在阿肯色一家餐馆开年会。财大气粗的召集人提议每人掏出 100 美元来付小费，以感谢为他们忙活的一男一女两个侍者。结果餐厅经理却要把这 4400 美元充公，让所有侍者均分。遭到了那位女侍者的反对和拒绝。召集人很生气，明确说这笔小费就是要给那两位服务他们的侍者的。餐厅经理便客气却坚决把那笔小费退回给了他。而商人私下又把其中 2200 美元给了那女侍者。结果有些出人意料——她被开除了！地产商听说了，再次鸣不平，在众筹网站'GoFundMe'上公开了此事，为这还有学生贷款要还的女侍者募捐。"

"你的意思是，那 125 美元也不一定能到这男侍者手里？账单上明明写着钱是给他儿子买份新年礼物的呀。"我有些着急地说。

"要看各餐厅的政策了。有些是各收各的小费，有些，就如阿肯色那家餐厅，那经理也发表了声明，说他们一向是把所有人的小费都放在小费池（tip pool）中大家均分的，为的是报答所有员工的劳动。"

我听了似乎感觉也有道理。要不谁都嫌贫爱富，争着去服务有钱主顾了。杰伊却不同意，他认为那就相当于每个孩子从球场回家都捧着一个奖杯："没有差异，就没有动力。"

雨又下了起来，节奏从容，滴答悦耳，像在从头讲述一个新故事。太阳不露面，人类在唱主角。我知道，所有的故事最终都会被遗忘，如同这新年第一天发生的一幕又一幕。那首歌怎么唱的？"大风吹，大风吹，爆米花好美。从头到尾，忘记了谁，想起了谁……"

1

洛杉矶的雨季来了。

12月的第一天，我正在居所旁边的小树林散步，针尖似的凉意开始飘洒，若有似无，像雨更像雾。

"艾玛，你在哪儿？公园走路？好，我去。"邻居格兰特低沉的声音隔着手机传过来。从亚美尼亚来美国30年了，每天对着画架、帆布和电脑，家人和朋友也都是亚美尼亚人，他的英语仍差得像做着美国梦的初来乍到者。

我快步走出树林，穿过过街小桥，来到那足有10英亩大的公园草坪。远远地，看到那个熟悉的日渐矮小的身影正朝我这边走来。他两手揣在夹克口袋里，不疾不缓地走在灰色的天空下，像个早起去地里查看秧苗的农人。那正是66岁的格兰特。我曾跟他开玩笑，说年长我十几岁的他是我的"老兄"（older brother），而他那比我小十几岁的儿子阿瑟则是我的"老弟"（younger brother）。听罢，他像个反应延时的旧电脑，愣了几秒，随即露出了那经典的笑——浓眉上扬，额头和眼角现出几道木刻似的纹，黑亮的大眼睛闪着戏谑开心的光芒。

格兰特两年前被查出肠癌晚期，已转移到了肝脏。"好几个医生说不敢给我动手术，否则我的肝脏会像个瑞士奶酪，全是洞……"瘦弱如纸片，他脸色晦暗地对我说。雪上加霜，他的老板跟他解除了合同，还拒付欠他的薪水。那段时间，他们全家个个愁眉不展地奔波于医院和家之间，准确地说，除了医院，他们去的更多的地方是离家30英里的教堂。"人这辈子都是短短几十年，好人和坏人最后的结局肯定是不一样的，否则，死了就是死了，我们和动物有什么区别？那结局的差别由谁来决定？"这样逆推的结果就是他们对上帝的笃信不疑。格兰特还总好心地游说我："退一万步说，你死了，发现没有上帝，那也没什么损失，你按《圣经》的指引弃恶行善，踏实过了一生。可万一有上帝呢，你没信他，不能进天堂，那不就晚了？"

在他苦口婆心的劝说和殷殷目光的注视下，我总是于心不忍地支吾着。为表明我没敷衍他，有时我会就困扰我的问题跟他请教。有一回我问："有一个中国农民，从未进过教堂，从没读过《圣经》，从不相信上帝。他只是本着良心，一辈子行善避恶。有一个出生就受了洗礼的美国基督徒，每周都去教堂，熟读《圣经》，自言相信上帝，却总是损人利己、自私虚伪。这两人最后谁能进天堂？"

"当然是那个做得好的中国农民。信上帝不在表面，而是在用心做人。"他的答案让我欣慰。

"你每月都捐1/10的收入给教堂，怎么知道没被牧师贪污？我知道，有许多牧师不仅穿名牌开豪车，家人还在教堂有份领薪的差事呢。"另一回我问。

"我并非没怀疑过，我的牧师也开着奔驰。可我早就释然了：他如果真把信众的钱放进自己的口袋了，那是他的罪，上帝最后会审判和惩罚他。我只要问心无愧，做到我该做的就好了。"我点头，由衷佩服他的觉悟。

格兰特总让我不由自主想到我父亲。他们都为人宽厚、热爱生活，都患了肠癌。我父亲抗争了8年，希望伴着失望，在他66岁那年，形销骨立地走了。

正当我为格兰特捏把汗的时候，他竟奇迹般地健壮起来。"大夫说我身上无癌细胞（cancer free）了，至少两三年不用去看他了。感谢上帝！"我眼睁睁地看到，他的精神和身体确实都比患病前还好，又开始气定神闲地照顾花草树木。为了让树形更好看，那株合欢树下还用绳子吊着几块石头。

我为他高兴之余又暗自惊奇：美国的医疗手段果然厉害！我认识好几个美国朋友，或是患乳腺癌或是患前列腺癌、肺癌，经过治疗或手术后，都被宣告"cancer free"了，十几年了，还真安然无恙！南加州常年阳光炽烈，许多户外运动爱好者得了皮肤癌，也不过去个小医院，切掉、补上，就没事了。即便没有"cancer free"的，也安稳度日无大碍，好像癌症只是个慢性病。

格兰特这个案例更是如他所说像个神迹。得知另一个波兰裔的邻居得了肺癌，格兰特主动让我捎话："如果她不嫌，我愿意跟她讲讲我的故事。医生救了我，没错。真相是，上帝，通过医生之手救了我。"我没敢捎话，因为我记得一个美国教授跟我说过："信仰和性一样，是隐私。"

他们全家去教堂更积极了。儿子和太太都虔诚地穿上白袍，跟着牧师去郊外湖里受了洗礼。受格兰特的邀请，我还跟去见证了那一刻。

看到我的讶异，探险家老友史蒂夫很理性："那好转都只是暂时的，表面的。肠癌晚期都转移了，无癌细胞？不可能。"72岁的他是俄罗斯裔犹太人，笃信科学，从父母那一辈就不信教了。

无论如何，我仍为格兰特高兴。于我，他是个厚道诚恳的邻居，现在还像个悬在空中的信仰符号。我甚至想，难道上帝为了感化我这无宗教信仰者（pagan），想让他当个活的物证不成？

感恩节前我去亚利桑那州自驾一周，最后一天出了车祸。把车拖到阿瑟的修车店去大修。问及他的父亲，他皱眉说："很不幸，父亲的癌症又回来了。"

果然，再见到格兰特，他的脸色已经和这初冬的天空一样灰暗起来，花白的络腮胡子也不刮了，像一堆霜打过的草蔓生在那儿。

见面打招呼，他毫不掩饰内心的抑郁和失望。我猜，除了对死亡的恐惧，他更担心被上帝遗弃吧？我故作轻松地安慰他说："心态很重要，心情放松，健康饮食和适当锻炼，有些患者能活很多年。"我甚至跟他提到我那已长眠地下的父亲，说："我是亲眼见证了他当年的挣扎过程的。"

"我听从上帝的安排。我相信在他身边我有一个位子。"他仍相信上帝一直在看着他。

2

太阳露出了脸，虚弱得也像个病人。针尖细雨知趣地散了。

我们沿公园一侧的步行小径走着，一侧是独门独院的户户民居，一侧是高低起伏的坡地，路两侧都是灰、绿、深绿不同的灌木。蜥蜴、松鼠、白短尾巴的野兔不时窸窣出没。偶尔走得太近，我会闻到格兰特呼吸中的浊腐气。他自己也知道，癌细胞已经扩散进了肺和胃。

"谢谢你给我的陪伴，艾玛（Emma Jan）！"我和他都穿着运动鞋，并肩走着，我发现他居然比我还矮小了。

"我一直想问你，'jan'是什么意思？我平时总听你太太特蕾莎叫我'Emma Jan'。"我故作轻松地问。

"哈，这是亚美尼亚语，原意是身体。如果我叫你的名字，后面跟着个'jan'，意思有点儿像'亲爱的'，但比那个还要亲得多。只有最在乎的亲人间、互相视为彼此身体的一部分，才这么称呼。"他一下来了兴致，竭力用他有限的英语解释给我听。

忽然，他收住脚步，低头望向路侧灌木丛下，枯叶上有一堆鲜绿的果实，猛一看，像带着绿皮的小核桃。他弯腰捡起一个，好奇地挤开了，露出淡黄色果肉。我也从那灌木上揪下一个，掰开，故作认真地望着他，说："格兰特，听好了，要是我有个好歹，你，立即打 911 。"说罢把那果子凑到嘴边。

"哎，可别吃！万一中了毒……"格兰特话没说完，自己先乐了。我只是放到鼻子下闻了闻。

他知道我是在逗他开心，抬手轻轻在我肩上拍了一下。

"除了亲友的关心，我还庆幸自己有医疗保险，不用有太多经济压力。虽然以前挣得也不多，5000 美元一个月，现在没工作了，每月只从社保得到 700 美元。"我知道，美国人几乎从不在外人面前谈自己的经济状况，所以我很欣慰他拿我当亲近的人。"我去年和前年都去了欧洲，看那些百年教堂、建筑、油画，你会觉得生而为人很幸福。如果上天让我再活几年，等这疫情过去了，咱们结伴，先去中国，再从那儿到亚美尼亚。我们都来自有着灿烂文明的国家……"

当年在亚美尼亚他曾是大学教授，来美国后迫不得已，靠给珠宝店做首饰设计谋生。在那车库改装的画室，靠墙摞着五六百张油画，全是他这些年的积累。他家、两个儿子家，甚至亲戚家，都成了他的画廊，墙上挂满他的画。除了有几幅曾租给电影公司当道具，没有一幅找到了买主。他不止一次把那些画抽出来，靠桌子、椅子摆好让我看。与那些糖果色的装饰性很强的新画比，我更喜欢他来美国前的作品，中性的暗哑色块，抽象浑厚的线条，粗犷浓重的笔触，很有点儿高更早年画作的影子。

客居在美国 30 年，他深以他的祖国为骄傲，总爱把手机里他回乡时拍的照片——滑给我看——老教堂、十字架刻石、诺亚方舟停泊的山头、圣湖……

他爱自己的家人和狗们，把他们用电脑合成进他的画里，把全家的老照片扫描进电脑，还用 Photoshop 处理得帧帧完美。

如果，某天，他死了……一想到那一刻，我难过得像再次面临父亲的离世。隔着这小马路，抬头不见低头见，他就像他前院的树木，已经是我生活中的一部分。父亲走时我在美国，遗憾没在现场，也庆幸没目睹那生离死别的悲恸。我是个太脆弱太自私的人。

我们经过草坪，看到一个蓄着大胡子的印度老人，头裹白巾，双手合掌，背对行人跪在一棵大松树下，口中发出呜呜声，像是在祈祷。"我为他高兴。虽然他的主对我没有任何意义。"格兰特很坚定地说着望了我一眼。我没吭声，忽然明白，他其实一直在确认着自己的信仰。

第二天早晨，我接到特蕾莎电话，问我在干什么。我说要做早饭。

"Emma Jan，你过来，我们一起。"她的英语不及丈夫的1/10。

等我做了个蔬菜沙拉、炒了一盘鸡蛋、用纸巾卷了三张薄饼带过去，特蕾莎已煮好了咖啡，摆出好几碟不同的奶酪、刚烤好的面包片。

他们都像猫，吃得很少。我知道，相比吃早点，他们更喜欢有人陪伴。

饭后格兰特让我跟他进车库，给我看他头天逛二手店买回来的画框和油画。

"三五美元一幅。你看，这画框多结实，我自己做也得七八十美元。这油画不入眼，都很俗，我可以毁了当画布，比买新画布也便宜得多，还不用自己绷。"

我问他是否去过本城的旧货市场，周二和周日都有，很容易找到这类画框画布，远比他开车往返两个小时去北好莱坞方便。

他说周日不行，他要去教堂。周二早晨可以同行。

我希望把格兰特介绍给史蒂夫，除了因为他们两个都是好人，我还暗自打着小主意：史蒂夫住在富裕的帕萨迪纳（Pasadena），万一有熟人刚好想买画呢……史蒂夫很爽快，答应同行。

早晨 8 点钟，史蒂夫开着那油电混动的雷克萨斯到了，那鲸灰色的车像个 UFO，嗡嗡地响着，只一刻钟，把我们运到了那山脚下的露天市场。

"我从不认为我能在这里买到什么东西，除非必要，我已不往家里添东西了。"史蒂夫跛着一条腿，那是他当年丛林探险的代价。他很注意健身，肩胸肌肉发达，结实得如运动员，两条小腿却细瘦如麻秆儿，他自嘲说他那是"鸡腿"（chicken leg）。他晃悠地走着说："人到这个年纪，就不该收东西，而是要往外送了。"他家里除了一些来自非洲的夸张木雕、几尊中国佛像，还真没有过多的陈设。

"是啊。我也一样。就算看到好的艺术品，买不买回家对我也真没什么意义。你看我那些画，摆在那儿没人分享。所以我好久不画了，没有动力。"格兰特语气沉重，脚步却轻盈，镜片后的大眼睛黑亮干净，像一直在思考哲学问题。

那天的摊贩并不多，东西鲜有入眼的。最后我买了三本 20 世纪 60 年代的杂志，《美国遗产》(*American Heritage*)，其中一本的书脊绽开了。"小意思，我给你修补好。"格兰特说。他的修理功夫我早见识过，我有两本 20 世纪 20 年代出版于伦敦的日本浮世绘画册，轻轻一翻，发黄发脆的纸页就会脱落。他拿过去，片刻工夫，加了色彩淡雅的硬壳书脊，旧书面目一新，像整了容。

一个蓝白抽象图案的大瓷盘吸引了我。有裂纹，要价 5 美元。看我拿着打量良久，蹲在地上的摊主——一位中年男子，笑着说："我实在是想给它找个好人家。2 美元，你拿走好吗？"我付钱，接了，放进史蒂夫的布袋里。

"你知道人们为什么羡慕年轻人吗？不是因为他们年轻、好看，而是他们遇到喜欢的东西还可以买下留着慢慢看，不用考虑是否来日无多……"看这二位有说有笑，我庆幸促成了他们的相识。

回家路上，我邀请他们去家里吃中式早餐：白萝卜鸡蛋韭菜馅儿包子，小米粥，生菜沙拉。

史蒂夫美滋滋地说："好。"

"我今天还没看到我太太呢。"格兰特笑眯眯地婉谢，并邀请我们一会儿过去喝茶。

我们过去时，麻利的特蕾莎把茶点都已摆好。随后我们去了他的画室。格兰特又是一通忙，把那些画抽出来摆好，展示后再放回去。有些画很高大，他慢吞吞地搬来挪去，活动空间越来越小，他便像只小蚂蚁。有些画框显然很重，他不时用袖口拭去额角的汗水。我提出帮忙，被他拒绝。史蒂夫这不懂艺术的人连声赞叹，按自己的理解读着那些抽象色块的意思。"艺术就是这样，不同的人看到不同的意思。"格兰特很开心，好像他的个人画展终于有了参观者。说下次史蒂夫再来，要请他在后院吃烧烤。

"这对夫妻真好！太可惜了。"出来后史蒂夫一脸惋惜，瓮声瓮气地摇了摇秃脑袋。我总感觉他像沙僧，头顶光光，脑后一圈黑发，为人也实在得像块石头。

"你跟画家丹妮澳不错，她认识许多画廊。要不要问问她是否可以介绍几家给格兰特？或者，她要喜欢他的画，说不定可以当代理呢。"史蒂夫坐进车里，像忽然添了心事，隔着车窗说。

我迫不及待给丹妮澳发了信息，一天后才得到她的回复。"我很佩服这个画家同行，可我实在没空。"措辞客气，可看得出那暗含的不悦，好像那样的问题本身就是对她的得罪。

没过几天，我听到敲门声，是格兰特，他手里拿着他修补好的那本刊物。我沏了碧螺春请他喝，还削了一只韩国梨。之前给他两个，说有利于消炎解毒，他应该多吃，他推让着，只肯收下一个。

"我今天不开心。（I am in bad mood.）每次去看医生回来都情绪低沉。我想跟你待会儿，可以吗？"

他蹙着浓黑的眉坐在餐桌旁，眼睛望向那杯茶。"这是植物茶？哦，树的叶子，那我能喝。"

没聊几句，他就掏出手机给我看照片。有着无辜大眼睛的白马脸部特写，全身雪白有着一蓝一灰眼睛的猫，别致的山间古屋……"这不是我拍的，好看，就存下来了。"一个如此热爱美珍爱生命的人，知道自己很快就要被魔鬼挟走，要不情愿地和这一切说再见了。那心情！

我心中一酸，难过得不知说什么好，只是若无其事地附和赞美着。"周五，史蒂夫和两个老朋友一起过来我这儿吃饭。你和特蕾莎也过来吧。我知道，特蕾莎除了自己煮的东西都不碰。不过，吃什么不重要，重要的是人多热闹。他们还可以去看你的画。"我希望这个提议能化解他的不快心情。

"请他们到我家去吧，后院烧烤，那天我都跟史蒂夫承诺了。"吃了一块梨，他抬眼望着我说。

我说："当然好啊，不过得让我负责采买，尤其是烧烤的肉类，我一直想向你讨教。"

他明白，我是不想让他破费，微笑着说："既然是来我家烧烤，就全权交给我好了。"

"那我带两个中国菜和红酒过去。"我笑着坚持。

"和烧烤不搭，别弄了。酒水我家也有一堆。"

我不再坚持，想了想，决定不告诉他，那天是我的生日。

4

早晨，我睁眼第一件事就是拉开窗帘看天气。地上是湿的，显然昨夜下过雨了。

天气预报是多云，走到外面，才发现仍淅淅沥沥飘着牛毛细雨。不大，却很密。

我思忖着是走路还是开车去花店。自从出了那场车祸，我对出门开车越发慎重或紧张。看天上的云仍灰秃秃的，雨没有要停的架势，本打算走路去，我犹豫了。来回 5 英里，即使打着伞，也很难确保花不被淋湿。

如果开车，风险有两个。一是和别的车辆甚至行人发生剐蹭和碰撞，二是违章被警察抓开罚单。我有点儿恨自己那么患得患失瞻前顾后，可既然这天是我的生日，在异国他乡，我真不想有任何闪失。

我心心念念着一定要给特蕾莎买些很棒的花。我去格兰特家吃过烧烤，知道每次最辛苦的都是这位女主人。

车还在修，租来的那辆白色雪佛兰静静地停在路边，像个临时来打短工的伙计。喝了一杯茶，我决定不再等了，把车后视镜的雨珠擦干，格外小心地开车去花店。

才周五，那店里生意已很红火，人们推着车提着篮，开始圣诞采购了。

鲜花也比往日种类多，层层叠叠，玻璃纸罩着，一束束的，立在铅色的小桶里，像五彩缤纷的糖果，又像一群活泼可爱的小囡囡。

我本来想买兰花，看到那五枝一束的娇艳芍药，立即改了主意。淡粉、深粉、米黄、牙白，花苞肉乎乎圆滚滚嫩嘟嘟的，像熟睡的婴儿脸，让人想凑上去亲吻。12.9 美元一束。不能抗拒，一口气挑了三束——两束送人，一束给自己。

回家路上，我想象着递给他们时的情景。我会说："特蕾莎先挑。淡粉的，还是深粉的？"两人一定欣喜地望着花，笑出一脸好看的纹。

史蒂夫打来电话，说他们已在路上了。"下雨路滑，我们不去了。掉头往回开了哦！除非你桌上有巧克力……"我听到副驾座上的彼埃尔大声笑着嚷着咳着。我刚才还真给这老顽童买了四种不同口味的巧克力。

12:30。我踱到客厅窗前，望着路边偶尔驶过的车辆。车轮带起的泥水，似乎脏污了好心情。雨仍在下。这样的天吃烧烤？我想象格兰特也在后院廊下立着，不时仰头看天。

一辆灰色轿车驶来，拐进邻居家的车道，旋即又退出来，它只是借机掉头，缓缓地停在路边。他们到了！

我并未迎上去，而是继续立在窗前看着，像个偷窥者。

先是史蒂夫推开车门下来，径直朝正开启的后备箱走去。副驾座的门开了道缝，我看到里面顶着稀疏白发的彼埃尔，他并没急着下车，而是侧着脸好奇地打量着前院的植物。他也爱植物如命，却心疼水费，舍不得给它们浇水，我总打趣说他院里那些活下来的植物不是神仙就是妖怪，几十年来全靠老天下的可怜的雨水活着，这可是在号称从不下雨的南加州啊。 他身后的门开了，娇小的亚裔黑发女子一手端着一盆黄色兰花走出来，一手替他开了车门，扶他下来。 那是他的菲佣——看护南茜。"我去哪儿她都得跟着！我当年就是不想被女人掌控才离婚独身。半个世纪过去了，我的天，没想到又落入女人手里。 我的俩女儿，还有这个南茜，一个比一个专横（bossy），总下命令，吃这个喝那个。"彼埃尔不止一次跟我们撒娇式地抱怨。

彼埃尔拄着黑色手杖，慢吞吞地挪着，雪白的头发像一团被风吹歪了的泡沫，脸和脖子连成了一体，浮肿松弛，一看就是药物副作用的结果。 患白血病 3 年，医生都要放弃他了，看他不甘心，才同意给他换一种药试试，那药却贵得要命，医保不能报销。 他不想卖房，就开始卖自己的藏品换钱。 每周他要付给南茜 800 美元，而他每个月的退休金到手还不足 3000 美元。

"借你生日聚一下吧。 很可能这是最后一次了……彼埃尔不知还能挨到什么时候。"史蒂夫是召集人，除了他俩，72 岁的约翰也说好了要来，可他头天去做了头皮激光治疗，癌前病变，疼得一夜没睡，早晨临时道歉取消了。 这三位是我在美国最熟悉最亲近的朋友，曾不止一次远足、聚会、喝酒、庆生。 可是疫情 3 年，大家都像雨中的漂萍，即使还在水面上漂着，那苍黄老迈有目共睹。

彼埃尔进门后踮着碎步直奔沙发，一屁股坐下后长舒了口气，似乎他刚跋涉了 10 万英里。史蒂夫跛着腿，又进出两趟，像个搬运工，把所有的礼物都摆在客厅。

彼埃尔送的是个手绘宫廷人物的深瓷盘，产自捷克，说那是 50 年前他因为父亲去世回瑞士接受遗物时带回来的。"这是你的生日礼物，说好了，兼圣诞礼物啊，我不知道那之前还能不能看到你。"

我笑着打趣说："我明白，新年礼物也是它了。"

"这盆兰花也很美！"我说，再次跟他道谢。

"这是我送的哦！"南茜笑着瞥了我一眼。她眼皮很双，两弯眉毛绣得漆般黑亮。她总是略带难为情地笑，明明很谦卑，却又透着在琢磨人的小心思。我把托史蒂夫去华人超市买来的葵花子打开，她很认真地嗑起来，不时耐心地帮不得要领的彼埃尔捡拾落在夹克上的瓜子壳。

约翰也让他们捎了礼物来，和以前一样，书——简·奥斯汀的《劝导》、贝蒂·史密斯的《布鲁克林有棵树》。

那盆非洲茉莉当然来自史蒂夫，卵形深绿叶片，牙白色花苞，点缀在弯成环形的枝条上。另外，他还像个管家采买了一瓶粉葡萄酒，一箱韩国梨。那两个胖大的酸面包，来自他家旁边的面包房，我吃过，确实如他所说，那是全洛杉矶最好吃的面包。最后，他夸张地搬进屋的是个带轮冷冻箱，掀开盖子，变魔术般，他端出个冰激凌生日蛋糕!

除了南茜,每个人都写了生日贺卡。望着那风格不同的字迹,读着那一句句或调侃或温馨的话,我像喝了酒一样有些微醺了。

彼埃尔让亚历克斯(Alexa)放爵士音乐,一曲完毕,他再次大声下令,连着报了好几个曲名。那虚拟女人被弄晕了,问了几次都被他粗暴打断,继续下令,人家干脆罢了工,不吭声了。"你的话太多了!"史蒂夫清了清嗓子重新下令:"古典音乐(Classical music)!"一曲莫扎特开始悠扬回旋,仿佛那个美少年从宫廷踩着舞步翩然而至。

趁大家七嘴八舌逗趣,我看表,已经过了约好的1点,给格兰特打电话,他说:"恭候着呢,赶紧来吧。"

我把准备带的东西都放在桌上,让大家分别拿上一两件。许是去一个陌生人家里吃饭有些不自在,人人都高兴帮忙,抓一两样东西在手,似乎有了点儿体面和底气。史蒂夫捧着那烤得外脆里糯的酸面包。南茜一手握着葡萄酒瓶,一手拎着那生日蛋糕。彼埃尔拎着一袋梨。

刚要动身,史蒂夫忽然叫停:"等等!你没告诉格兰特夫妇今天是你生日。这蛋糕不会露馅儿吧?"

我望一眼那纸盒上的"生日快乐",不知如何是好。

140

南茜说："别带了吧？可以回来再吃。"

史蒂夫说好在他让蛋糕店把生日快乐写成了中文，估计他们猜不出意思。生日蜡烛不带就是了。

几个人嘀嘀咕咕的结果是，带上。

走到门口了，彼埃尔像个长老，威仪地用手杖在地板上顿了两下道："千万记住，切和吃蛋糕的时候都不能说生日快乐！"

南茜睁大眼睛悄声问我："为什么不让他们知道？"

我还没接话，她的主人朗声道："我完全理解！艾玛是不想让他们破费。人家给咱们这几个陌生的家伙准备烧烤，已经很让人感激了。对不对？"

我连连点头，抱起那两束芍药，开门。

5

一路之隔，斜对面，狗儿听到动静已经叫了起来。特蕾莎喜气洋洋，说了无数遍"欢迎"。

我的设想没有得逞。整洁的客厅里只有女主人，我没法让二人对着那花端详挑选，只好都递给了特蕾莎。她施了一层粉的脸也乐成了花，忙不迭从柜子里拿出个水晶花瓶和剪刀。

格兰特似乎要隆重登场，等人的说笑、问候和凑热闹的狗都消停了，才从二楼下来，格衬衫蓝毛衣，俨然一位艺术教授。他声音洪亮地表达诚挚的欢迎，再为自己糟糕的英语致歉。

"我们搞艺术的就该扎堆儿。谁都知道，交流不靠语言。"彼埃尔的外交辞令自如又体面。

"今天全是地道亚美尼亚食物。"特蕾莎笑着说，继续在厨房灶台前忙活。厨房与客厅间没有墙，等于她是在客厅的一侧忙。南茜角色归位，刚把那花插进花瓶，就挽起袖子帮着洗菜、切菜。

史蒂夫和格兰特见过一面，以熟人自居，主动去后院给烤架煽风点火。

"我很高兴南茜能融入。你知道，她平时有点儿内向……"彼埃尔低声跟我说。他独自坐在客厅的白沙发上，爱抚着躺在脚边的小狗罗密欧，望望忙活着的人们，像是自言自语："我也没闲着。我给小狗当伴儿。"

我推开纱门走进后院，脸上居然没接到雨滴。

"10 分钟前还在下。我把炭刚取出来，那雨就停了。"格兰特拿着个电吹风对着那烤架猛吹，火星飞起来，热浪扑在脸上、身上，让人感觉心里暖烘烘的。

茄子、西红柿、青椒、长椒，第一批上架。待它们都变成炭色，下架送进厨房。我和南茜开始手撕——把那焦黑的一层剥落。炭化的表皮并不烫，可那下面的蔬菜却极灼手。我们俩的手指尖很快红了，像冻伤了一般。格兰特进来见了，接了一碗水递给我。蘸着那碗冷水，果然，烫伤问题解决了。

我再去后院时，架上已经成了肉林，串在半米长的金属扦子上的牛肉块和鸡腿，开始滴油了。

"这扦子还是阿瑟 10 年前回亚美尼亚带回来的。"格兰特利索地抬抬这个、挪挪那个，娴熟得像个 DJ。

曾是职业摄像的史蒂夫看乐了，拿出手机来录像，边录边说："不知你们发现没有，美国人家家后院有烧烤架，有的一年也用不上一回，有的一个星期就烤两回。真有意思。"他说他家就属于一年也不过烤两三回的。我的房东杰伊也有一个烤架，煞有介事立在廊下，罩着罩子，我从未见他烤过。

"烧烤是你判断一户人家是不是真的亚美尼亚人的重要指标。"格兰特笑道。有两串牛肉熟了，他移到一边桌上。我正琢磨如何把它们从那灼热的金属扦子上撸下来，只见特蕾莎拎过来一袋烙好的薄饼（lavash），都切成手帕大小方形。格兰特拿起几张，裹住肉串轻松一撸，那肉和饼就落进早准备好的保温盆里。

再进屋，长条餐桌已被食物占据。当中一大盘是鲜物，茴香、香葱、紫苏、罗勒，生吃。黄瓜、圆白菜、胡萝卜，都带着点儿粉色和醉意码在另一盘，是泡菜。小碟子里是特蕾莎自己做的鹰嘴豆酱（humas）。烤茄子、椒类、西红柿像陈年的旧物，带着斑驳的炙痕，让人不由得想，咬一口也许就尝到了所谓人间烟火气。最后出场的是滴着汁的烤肉，一层薄饼一层肉，肉上撒着紫色的洋葱碎。桌子摆满了，酒瓶和酒杯只好被放在旁边另一张带轮的小桌上。从轩尼诗、伏特加、龙舌兰到白、红、粉葡萄酒，一打小绿瓶里是啤酒。

"天哪！这真让人无从下嘴，从哪儿开始？哪个都想吃，可胃太小了。"

"我的胃都撑得填不进任何东西了，可心理上还想吃！"

"怎么吃了半天，什么都还像没动过似的？"

大家的嘴都累坏了，不停地吃着喝着，还忍不住地赞美着。

壁炉旁那株一人多高的圣诞树上亮起了彩灯，银色的饰物闪闪发光。

"想听什么音乐？"格兰特起身往客厅走去。

"随便！"人们嚷道。

欢快的钢琴曲像跳跃的溪水流淌出来。"这曲子是我孙子谱的。 他18岁了，读大学呢，将来要当音乐家。"格兰特回到座位上，脸上是不动声色的自豪。

史蒂夫站起来致辞："这像不像电影场景？两个美国人带着个菲律宾人，来一对亚美尼亚夫妇家里，给一个中国人过生日！这一刻，我真感受到了活着的美好……这疫情一晃3年了！"他忽然有点儿哽咽了，犹太式大鼻子微微皱了一下，望向杯中的酒，顿了顿，他举杯，"感谢格兰特和特蕾莎，感谢每个人。"

"感谢上帝！"格兰特举杯道，发现没人附和，似乎有点儿泄气，没动声色。 他似乎意识到，原来桌边围着的这群人，除了他们夫妇，都不信他的上帝。

彼埃尔接口道："这下你们就可以明白我了——当有人跟我说，你都活了82岁，得个白血病，也别难过，美国男人的平均寿命不过78岁，我特别不爱听！我活过80岁，就一定要得癌症吗？我不认为我该逆来顺受！既然活着，就应该有活着的样子，而不是病病歪歪地躺在床上等死！"他剧烈咳嗽起来。 我发现他说话越来越快，像在嚷，好像不赶快说就没机会了。

屋里很热，他仍穿着厚夹克。南茜看他的袖子总蹭盘子里的食物，就给他挽了起来，他的前臂皮肤上露出一块块黑斑，像刚才烤在架子上的青椒。

他现在用的新药副作用很大，医生叮嘱说如果受不了就赶紧停，可他不想放弃一丝希望，咬牙说没啥感觉。他那原本立体好看的北欧脸完全变形了，下巴和脖子没了界线，皮松肉坠像只火鸡。我几次举起手机给他拍照，都无奈放弃了。

我右手边坐着特蕾莎，她微笑着示范各种食物的吃法：把香菜、香葱、罗勒放在抹了一层酸奶酪的薄饼上，卷起来吃，把烤过的青椒、西红柿和茄子混在一起吃。

"我跟格兰特散步时也聊到生死。我说其实冷静一想，既然人人都有一死，只不过早晚的事情，有什么可恐惧的？"我以为自己这样的言辞很有说服力，能让人视死如归，很能宽慰彼埃尔和格兰特这两位癌症病人。

还没等他们说话，特蕾莎抬了抬抹着淡绿眼影的眼皮，侧脸望着我，很甜美地微笑柔声说："But Emma Jan, life is so wonderful!"（可是，艾玛，生活太美好了！"）

"没错！生活太美好了。"彼埃尔接口道，"这世界上生不如死的人是极少的吧？有谁真是活够了不怕死的？"

说到生死和衰老，气氛和桌上的烤肉一样冷了下来。

"谁喝咖啡谁喝茶？"特蕾莎微笑着进厨房去鼓捣茶点。

冰激凌蛋糕被南茜切成小块放进碟子端上来了。大家吃着，似乎没有人意识到那是生日蛋糕。

吃罢茶点，我招呼彼埃尔去车库看画，我知道那是格兰特期待的。

"这张你画出了两棵树的灵魂，背景是混沌的黑色，有情绪。"彼埃尔坐在那张黑色皮转椅上一一点评着，像个权威教授。当了一辈子美术老师，他确实是个有品位的艺术家，不仅刻得一手好版画，油画也相当有味道。可我看得出，他在强打精神，只要格兰特摆出一张画，他就自觉地赶紧点评几句。可怜的老人！我忽然想起那本记述他18岁去埃及的书，其中写到一个细节——离开美国前他和母亲去纽约一个酒店听爵士乐，一个妙龄女子约他跳了几曲，被玉树临风、挺拔英俊的他吸引，邀他去她的房间。他母亲在旁边正优雅地吸着纸烟，看都不看那个女子，侧脸望着刚吐的烟圈，只说了句："Miss, you can not afford him!"（"小姐，你买不起他！"）

谁能把那风度翩翩的美男子和这老迈浮肿的苟延残喘者画上等号？生命的终点竟如此不堪细看！

史蒂夫平时从不喝酒，许是奔波了一天，他累了，倚着门框立着，两眼发直地盯着那些画——看过的和没看过的，都不再作声。他曾跟我说，年过七旬，每天他都在做着散场的打算——"把房子卖了，找些喜欢的地方，这儿住半年三个月，那儿待上一年半载。"

主客互相道谢告别。他们三个又回到我的小屋。

"天哪，这对夫妻真是有金子般的心！为我们这样的陌生人，如此周到殷勤。我这辈子从来觉得不欠任何人的。这次，真感觉欠他们的。"彼埃尔仍坐回到沙发一角，喘息着说罢，指指我，"你把他们的地址给我一份。不要什么手机号码，我讨厌发信息，就要地址！我要在圣诞节给他们写贺卡。老天爷对格兰特太不公平了。跟他比，我还算是太幸运的！"

我把大家的谢意发信息转达给格兰特。他很平淡地回复："我们是再普通不过的人，只是不做坏事而已。"

待小屋里终于又剩下了我自己，回想这呼啸来去的一行人，回想那如《聊斋》般不真实的盛筵，我脑子里竟只剩空白。

坐到桌前，听着窗外雨声又沙沙响起，落在有叶没叶的树上。

我打开电脑，写下一行字："千万别说'Happy birthday'。"

猛然想起来，我刚过了一个生日。

1

凯文的全名是凯文·李（Kevin Lee），不会说韩语的韩裔美国人。结识他纯属偶然。听说我对摄影感兴趣，想采访几位有意思的美国摄影家，老友史蒂夫（Steve）主动引介凯文这位水下摄影师给我。他们都是百年老店美国探险家俱乐部会员。我和凯文虽然都住在南加，可并不在一个郡，电话聊过几次，采访是通过电子邮件完成的。他在海洋深处拍到的软体动物海蛞蝓堪称精灵，其色彩斑斓，千奇百样，一枚枚如海底神游的蝴蝶。后来我把发表文章的《中国摄影家》杂志带回美国。凯文给了邮寄地址，不久告知刊物收到了。我们仍是地道笔友，从未见上一面。倒是不止一次约了要同去登秃头山（Mount Baldy）。可疫情袭来，一切梦想都搁浅。

住在洛杉矶，没人不知道秃头山，这座高达 3068 米的山虽然并非加州最高峰，但因为离市区近，加上其几百年鲜被人类染指，那股自生自灭的野性幽静很是诱人。凯文就是对这"秃头"情有独钟的登山狂——像会情人一样，每周开车赴约，不论冬夏，风雨无阻，不登顶不归。

某天史蒂夫约我吃早午餐（brunch），说到凯文，他面色有些凝重地说："我也不知道为什么，身边越来越多的朋友熟人患癌，凯文居然也没逃脱，他得了淋巴癌，都四期了。你不能说他不锻炼吧？"我听了一惊，脑子里飞过的是那些色彩鲜艳的海底蝴蝶。史蒂夫心细，告诉我不要主动问及，以免凯文难堪。

于是我给凯文发了个简短问候。他回复得像往常一样快，仍提到了要同去秃头山。

半年过去了，再没凯文的消息。忽然听史蒂夫说他和凯文一同去了趟圣巴巴拉，参加了一个探险家聚会。"他恢复得很好，头发也长起来了，仍然快乐如常，好像他是世界上最幸福的人。"史蒂夫说他们二人聊了一路，让他吃惊的是凯文的身世，"他竟然是个不知父母是谁的孤儿！他出生在韩国一个农家。大约是3岁那年，他父母去地里干活儿，让他在家里不要出门。可邻居家一个大孩子来了，带着他走到了离家不远的集市。一眨眼，俩孩子走散了。凯文再也没能回自己的家，而是被送到了孤儿院。四五岁时，他被一家美国人收养到了伊利诺伊州，在一户白人的农庄长大。养父母关系破裂，他成了被嫌弃的对象，被迫换了无数次寄居的屋檐，直到他去读大学，遇到了情投意合的女友。不幸再次降临，他的女友竟然出了车祸身亡……他年过六旬，至今单身。"

我听得唏嘘不已，难以把那个总幽默搞笑的凯文和这一切定格在一起。史蒂夫说他很少佩服谁，可真心感觉凯文了不起。"经受了这么多悲惨遭遇，他仍是那么乐观、友善，乐呵呵的，对人随时伸出援手。这是多么强大的内心！"

我更加期待和凯文见面了。史蒂夫年轻时也逢山必登，直到腿残了，有自知之明的他尽量不去碰触伤疤。这次他爽快地说："我跟凯文约，天气一凉，我们仨同上秃头山。"凯文像个敏感的电子终端，迅速回复并麻利敲定了时间："两周后的周五，秃头山脚下，不见不散。"他说还约上了另一个也叫史蒂夫的山友同行。

我是个很没出息的人——无论是好事还是坏事，凡让我大脑皮层兴奋的事出现，我都会失眠。头一天尽管已经把想得到的水、衣物、防晒霜、湿纸巾都放进了双肩背包，煮好的毛豆、洗净的黄瓜、包好的干果亦都放进了冰箱，可直到凌晨还辗转无眠。吃了一片褪黑素，也不知几点才迷糊了一阵，睁眼看表是 6 点钟。后背疼痛难忍。放弃？其实很容易，发个信息给他们就可以。可一想到要见到凯文和秃头山，还是毫不犹豫地打消了放弃的念头。

7 点钟，我已经站在这山谷小城的火车站了。阳光像最不节制的败家子，任意挥霍着手中的银钱，让万物享受到福泽。

车厢里不过十来个人，都有意保持距离坐着。看到有戴口罩的人，我还真有些不习惯，因为美国早就取消了戴口罩的政策。这列车也曾一度取消了口罩强制，因病毒变异，传播速度快，便再次要求戴口罩上车。有不戴的，也没人上前较真儿。

45 分钟后，列车准点到达格兰岱尔（Glendale）。透过尚在徐徐前行的车门缝隙，我看到史蒂夫等候的身影，他背靠柱子，两腿细如麻秆儿，还一长一短，心头不禁一热：每次我来洛杉矶市里，一个电话或信息，这位不过相识了几年的美国老人就准时准点出现，像个最忠诚的老仆。72 岁的他有一条腿神经受损，走路有点儿跛。他在洪都拉斯花 15 年发掘出埋没了 4000 年的古城，这腿就是探险的代价。他不接受残疾，坚决不领残疾人停车证。每次宁愿停在正常人才能停的车位，一瘸一拐走一大截路。

听说我没吃早餐，上高速前史蒂夫拐进一家麦当劳，给我从窗口买了一瓶奶、一个松饼夹蛋。看着高速上如梭的车流，我吃着喝着问："你说，凯文为什么每周都去登秃头山？"

"我猜是心理诉求。一个经历过太多命运捉弄的人，肯定要找到适合他的疏导苦痛的方法，深山适合冥想（meditation）。"他边说边扭头张望着并线。

车窗外，车轮滚滚。那一刻，我压根儿没想到，这松饼夹蛋差点儿成了我最后的早餐。

车的自然颠簸让困意来袭，听着收音机里的乡村音乐，我竟然睡着了。模糊中听到车载导航说"目的地到达"，我才睁开了眼。

一片松林夹道的木屋出现在路边，不用下车就能感觉到进山的寒意。"我 25 年前和我太太来过，这山一层套一层，我们迷路了，走了五六个小时都找不到来时路。我太太吓坏了，那回差点儿跟我离婚。"史蒂夫说着摇下车窗，大声问路边一个年轻人，"滑雪缆车停车场在哪儿？"那小伙很友好地大声说："继续往上开，开到丁字路口左拐，再往上盘几圈就到了。"

果然，背靠群山，出现了一个孤零零的停车场，中间有两株挺拔的松树，落了一地的松塔已被啃得只剩细瘦的核儿。几只松鼠拖着毛茸茸的长尾巴，沿树干练习飞檐走壁。

树下有辆车膜颜色很深的史蒂夫同款雷克萨斯。车门开了，凯文轻快下来，上前与我们拥抱。他很瘦削，精神却很好，露出满嘴白牙的美国式微笑让人放松。"终于见面了！"他打量着我说，好像要确认无误。他面相年轻，黑眉黑眼，目光亲切，像我在中国失散多年的大学师兄。

我们发现，三个人的登山杖一模一样。正说笑间，一辆有些发旧的淡绿色小车不慌不忙驶进来，另一个史蒂夫到了。凯文笑说今天的登山队该叫"史蒂夫和李"——两个史蒂夫，两个李。

为了区别，我们按年龄分别叫老史和小史。小史也不小了，59岁，美国生美国长，20世纪80年代到了中国，娶了位达坂城的姑娘，在喀什一住就是二十多年。

"我的中国话还行。"小史坐在车踏板上，低头系着鞋带，一张嘴，让我忍不住笑了，他的汉语真是太流利了。随即又用英文道："其实有些中国人的英语也很厉害。多少年前我去北京一所大学办事，当时我的汉语还不灵。向路边一个不起眼的老头儿结结巴巴地问哪儿可以买到矿泉水。他看了我一眼，当下接口说：'Do you drink tap water？'意思是：你喝自来水吗？看我点头，他说：'I know you Americans do. Follow me.'我知道你们美国人喝。跟我来。天哪，地道的美式英语！我乖乖地跟他去了他的实验室——聊起来才知道，人家原来是早年留学美国的化学家！"就这样，他不时在美式英语和普通话之间切换。我开心地跟他说起了汉语，习惯了，再跟旁边长着中国脸的凯文说话，也不由得说中文，弄得他一头雾水，愣怔片刻，随即接口用英语说："太对了，没错，棒极了！"大家都笑起来。

凯文像个在自家田间的地主，小跑着到坡上那小屋去找缆车运营员，却被告知因为旺季结束缆车停运了。史蒂夫有些失望。他知道山高路陡，本打算坐缆车到小半山腰，节省点儿体力好攀登至顶。

我们四人开始沿土沙路上山。

四人自然分成了两小组。我和小史边走边聊，说中国话。凯文和老史在后面跟着，也聊得热闹。

"我当年去中国是做节能灯的生意。你知道，那灯刚出来很贵，虽然厂子建在东部一些城市，但我常年住在新疆。现在又租了七百多亩地种西梅。"小史给人高大安静的印象，可一开口却很健谈，好像憋了很久终于找到可以痛快说中国话的人，"我喜欢新疆，可能我这人比较没出息，我喜欢那里的美食。在那里全中国的美食都找得到。而且我也和中国北方人一样，辣椒、大蒜、醋，一天三顿都离不了。"他甚至还会做拉条子、大盘鸡。

"天哪，他真是被中国同化了。你们看他的身体语言，完全是中国人！"四个人站在树荫下喘口气，史蒂夫忽然叫起来。小史规矩地立在那儿，双臂垂直，两手手腕互搭，像个贤良的中国女子。我们互相望望，又都笑了。

我吃惊地留意到小史右手的食指明显短了一截，只剩下秃秃的一个指节，像根烧剩的雪茄烟蒂。"你这手……"史蒂夫声音洪亮地率先发问。

"呵，这又是中国人和美国人的一个差异。跟美国人握手，往往是礼节性地碰一下、握一下，即便看到我的手指也闭口不问。而中国人则会认真地握着看着，关切又小心地问：'啊呀，这是怎么啦？'"小史笑眯眯地说，他五六岁时在印第安纳州的农场跟大人收获玉米，他往切割玉米皮的机器里送玉米。有个玉米不听话，他用小手去帮，结果两根手指被切掉。到医院去接指，只成功了一根。

大家唏嘘着继续走。

我发现这四人登山队还真都和中国有缘。我是中国人。小史娶了中国老婆，生养了四个儿女。凯文年过六旬未婚，曾有位中国女友。史蒂夫的继母是中国人。"这一点儿都不奇怪，中国历史长，人口多，到哪儿都开枝散叶，落地结缘。"听我这么说，众人都点头。

"我喜欢中国人，他们很质朴、善良。他们平时谨慎内向，要是喜欢你，就会特别慷慨大方，什么都会为你着想。我的中国名字叫白浩文，街坊熟人都叫我老白，或者浩文。"他掏出手机让我看一张照片，脸上是期待的揶揄的笑。那是一个三四岁中国小女孩的照片。"这是我孙女。有人就打趣我，说没搞错？这真是你的后代？完全是中国人！"

说话间又一辆车从山下驶来，凯文兴奋地和司机小伙称兄道弟打招呼。我和小史继续边聊边走，那车卷着灰尘驶过我们，一转弯不见了，只在半空中留下一句："一会儿见。"

"这俩家伙搭车上去了。"小史说着，从双肩背包侧袋里抽出瓶水，喝了一口。他显然也是个有经验的登山者。除了插着登山杖的双肩背包、吊在前胸的微型相机，还在腹部挂着个腰包，拉链敞着，露出里面鼓鼓的杏仁和小点心。他和凯文就是在两年前登秃头山时偶遇相识的。

我为能搭一段车的史蒂夫高兴。和小史边走边聊，他说他现在主要搞农产品种植，"我们也种猕猴桃。那本是地道的中国物种，后来传入西方，改成洋名'kiwi'，就成新西兰特产了。柿饼好吃吧？可现在市场上速成的太多。我一看就知道是天然的还是喷过药粉的。"他已经开始与中亚几个国家合作，对方提供相当优厚的政策。两天后，他就和凯文启程，去尼泊尔走一趟，花一个月的时间做些接地气的走访。然后转道吉尔吉斯斯坦。我想到我那华北平原的故乡，便问他是否对无污染小批量的农产品有兴趣。他立即问："你说核桃，是大核桃还是小核桃？"我愣住，说不知道核桃还分大小。

"我其实特别想让大家吃上无公害的农作物。你看凯文，怎么就得了病？我猜是环境导致的，饮食不安全。你知道全球多少粮食和水都受'round up'（一种广泛使用的除草剂）的影响吗？我在新疆吃到的水果、蔬菜真是太香甜了。越是小地方的食物，越接近食物本来的味道。我不理解为什么人们都往大城市挤。"小史个子足有一米八，除了微微有点儿小腹，他体形相当匀称挺拔。是为了节省体能吧，他走路步伐并不大。

许久没有在这么高的海拔爬山，加上睡眠不足，后背酸疼，我已经感到相当吃力了。有人聊天似乎可以分散一下注意力。再走了一会儿，终于到达缆车终点，看到正坐在地上等着我们的两位队友。"You guys are cheaters!"（"你们俩是作弊者！"）小史的英语像水一样从嘴里自然流淌出来。

凯文看我举着手机要拍缆车，招手叫我跟他上前几步跳到一个土坡上。"从这儿拍，对着阳光，角度最好。别浪费每一张照片。"我听从这专业摄影师的建议，拍了几张，果然效果不错。

"水下摄影和登山，哪个更危险？"我问。

"都一样。两种人最容易丧生：富有经验的人和丝毫没有经验的人。前者因为大意，后者因为无知。"凯文不假思索地说，看来他早就思考过这个问题。他曾告诉过我，当年之所以迷恋上潜水，只是因为某天看到一些水下摄影作品，海底世界的美妙神秘让他放下手头的贸易生意，专心拜师练习，不过几年时间就小有名气。我知道他经常受邀替一些大学的海洋生物专家潜海拍摄海洋物种，有一种海蛞蝓因为在世界上首次被拍到，科学家便以他的名字命名。

"带你们到我的老巢做客。"我们乖乖随凯文拐进不起眼的一条岔道，翻过几丛灌木，来到面对山谷的老松下打尖儿。那松树的根部横卧，像一把可坐三个人的长椅。听说我羡慕他们的尼泊尔之行，二人立即邀我同去。"落地签证，订机票就行。而且还很便宜，往返机票才 1600 美元。旅店也不过 40 美元一晚，到了乡下更便宜。"可是我实在走不开，只能心痒遗憾。

山谷空阔，一望无际。凯文教我辨识那在灰蒙蒙的远处延伸的细带是 15 号公路，从洛杉矶去拉斯维加斯的必经之路，那块浅黄色的沙漠是印第安部落的保留地。"等到登顶了你就会发现为什么要登顶。白云在你眼前，你真的可以抚摸它们。往下望，沙漠、山野、海洋、城市，全都尽收眼底。"凯文像个好脾气的邻家大哥，不疾不缓地给我讲解着，说到一些生僻的词，还停下问："你知道这是什么意思吧？"我拿出一盒葡萄请大家分享，凯文递上一个青李子给我："刚才不是小史说青李子好吃吗？你说没吃过。"我看他一共只带了两个，让他自己留着。可他执意递给我。

补给完毕，继续上路，走到写着"devil's back bone"（恶魔的脊梁）的路牌前，听凯文的安排，合影。他把一大方蓝色手帕压在棒球帽底处，遮住后脖子。"要不是怕紫外线太强晒伤，我不会用这东西。"那一刻，他一下暴露了孩子气，好像他其实并没长大，只是个装大人的孩子。

阳光渐强，似乎我们身处的世界只有两种东西：灰白色的山石，暗绿的松树。那树有些极高大粗壮，像三四百岁的老者，有些则正经风见雨使足劲儿拔高。

一路没见到任何其他登山者，这山好像是专为我们而静候着去亲近。

难道没有猛兽吗？"这里有黑熊，我朋友不久前还拍到了照片。是一百年前从北加的优胜美地林区运过来放养的。你知道，加州国旗上那棕熊（grizzly bear，以凶猛著名）早在 19 世纪就因为人为狩猎绝迹了。"凯文说，"看到熊千万不要跑，你跑不过它，熊每小时奔跑速度是 30 英里。要把登山杖高举，显得你很高大，一旦熊有攻击的企图，就高声尖叫。"

"万一不管用，熊不放弃呢？"我着急地问。

"那你就完蛋了（doomed）。"他故作轻松地笑道。

我曾看到过一个名叫"I Survived"（《我逃生了》）的电视节目。其中有两集都由亲历者讲述自己从豹子、黑熊嘴下逃生的故事，极为血腥可怖。我很后悔没有带上那一小罐喷熊剂（bear spray）。可一想到有他们几位男子汉同行，又放下心来。

我们小心地走过一道极窄的山脊。"你现在知道为什么叫'恶魔的脊梁'了吧？有两位著名的登山家就是在这里丧生的。冬天的时候冰雪覆盖，这山脊就显得比实际的宽阔。如果走到边沿，浮在那里的冰层，有个单词叫'冰檐'（cornice），承受不起重量，就会瞬间碎裂。那两位探险家就是那么掉下去摔死的。"凯文继续耐心给我补课。

史蒂夫有些沮丧，说他估计爬不到山顶了，走到哪儿算哪儿。如果在半路等不到大家回来，就在刚才打尖的地方会合。凯文说现在是中午了，估计登顶下来要三个多小时，最晚大家可在 4 点会合。

那路越来越难走，除了窄、弯，还更加陡峭，不时有竖着歪着的石头，像长得不正的牙齿，嵌在路中央。

很快，走在最前面的小史没了影子。他一直没用登山杖，也一直腰背挺直如在平地。

走到树荫处，脚步蹒跚的史蒂夫一屁股坐在地上，眼神悲壮得像个不愿连累别人的伤兵，对战友们豪迈地说："你们走吧，别管我。我歇会儿再走。"

脚步轻快的凯文为了减轻我的重量，主动接过我的厚夹克，放进他的背包里。我也坐下歇了口气，再起身上路时，看到凯文在高处拐角的身影，他走得那么轻松，真像个影子。跟了一段儿，实在体力不支，我又歇了口气。再迈步向前，凯文已经不见了。

林间有说不上名字来的小黑鸟在啾啾鸣叫。山太空阔，树太高大，那鸟儿闪过的身影就像飘在半空的一星灰烬。

天空的蓝像被浓缩过，需要加水稀释才像城市上空的天。 越走越高，空气明显越稀薄。 我不知道前方还有多远，双脚双腿疲乏之至，往前迈步全凭本能。 为什么要自讨苦吃去登顶？

距离山顶还有多远？ 我丝毫没有概念。 有好几次都在想着转身放弃，可又不甘心般，仍是机械地往前走着。

仍是没有看到一个人。 这山像座被废弃的迷宫，我越走越怀疑是否真能走出去。

鸟鸣声远了。 只有风声在耳边低语。 看到一株死去的老树，我站住，掏出手机拍它。 它直立着，背衬蓝天，像无头的战士，粗大的树干上是被削成短桩的枝干。 明知它不过是树的尸体，可不得不承认它美得惊心动魄，仿佛一件立在天地间的艺术杰作。

再往前走，路忽然变得平坦，且开始下行。 我知道，19 世纪中期美国人才测量出这山峰的高度，而这条路是在 20 世纪 30 年代由美国民间保护兵团硬蹚出来的。 近一个世纪以来，有多少人曾把脚印撒在这小径上？ 他们如今又在哪个角落长眠或小睡？

再走，风声也止息了。 天上有几团云无声地在山洼处投下暗影。我忽然害怕起来，仿佛我是地球上唯一的幸存者，那么绝望地盼着看到同类的身影。 有时似乎听到隐约人声，只是破碎的几个音符。止步倾听，却什么也没有。 我怀疑是否那是自己臆想出来的。

"凯——文——！"我两手聚拢在嘴边，大声叫着。没有回音。

"史——蒂——夫！"我回转身，再次叫着。声音像被看不见的时空吸走了。

我望到前方一个灰白的圆顶，猜测那就是山顶。可是为什么这小路开始下行？想到史蒂夫当年的迷路，我不敢往前走了。又望着那山顶高声叫着凯文的名字，绝望之际我转身往回走。

看到路边几块稍平整的巨石，我坐下，盘腿，闭眼打坐。阳光那么刺眼，亮得像刀子。我的太阳镜不时沿汗水往下滑，得用手频繁地推上去。那一刻，我的脑子和这山野一样静寂空白。多日来让我难以入眠的那些俗世困扰一下消失得无影无踪。能够作为最细小的一个分子与山林相对，呼吸存活，似乎就是值得庆幸的一切。

忽然，我看到一个人的身影！没错，那只是个小小的蓝色影子，正从那山顶下的缓坡走向我。

待他走近，我迫不及待地抓住这救命稻草。

"不远了，沿这路一直走，你会找到山顶。如果是在城里走路的步伐，45 分钟就差不多了。要是走 5 分钟就歇口气，那怎么也得一个半小时吧。"那是位和善的老者。

我问是否看到两个男人在山顶。"山顶有三个人。我下山时遇到一个上山的。不确定是否是你说的那两位。"

听到此，我似乎有了劲头，喝了几口只剩下半瓶的水，继续沿那小路走着。

不久倒是到了登顶前的缓坡处，可发现那儿碎石遍野，很难看到清晰的路径。

"我一定要登顶。这是我第一次来，而且是和凯文这专业的登山者一起来，我这次如果不登顶，未来再也不可能。"给足自己理由，我开始往上攀。没有路，就抬头看山顶，方向不错，至少会越走越近。

海拔 3000 米，陡直地攀登居然那么艰难。每迈一步似乎都需要耗尽全身气力。我唯一能听到的声音就是自己的心跳。别说每 5 分钟，我几乎每分钟都想站住歇口气。而且这里看不到一棵树，天地间除了白花花的太阳就是白花花的石头。

为什么没有看到下山的人呢？一种恐怖感再次袭来。

凯文和小史在山顶等我吗？

似乎费了一个钟头，我终于看到前方一根生锈的铁杆路标。再痛苦地强迫自己走、走、走，终于，我来到了山顶——不过是一个荒凉的平台，这秃头山果然名副其实。除了两个风向标，就是铸在地上的一个铜牌："SAN ANTONIO /MT BALDY /ELEV 10064"（圣安东尼奥 / 秃头山 /10064 英尺）。

阳光把我举着手机的影子投在这行字上，我拍照留念。

举目四望——凯文呢？小史呢？

他们显然已下山了。可是我们为什么没相遇？

风吹得猛了。两团白云像两个巨大的粉扑悬在山峰边。六七只黑色的鹰振翅在云雾间滑翔，自在，悠然，好像它们是这里的主人，欢迎我一路艰行到来。

看表，已经 3 点。这登顶的喜悦像被扎破了的气球，软塌塌的远没我想象的那么饱满强烈。呼呼的风声中，我像个登月成功的孤独宇航员——目的就是出舱，环着不大的石面走了一圈，录像。急急回返。

望着灰白的碎石坡，我的心再次咯噔一下——从哪个方向才能回到我来时的路下山？走到一根生锈的金属路牌前，上面写着：到滑雪棚（ski hut）3.5 英里，我猜那就是我们曾歇脚的缆车站，便踏上那几乎看不出的路，故作坚定地走了上去。

上山容易下山难。如果说上山只是气喘腿酸，下山则完全是受刑：每迈一步，膝盖错位般酸痛，脚趾由于承受全身的重量被鞋头顶得生疼！更可怕的是，那些干旱沙地上的石块石子都滑得像抹了油，我几次都不由分说地滑倒在地，登山杖脱手，肘部被尖硬的石块硌得生疼。

那一刻，我真感觉到如影相随的死亡——不用黑熊，一个简单的滑倒、摔断了骨头或扭伤了脚腕，都有可能让我面临绝境。

4

拄杖跳下几块参差巨石，仔细辨认着那小径的走向。忽然我看到了他！一个人？我擦擦鼻梁上的汗水，把眼镜再次往上推推，定睛细看，没错，一个着橘黄背心和米色制服短裤的人，正在拐弯处一株老树下拍照。

我的出现似乎并没让他吃惊，他眼睛继续望着手机，冷声冷语道："你先过！"

我立着没动，实话实说："我迷路了。我和朋友失散了。"他说他就是从这条路上来的，也是往山下走，这并不是我上来的路。

我打量着他，心中嘀咕，没遇到熊，别碰上个罪犯。他六七十岁，个子不高，方墩墩的像个机器人。他头上戴着浅灰带网眼渔夫帽，脚蹬一双半高勒靴子，长筒袜子下露出肌肉发达的小腿。没错，他腿上的肌肉饱满紧致，和他脸上显现的年纪有些不相称。一根蓝色塑料管从背后双肩包里探出来，有些怪异地在脖子上盘了两圈。我猜那是他喝水的装置。有限的几句话，多是我问他答。他的语调干巴巴的，没有丝毫热情，似乎跟我搭话完全是迫不得已的应对。不久前我刚学到一个极少用的英文单词："misogynist"，指厌恶女性的人。也许，他不仅讨厌女性，还仇视亚裔。

他那似乎在隐忍的冷漠让我住了口。我们深一脚浅一脚地走着。与其说是走，不如说是滑。碎石子与鞋底摩擦的声音，登山杖与石头的撞击声，似乎在提醒这路的漫长无涯，听得人心慌。

我忽然打个趔趄，惊叫一声"天哪"，一屁股坐在地上。这位大叔不仅没停下脚步，连头都没回一下，仍然有节奏地坚定地大步走。他也有好几次脚下打滑差点儿摔倒，却都稳稳地站住了，不动声色继续走。

想到我的不知在何方的队友，我不禁责怪自己的冒失：史蒂夫跛着一条腿。凯文是个癌症四期患者，另一个史蒂夫于我完全是个陌生人。我怎么就把自己的命运交到他们手里？

小径细蛇一般钻进灌木丛中。仍是这冷面男子在前我在后。待我拄杖跳下一块石头，落脚在那一人高的灌木丛中，忽然他折回身，手里银光一闪，吓得我屏息瞠目——在这只容一人穿行的隐蔽树丛，他要干吗？

"Lose rock!"他仍冷鼻子冷脸，说着望望脚下。果然，一块石板像松动的门牙半悬在那儿。

也不知走了多久，阳光的热力明显减弱，树木又多了起来。看到一棵倒下的古松，上面那拧成螺丝状的木纹美得像精雕细刻过的，我停下，拿出手机拍照。那人也立住了，回头望着那树，似乎有些吃惊我的欣赏。"树死了反而更美！"他说着也拿出手机，对着面前一株树干裸露的黑松拍着，自言自语般地说，"我的一大享受是给树拍全景图。"

给树拍全景图？我好奇地凑上去，看到他果然用拍横幅景物的全景模式在拍树，只不过相机竖起来。我也如法炮制了一张，果然，那树的遒劲根部和树冠都进了画面。

"你是艺术家？"我问。

"对，我做木雕。"他答，然后试探着提议，"到山下我可以开车把你送到你朋友停车的地方。"他说着，并不看我，继续有节奏地挥杖走着。

168

我暗自冷笑：来了不是？你也太小瞧我了。我怎么可能上你这陌生人的汽车？我爱看的一档名为"Dateline"（《时间线》）的电视节目，讲的全是这样的失踪案，女性为主，有些案子要等十几二十年后才被告破。

我说："不用，只要下山能找到信号，我就可以打电话给朋友。"手机电量很低了，我默记住了史蒂夫的手机号，以防彻底没电了我还能找个电话亭拨通他的号码。

他没再说话，心事重重地继续走着。我想：他还会想别的什么招儿？

终于看到不远处一个绿色小木屋。"那就是滑雪棚。"他干巴巴地说。

我心凉了，这显然不是我来时看到的滑雪木屋。

"也许这里有信号，我来时经过这里手机收到过一条信息。"他说罢径直坐在那唯一的木长椅上，看也不看我，打开一小袋混合干果往嘴里倒了一把。看到不远处的松鼠，又倒了一小撮放在木桌面上，说："别急，这是给你们的。"我看到他那混合干果都是细碎的坚果和燕麦渣子，知道他是买的散装货。看来这是位俭省的人。

我急急掏出手机看，一格信号也没有！试着发信息打电话，都显示

"failed"（失败）。

"我可不可以借您的手机试试？"我试探着问。 他似乎犹豫了一下，把手机递给我。 那是一个破旧的诺基亚。 我试了，还是失败。

他从背包里掏出一个苹果，咬了一口便哼哼地发出满足的声音。

"从这里到你停车的地方还有多远？"我问。

"45 分钟左右。"他答。

开始看到有人背着帐篷上山，我的心一下放松了。

在一条小溪边他捡起一块形状像鸟儿的木头，说那是他上山时冲洗过放在那里晾干的。

我们继续大步走，像两个不肯认命的逃兵，明显在做最后的挣扎。"我的脚趾真跟我过不去。"他突然说道。

我开始走在他前面，任双脚脚趾被烫伤了般疼着，不顾一切，往前往前。 和他拉开一段距离后，我会靠着一棵树歇口气，直到他登山杖的声音叮当响起。

他看到我在转弯处的身影，好像也有点儿欣慰——这个中国女人没过河拆桥弃他而去。风儿吹来，竟不再是燥热的。阳光虽然还在，可明显收了锋芒，像一把被烧红后丢进冰水里的剑，瞬间从热烈变得阴凉。他仍是沉默地走着，脸上似乎露出点儿默契的笑意。

忽然，头上传来直升机的马达轰鸣声。由远及近，再飞远，再飞近。我们都停下脚步抬头望着那白色巨鹰。

"这不是在找我的吧？"我大声道，禁不住笑出声。

"我想也许这是找我的。"他也笑出一脸皱纹，"我登山前在护林员那儿留了字条，说我应该2点钟回来。可他们也不必那么性急呀，可以再等等吧。"

那飞机有一次甚至就在我们头顶盘旋。我挥着手冲那白色的钢铁肚子嚷道："嗨，我们在这儿！"

一位高个子小伙只穿着短裤，光着上身跑到我前边去了，后面跟着一条黑白花短腿小狗。我看到他后背上有一圈圈拔火罐的印记。

他在十来米处收住脚步，回头望了我一眼，却并没搭话。那小狗跟上去，一转眼就拐弯不见了。

也许跑倒比走少受点儿折磨。我想。可没试。

终于，我们走上了宽阔平整的土路。可仍是没有信号。

5

突然我看到有几辆汽车泊在路边。我们这次真的到山脚下了。试着再次给史蒂夫打电话，仍是失败的提示。

看到路边一张山脉走势和徒步路径图，我的陌生队友站住拍照，说要把今天这来之不易的成就记住。我也拍，镜头里有他淌着汗水的脸，红润得像个农夫，那一刻我忽然感觉这走了一路的陌生人已经变得亲切起来。

"我建议先拉着你去停车场。也许你的朋友还在那里等你。不行再到山下村子找到信号给他们打电话。"他说着打开那辆蓝色小丰田轿车的后备箱，把背包扔进去。

我不再犹豫，坐进副驾驶。车启动了，他不住嘴地哼哼着，像刚才咬苹果时一样发出享受的声音。不过 5 分钟，就拐上了那层层叠叠高起来的滑雪缆车停车场。待看到松树下停在那儿的三辆汽车，我像流浪者见到亲人般狂喜，比登顶了还兴奋一万倍。

待看到小史那穿紫色 T 恤的身影，我知道，我安全了。

我下车正跟他说着来龙去脉，史蒂夫也不知从哪儿钻了出来，脸黑了好几度，还明显老了 10 岁，那眼角的皱纹深得像犁沟。

"那直升机是找你的！我们都吓死了，以为你摔下山崖或困在哪儿了，打了 911 报警。他们真神速，20 分钟后就飞起来找你了。我告诉他们你的特征，说穿黑衣服围着红头巾。你知道，还有两小时天就黑了。凯文吓坏了，说你连厚夹克都没有，晚上气温会降到零上几摄氏度。他折回去找你了，说万一你又原路回来了呢。你看到一个带小狗跑步的年轻人吗？我告诉他如果看到你说一声。他没说？这混蛋。我得马上给警察局打电话报告取消搜索。"史蒂夫一口气说完，拨起电话来。

"果然是找你的！你的朋友们看来挺关心你。"我的同行者也似乎为我高兴，临走递给我一个小烟斗形状的木头，"送你作个纪念吧。我有个晚饭约会（dinner date）。"他上车疾驶而去。我只记住了他的名字：迈克尔。他说了他的姓，可我完全不记得。

"实在对不起，是我这朋友不够意思。我以为你和史蒂夫在一起，所以没等到你我就下山往回走了。"小史走到我跟前，双脚并拢，不停地弯腰鞠躬。

我蹲在那松树下，忽然想哭。迈克尔、史蒂夫、凯文……这些人像亲人一样在为我揪心奔走！

"咱们得去一趟警察局销案。"史蒂夫说着催我上车。

我答应着，却起身让小史先领我去找卫生间——从早上出门至此时，我已经近 12 个小时没有上过厕所。我不由得想起领养 75 岁老龟 Tiki 时在网上读到的知识：干旱缺水的沙漠里，乌龟可能因受到惊吓而丧命——它们如果被吓得遗尿，小小的膀胱里仅存的一点儿水分就会失去。

半小时后，我们已经找到那在意大利餐馆后面的只有一间办公室的警察站。

我们一瘸一拐下车往那小屋挪着。史蒂夫说他在原地睡了半小时，下山时连摔了两跤，跌破了多处，幸亏有路过者给他创可贴。

"你们是史蒂夫和冰？"一个洪亮的声音响起，穿制服的警察亨利从什么地方冒出来。他中等个子，敦实，头发往后背着梳得整齐，脸上是威仪又亲切的表情。

我想起来刚才手机上有了信号后看到的那条信息："我是亨利警官，我正在试图联络到冰。你的朋友们已经到了山脚并在四处找你。看到信息请打这个号码……"

"平安找到了就好。再找不到我们就打算派地面人员上山搜索了。你知道，这秃头山是美国第四大高死亡事故的山，每年都有三五个登山者遇难。两周前一位四十多岁的男性也是这样和同伴失散了。我们找到现在也没找到，估计他已经死了。几天前两个女孩穿着短裤凉鞋在下午上山，结果迷路了，天也黑了，还下起了雨。好在她们的手机幸运地碰到一点儿信号，报警后告诉我们所在位置，一动不动等到了救援。"亨利警官说，以后爬山一定要准备周全，比如下载一个导航，没有网络也可以显示路线，不至于迷路。他蓝眼睛里的关切让我除了道谢不知该说什么。

正说话间凯文到了，手里拎着我的绿夹克，故作轻松地走到我跟前。"我是否应当把这夹克留作纪念？"他说罢上前拥抱住我，"实在对不起，我和小史下山走的另一条路。找不到你，你不知道我多害怕，万一你要有个好歹……你只有两小瓶矿泉水，登顶时只剩下半瓶，那是很危险的。下次记住，至少带两升水。宁可负重，也要带足保命的水。"他也像我和史蒂夫一样，一屁股坐在马路牙子上。

他们再次谢了警官，说想为今天的救援捐款。"当然，你们的善意是很受欢迎的，可我们不接受私下捐款。可以上网捐。你知道，冰住在洛杉矶郡，我们这里属于圣伯蒂纳郡。通常都是由我们把案件经过和费用提交给对方郡。不过他们也不用立即付款给我们，因为我们这边的人如果在洛杉矶发生意外需要救助，对方也同样会伸手。你知道，直升机上是警察，一小时这样搜救的成本是 2500 美元左右。可地面搜救的人都是不拿一分工资的志愿者——一群身强力壮、心地善良的年轻人，他们经常锻炼自己模拟救援。这真是群无名英雄（unsinged hero）。"

我说我会把这一切写下来，亨利警官露出赞许的微笑："和捐款相比，我们更期待得到认可和鼓励。"他推荐我们仨去前边的意大利餐厅吃点儿东西再上路，挥手道别后继续执勤去了。

"你真的登顶了？这照片只是个人影呀，怎么证明就是你？"凯文坐在餐厅的椅子上，喝上了一口冰茶，开始跟我逗。他摸出一张纸片，极为熟练地在上面画地图，解释我们是如何错过的，我又是从哪条路下来的。"你真的吃苦了，10.9英里！在这么高的海拔，比我多走了4英里！"

我提议我来请客致谢，被他一口拒绝："哪儿能让女士请？"

"你看来已经被中国女友同化了。"我说。

他大笑，露出两个小兔子样的门牙。"你属兔？"我问。

"说来难堪，我真不知道自己多大了。这个李姓也是人家孤儿院给安上的……"说到这些，凯文仍是像在说笑话，一脸单纯的快乐。

"我知道你多次回韩国去找父母亲人。可别太在意。血缘其实没有那么重要。来自毫无血缘的陌生人之间的真情更珍贵。"我说。

"我同意。真情比血缘重要（Heart is more important than blood）。"他脸上闪过一丝落寞，"要是真情和血缘都在，那不更好？"

饭后一同走到停车场，凯文关切地送我和史蒂夫上车，帮我关好车门，才向自己的车走去。看着他瘦小的身影，我不由得轻叹一声，埋怨老天为什么没让我早一天遇到他。

路上车少，40分钟后，我们已回到小城格兰岱尔火车站。一排排停放着的汽车在路灯下像睡着了。偶尔有车快速驶到站台外，有人开门下车提着行李走进候车室。看着史蒂夫疲惫的脸和路灯下紫藤垂在花架上的影子，听着车载老鹰乐队的歌《亡命之徒》（*Desperado*）："Desperado... But you only want the ones that you can't get..."（"亡命之徒……但是你只想要你得不到的……"）我心一疼，想说什么又闭上嘴。

所谓的人间羁绊，指的就是这样的生死瞬间生出的牵挂与在意吧。

火车一分不差进站了。夜色中，望着车窗外模糊的风景，我知道，当未来某天我闭眼离开这个世界时，这一切仍会清晰得像秃头山上那群鹰，翱翔在我记忆的沙洲。

1

门铃响。 我凑到猫眼儿前望出去，先是吓了一跳，两个从上到下裹着白色塑料防护服的家伙立在那儿！再仔细看一顶棒球帽和一顶渔夫帽下的脸，才认出是史蒂夫和凯文两位探险家朋友。

"我们刚才去附近的山上看一处岩画，打你这儿经过，就过来讨杯茶喝。 今天真冷，雨一直没停，不过是好事，洛杉矶太需要雨水……"史蒂夫生怕失礼，一见到我开门立即自动解释。 旁边的凯文听我夸他气色好，还没进门就摘下帽子，让我看他新长出来的黑亮的头发。

二人都自动把鞋脱在门口，把身上的防护服也像剥葱皮似的剥下来，说是为了防那山上无处不在的毒栎（poison oak），上次有人蹭到，皮肤上起满疱疹，疼痛难忍。

我沏了茶与他们坐在桌前，划着手机相册看他们雨中的收获。 刀削似的岩壁上刻有一群牛，三大三小，炭黑和暗棕色的线条，原始又生动，让人想起那著名的法国拉斯科洞窟壁画。

"我凿了点儿石头样本，拿到实验室去测一下年代。 估计没有15000 岁的拉斯科岩画那么古老，可即使只有 1000 年历史也很说明问题。"史蒂夫兴奋地说，他一直想找到美洲大地上哥伦布前人类文明存在的证据，虽然他也知道概率极低，像从草垛里找根针（a needle in a haystack）一样难。

凯文则面色冷静，泼冷水说，他怀疑那不过是现代人恶作剧的模仿："最多不过 50 年！"我上次见他是三个月前，我们一起去爬了那三千多米高的秃头山（Mount Baldy），几天后他就去了尼泊尔，说要待上四周，去徒步珠峰南坡的萨加玛塔国家公园。我当时就为他捏把汗，那里虽说美得要命，可海拔从 2800 米至 8800 米，要知道他可是在一年前就被确诊为淋巴癌晚期了！"趁还活着还能自由行走，我要走遍这个世界上我想去的那些地方。"他已经把开了多年的公司无偿交给了合伙人。63 岁的凯文，从没结过婚，更没儿女，剩下的日子就靠过去的投资回报和一些积蓄。

"那一趟真是太背运了。我先是被蚊子咬，染上了登革热，爬到一半，鼻子就血流不止。在山脚下找到一个小村庄，当地的土大夫非要给我输血。在那种地方我哪儿敢？花钱雇飞机辗转到了一个大点儿的医院，才算慢慢稳定下来。正打算回美国，又染上了新冠！"凯文个头小小的，瘦瘦的，单眼皮，一笑起来很孩子气，带着顽皮，露出一对小虎牙，丝毫不像年过 60 的人。

他说一周前又做了一次化疗，感觉现在元气满满了，过两个月去巴西游历两周，他喜欢在那里潜水。

史蒂夫当年介绍我认识凯文，就是因为他是水下摄影师，而我正给国内一家刊物做境外摄影家访谈。20 年前他不过偶尔跟朋友潜了次水，发现镜头中的水下世界精彩异常，便欲罢不能，两千多小时的水下拍摄让他成了海蛞蝓专家，全世界海域都潜遍了，为许多海洋生物学家拍摄和采集这色彩斑斓的软体动物，有一个从未被人发现的新种类还以他的名字命名。

我拿出瓜子请他们嗑，打趣说："别小看这瓜子，会嗑与否可看出东西方文化的差别。在中国，连小孩子都嗑得娴熟，在美国，没有一个人不是用门牙咬一下，再靠手去剥开的。"史蒂夫先认输道："怪不得你过生日指名让我去中国超市买这东西呢。我可以带皮嚼吗？"凯文也没能幸免，好不容易剥了一粒还掉在了茶水里。

"你刚说你的生日是这个月 2 号？我是 5 号，属猪。"凯文的单眼皮眨了眨，犹豫了一下说，"当然，这都是别人给我编的，我从不知道自己的生日。"他是那种在人群中极容易被忽略的人，不仅因为身形瘦小，还因为他脸上总带着飘忽的神态，不同于多数人都下意识地给自己一个符号或角色定位，然后围绕那个定位有相应的言谈举止和装扮。凯文像一团没有活成形的泥，他随时准备着成为这个或那个，可总差点儿意思，最终无法归类。

我之前听史蒂夫提过一句，说出生在韩国的凯文是被美国人收养来的美国。

看我有些不解的表情，凯文问史蒂夫："我的故事，你没告诉过她？"

"我想还是由你自己讲出来比较好。"犹太大叔史蒂夫瓮声瓮气地说，他比我们两位都年长，虽然不时也开些玩笑，可在许多时候还是很有长者之风的。

凯文捏了几粒瓜子，在手里揉捻着。他并没接口说下去，反倒是望向我问："你寻过人吗？"

我想都没想就说："当然寻过啊。"在两人有兴趣的目光中，我颇有些兴奋地回忆了当年的寻人经历。

我第一次寻人是在 15 年前。当时我在北京某报当编辑，某天忽然来了个实习生，居然跟我是大学校友。她皮肤光洁微黑，体态饱满健美，仿佛一枚多汁的水蜜桃。懂得扮美之道的她总把眉毛描得浓而有形，像奥黛丽·赫本，眼影时而暗蓝时而灰紫，让那双忽闪忽闪的大眼睛显得率真又神秘。她心无城府，疾恶如仇，不时私下跟我讥讽几句。我们很快成了铁姐们儿。我接到采访线索也总是派她去，她从无废话，干活利索周到，一次也没塌过方。她的房东临时用房退租，她搬去我的公寓住了一段，晚上睡前闲聊，

她脸皮很厚地透露了她的择偶三要素：长得帅，有足够的钱，性能力要棒。被我大笑恶俗也不恼。后来报社版面缩减，正式记者发稿的阵地都少了，实习生更没了用武之地，于是她离开，去了另一家报社。戏剧性的是，她某天在街上遇到一位有魅力的大叔，两人一见倾心，不久便离开北京跟去了上海发展。我们先还偶有信息往来，不久就没了音信。再打她手机，仍有人接听，却已是陌生人，说根本不认识她。很惦念她，茫茫人海无处寻，我便写了《那个叫林赛的唐山妞》，发表在《北京文学》。我再也没能听到她爽朗的笑声。

"中国人不用脸书吗？有脸书的话，这种情况相对容易找到。"凯文幽幽地说。

"即使找不到，这个人已经经过你的记述留存在了文学里。你们的友情也经由这篇散文得到了纪念。结局也不坏。"史蒂夫喜欢用发展的历史观看问题，"遗憾总是有的，'C'est la vie'（法语，这就是生活）。"

"我的第二个寻人故事却完美得让我意外。"说到这儿，我也卖了个关子，"你们听说过在中国的南方有个泸沽湖吗？没有加州的太浩湖辽阔，却湛蓝如宝石，像远离尘嚣的圣物。"他们二人都曾去过中国，都安静地摇摇头。

正是为了去看那美丽的湖，我偶遇了一对七八岁的兄妹。"在那个偏远小镇的汽车站不远处，我等车等得无聊，走着走着，迈进了一个简陋的售卖水产和禽类的院落。冬日阳光下，这对穿着厚棉服的兄妹，趴在露天的水泥台上写作业。看到我给他们拍照，他们有些兴奋和害羞。着小红花棉袄的妹妹，几次笑着跑开，被哥哥懂事地追回来配合。然后他坐在阳光下专注地读语文课本，穿着旧球鞋的脚大咧咧地伸在干硬的泥地上。妹妹跑跳着继续撒欢儿，偶尔扭头害羞又好奇地看看我。我实在是喜欢这小树苗般的生命。他们没有都市孩子的骄娇二气，没有祖辈父辈坚实的物质后盾，可是他们皮实、结实，他们的生命蕴含着无尽的热量。在中国的乡镇和村庄，这样的孩子有着千千万。无论生活和命运如何对待他们，他们如小草小树一般，贴近生命的本质，努力接地气地成长着。汽车要开了，我却不想离开，拍着他们，看着他们。"

"后来呢？"两位不约而同追问道。

后来我与他们的父母——一对同样纯朴厚道的中年夫妻，也闲聊了一会儿。两腮有着高原红的母亲好客地有问必答，一边蹲在地上手脚麻利地煺鸡毛。书生模样的父亲寡言安静，坐在一张木凳上，埋头写了地址给我，他愿意收到我给孩子们拍的照片。

我回北京当日就找到一个图片打印店。几天后，这照片已经在奔赴泸沽湖的路上。怕寄丢，还特意寄了挂号。可是，数天后，这小小信封又回到了我手里，上面多了一块膏药似的小纸片："查无此人，退回原址。"

那个紫砂壶里的茶已经淡得没有茶味，我打住叙述，去厨房换茶续水。

"一晃，已过了十几个寒暑。某天我整理书架，忽然发现在一本书中夹着的那个鼓鼓的信封。世间许多沧桑辗转，他们笑脸依旧纯朴如山楂果。那腼腆可爱的笑脸让我有一种冲动，我要找到他们！尽管明知毫无线索可循。当时不过七八岁的儿童，如今也应当是经风沐雨闯荡人世的青年了。他们在读大学吗？还是已经分担生活压力打工谋生？街头，与我擦肩而过的快递小伙，可曾就是那个懂事的小哥哥？那微笑着帮我把行李举到行李架上的文静空姐，是否就是当年顽皮的小妹？感谢日渐发达的网络，我把照片扫描后，配上结识他们的来龙去脉发在了网站上——'淡巴菰之味道'是我在'今日头条'的个人主页。说实话，真没抱什么希望。"

"我相信你找到他们了。"凯文急切地说，像猜对了谜底。

"没想到两天后，就有人留言给我，说那俩孩子是他的堂兄妹，他们如今都在读大学了。再过了两天，这两个孩子就都与我加了微信，感谢我十几年过去了还惦念着他们。他们甚至跟我诉说对未来的困惑和迷茫，好像我们真是久违的老朋友。"

我说罢，以为他们两位会兴奋地感叹一番，没想到，有好一会儿他俩都低头喝茶没接话。

"凯文的寻人故事可比这伤感得多……我没有寻过人，却被寻过。"史蒂夫说着，试探的目光望了一眼凯文，然后幽幽地道，"我哥哥已经去世 7 年了。某天我忽然接到脸书一个好友的请求，说她可能是我的亲戚。我接受了那个陌生的名字，没想到自己被吓了一跳，她不仅是我亲戚，还有很近的血缘，她是我哥年轻时风流的后果——她妈曾和我哥有过一夜情，也就是说她是我侄女！四十多年前，她妈在酒吧当侍者，被我那长相很帅、喝了几杯酒的哥哥迷上了，虽然彼此完全是陌生人。不久她发现自己怀孕了，而我哥早消失得不知下落。那女人生下这女婴后嫁了人，生活还算顺利。在这女孩 10 岁时父母吵架，她才从那男人嘴里知道他不是亲爹。她花了几十年四处打听，都没找到亲爹下落。不久前她母亲也去世了，她更渴望找到父亲，唯一的线索是我哥的姓氏。她终于在脸书上联系到了我，问我是否愿意做个基因鉴定。要说这科技真是太发达了，只需要提供一点儿唾液就可以找到网络里血缘相近的人。结果出来了，我们家又多了个亲人。她的生父虽然已经死了，可我仍和我侄女、我嫂子与她相见了，每个人都意外又开心。"

说话间，史蒂夫电话响，是他太太打来的，让他回家去置办晚饭，说她上午去给阿富汗难民送了些衣物，回家就发烧咽痛，也许感染了病毒。

于是就剩下凯文与我隔桌而坐，继续就着茶水吃着坚果和几枚晒干的无花果。

3

凯文慢慢开始了他的讲述，语调平缓，甚至有点儿干巴巴的。

"我不知道那时我究竟几岁。我知道的是，那时的我已经有了记忆。我记得我们住在韩国一个很穷的农舍，泥巴墙，上面是草顶。你看过美国经典的电视剧《陆军野战医院》(MASH) 吗？剧中那个美军野战医院所在地就是我们的小村庄'Uijeongbu'，在首尔北边，离朝鲜不远。那是个夏天，我妈要去地里干活，把我自己留在家里，叮嘱我不要外出。我隐约记得我有哥哥姐姐，记得他们背着书包去上学的样子。不一会儿，一个邻居家的小男孩来找我。我们玩着玩着就离家越来越远，直到了村庄集市上。我看见轰隆隆的机器在挖土，兴奋得看呆了，东瞅西望着，再扭头看，邻居家的小孩不见了。我就哭了。有人把我送到了一个陌生的地方，那房子和我家的一点儿也不一样。我不知道那是警察局，很好奇地用手摸着那平整的砖墙和那玻璃门。我进了屋，看到一个穿得很好的男人在跟人说话，可他面前除了我，根本没有别人。他的手握着一个黑柄，贴到耳朵边，他就大声对着它说话。我不知道那东西叫电话。这时来了一个人，给我一块甜饼，让我吃着跟他上了车。我很高兴，以为要回家了，没想到，等着我的是一个地狱般的地方。"

凯文脸色平淡如纸，似乎反复的回忆让痛苦失效了，他讲述的只是一段与他有关又无关的往事。

"那是孤儿院，没父母的孩子才该去的地方。我有家却没人送我回去。后来我才知道，孤儿院是政府救济机构，多一个孩子就可以向政府多领一个人头费。警察和院长早有勾结，警察带去一个孩子，院长就分他一份钱。没人知道那院长克扣了多少钱，我只记得我们从未吃饱过，个个皮黄肌瘦，成天被赶出去捡野果、讨饭、掏鸟蛋充饥。我哭闹着要回家，得到的是棍棒殴打和责骂。我吓得尿床，他们把床单扔到外面，晚上，我就盖着那冻了冰的布单发抖。后来我病了发高烧，奄奄一息。怕我死掉坏孤儿院的名声，他们把我送到了另一个孤儿院。在那里我幸运地能吃饱肚子，也没再被打。一年后的某天，来了一个穿着军装的大鼻子蓝眼睛的人，他看到我，拿着手里的照片对照了一下说：'就是你，去美国给我当儿子吧。'"

我看凯文身后的那个小石英钟已经指着 6 点，打断他问是否愿意在这里吃晚饭。

于是，我们的谈话从客厅移到了厨房。他坐在一张转椅上，看我煎鱼、拌沙拉。抽油烟机的声音很响，他的故事中断了。

"你把这里布置得像个艺术画廊。太温馨了。我看出来了，你喜欢旧东西。我有一座老式英国钟，是我爷爷留下来的，可以送给你。"凯文说。

"谢谢，不过你还是自己留着吧。我相信旧物对我们都意味着特定的感情。"我说着，心里嘀咕，一个孤儿怎么会有家传旧物？

"什么叫物有所值？在我看来，就是把合适的东西给最能体味这东西价值的人。包括钱。我几个月前不是生病住在尼泊尔一个小村子吗？那家人对我的照顾让我感动。我感到惊奇：那么善良的人们，却过得很贫苦且知足。我早就知道不要以经济的富有与否来判定人的快乐程度，可我还是很想帮他们。不久前，我听说他们的房子需要修补，要 5000 美元就可以焕然一新，我就给他们如数汇了过去。"凯文仍是那淡然的表情，像在说他给谁寄了张贺卡。

饭好了。我们围桌吃着。他吃得有点儿快，吃相有点儿野，不像在美国也不像在朋友家里，而像是和孤儿院的孩子们抢食，吃慢了就得饿肚子。

我并不饿，跟着吃了几口，看凯文吃得那么香甜，打心底里高兴。铸铁锅底剩了两块鳕鱼，我建议他吃掉。他提议一人一块。我依了，捡了小的吃。凯文把他那块吃掉，还用筷子熟练地把锅底那些碎掉的鱼肉都一一捡起来吃了。

那一大盆蔬菜加蓝莓、奶酪的沙拉吃掉了。加了碎香菜与芥末、生抽的两枚牛油果做的酱吃掉了。旁边的小盘子里是饭前当零食的蜂蜜腰果，他不仅也都吃净，还把上面掉落的一层芝麻用小勺填进嘴里。

另一个小碟子里是一叠海苔片，不用我让，他一片片放嘴里认真吃干净。只有一盒奶酪腌肉卷，实在太多太咸，他夹着吃掉两根，放弃了消灭掉的努力。

这显然是一个从小饿怕了的人。我想起上次登山，我与凯文他们失联后终于会合，回家前去山下一个意大利餐馆吃晚饭。见我剩下一半米饭和一碟西红柿肉末酱，已吃完了一大盘意大利面的凯文问我是否要打包盒，我摇头说不用了。他望望我，想说什么又闭嘴没吭声，径直拿起他的勺子舀着那剩饭吃了起来。他吃得那么津津有味那么香甜，就像那盘意大利面根本没进他的肚子。现在我明白了，他是一个不能接受把食物扔掉的人。

我又沏上了茶，这次是碧螺春。

"说吧，你的美国生活该开始了。"我笑道，怕他还饿，把一串刚洗好的葡萄放在桌上。

"我的养父是个职衔不低的空军军官，他对我很好。除了我，他和太太还从同一个孤儿院领养了一个韩国女婴。后来才知道她是个聋哑孩子。"凯文仍是那副没表情的表情。只有在我说话时，他才会望着我。轮到他说话时，他的眼睛总是盯着手中的一个物体，比如他面前的茶杯，好像正视别人会影响他回忆。

"我的好日子没过几天，养父就被派去了越南。那噩梦般的日子开始了——我的养母出于寂寞找了个情人，不知她是担心我会说出去还是内心愧疚，她把我送到一个荒山野岭的训练营。我才不过五六岁，周围多是送去感化的不良少年，那么小，我居然抽起了烟！从学校到家没有一个亚裔面孔，我成了孩子们寻开心的对象，动不动就有人用手挤扁眼睛嘲笑我。我开始跟人打架，身上总带着伤。只要我回到家，养母就找各种理由打骂我。不知多少个夜晚，我哭着醒来，梦里一次次与父母生离死别……那样煎熬了4年，终于，我的养父回来了。不是他，而是养母提出离婚，她等不及地跟情人结了婚。谢天谢地，我被判给了养父。"

"那不就该有好日子过了？"我跟着长舒了口气道。

"你接着听啊。我养父离婚后非常沮丧抑郁，前妻把他的钱花光了，还以那聋哑孩子为由要了那所房子。养父没心思没能力照顾我，就把我送到了密苏里他父亲家。我曾去过那里，很喜欢那儿的庄稼地、果园和那对老人。他们是我到美国后对我最和善的人，尤其是老奶奶，在我被养母送到营地的时候还曾给我寄过她烤的蛋糕。可惜没多久她患癌死了。我跟着爷爷种地养牲畜。我刚才说的那座老钟，就是我从所谓的美国家人手里继承的唯一物件。"凯文停住，咧嘴笑了，露出一口小白牙。我才发现，他长得挺像任贤齐，成名前眼神飘忽的小齐。"你的房子如果有任何需要修理的，就找我——还不到 10 岁，我就跟那老爷爷学会了修理各种东西，水管坏了、门窗关不严了、房子漏了、汽车打不着火了，我都能修。我以为自己会一直在农场待着，松了口气，心想当个没人欺负的农民也不坏。没多久，我养父来接我了，他找到一个女人，要再婚了。我又开始生活在一个四口之家。继母带着个比我小一岁的女孩，她的亲女儿。可是这个母亲却没一点儿母爱，她恨小孩，她自己女儿的哭声都让她无法忍受。我养父迫于她的压力和唠叨，只得给我另寻人家。我被送到了一户本来有五个孩子的夫妇家里，我是最年长的孩子。我被改了新的姓氏。这位养母是我见过的世界上最虚伪的女人。她自称信仰上帝，每周去三次教堂。除了我，他们的五个孩子中已经有两个是领养的。我不知道她这么做是为了好名声还是为了政府提供的那点儿养育费，总之，对外笑吟吟的她对我完全是另一张面孔，关起门来，她想打就打想骂就骂。我 14 岁那年夏天，从学校回来急着进屋喝水——我总是走路 3 英里去学校，那天实在太热，渴极了的我没脱鞋就进了厨房，被她看到，一个耳光就扇过来。平生第一次，我动了手反抗，本能地推了她一把。她愣住了，没想到我那么瘦小却有把子力气了。从此，她没再敢打我。我当时已经在麦当劳打工，攒够了能租一间卧室的钱，我立即搬了出去，直到我中学毕业。"

我又长舒了口气。我曾采访过很多陌生人，在深圳一家都市报做过类似口述实录的情感访谈，还真没听到过小小年纪就经历如此曲折的人生。

"高中时我遇到了一个心仪的女孩。她来自典型的白人家庭，父母当然全都反对她找个亚裔孤儿当男友。但我们相爱得很深，商量好先去读大学，毕业后有了经济基础再跟她父母谈。那时的我，做着此生最美好的梦。高中毕业两周后，她的好友开车接她去看电影，回家时经过铁路和火车相撞，两人当场死亡。她的双胞胎弟弟把噩耗告诉我，说我可以去扶灵抬棺。艾玛，那是我这辈子抬过的最重的东西！"凯文终于不再盯着那杯子，端起来喝了口茶。

"我当时的天塌了下来，往哪儿走？当个酒鬼、流浪汉似乎是最容易也最方便的。可我知道，要想有明天，读大学是我唯一的出路。我想去读哲学系，有太多我想不明白的事！可有人说读哲学的唯一出路是饿死自己。于是我读了商科，4年的学业我3年修完，在佛州找了份很好的工作。干了两年，我发现我根本静不下心来。那个困扰我的问题越发让我想面对——我的亲生父母在哪儿？生活在那么多陌生的屋檐下，我究竟是谁的孩子？我开始往韩国投放寻人启事，凡是能想到的地方我一个都没落下。那真好比草垛里寻一根针！我确实也得到了一些同情的反馈，说我如果真想找到父母，应该回去找。我便辞了职。没想到，在韩国一待就是6年。"

凯文找到了他被美国人收养时的孤儿院，可之前的那家已经查不到任何收养记录——那个与警察勾结的院长把所有档案全部销毁一净，自己带全家移民到了美国。"你猜他来美国后的职业是什么？非常荒唐且讽刺，他竟然摇身一变，成了牧师！"凯文这次是冷笑了，好像在看滑稽戏。

"韩国并不大，费了这么大力气难道一点儿线索也没有？"我不甘心地问。

"村庄早就没了，成了城市。有几家找上门来，见面就说：'儿子啊，终于找到你了，咱们去美国吧。'只有一位清瘦慈祥的老人，我真希望他是我爸，虽然他所描述的走失的儿子与我根本对不上。我们仍是去做了血液鉴定，检测结果出来那天，媒体记者们都来了，当医生宣布血型不匹配时，老人当场瘫倒了。我也很沮丧。这么多年过去了，我虽然还没彻底失望，但知道希望也极渺茫了。10 年前，我加入了韩国的 DNA 数据库，至今没出现任何相近的血缘。我都六十多了，父母很可能早就不在世了。"像说得累了，凯文目光有些茫然，本就不高的声调更低了。

"如果说寻亲未果出于无奈，年过半百，你为何也没找个女孩结婚为伴，那虽然不能替代亲情，可也是人生中重要的一部分啊。"我好奇地问。

"没遇到合适的人啊。也许，我从未淡忘那美好的初恋。离开韩国后我没回美国，直接去了印度，在那里一待就是 13 个月。我看着那些又脏又穷的人脸上快乐平和的笑，我看着一具具尸体在柴火中被烧得变形最后变成炭变成灰，我心中的紧张和不安似乎也跟着消散了……我不再恨任何伤害过我的人，也不再恨命运的不公。"凯文在朋友中人缘很好，他总是嘻嘻哈哈没正经，放松，幽默，随和，如果不是他亲口说出来，没人相信他曾有过那么不堪回首的过去。"Love is thicker than blood."（爱比血缘更浓。）这是他常说的一句话。

"你想看看我女友的照片吗？"凯文不等我回答，摸出手机滑了一会儿伸给我。

凯文蹲在一个墓碑后，双臂伸开做拥抱状，笑容像阳光，驱散了他脸上那层好似总也洗不去的灰颓。要放大才能看清墓碑上那极小的头像照，是一个棕色长发的女孩清秀的半侧脸，一双大眼睛很美，有些哀婉地望着前方。

四十多年过去了，她仍是他此生的最爱。

我问凯文是否介意我把他的故事写出来。

他略作思考，说："写吧，如果这所谓的隐私对别人是有正面意义的。我的意思是，但凡有人读后，忽然发现他曾自以为灰暗的人生其实远非那么可悲，那这故事就没白写出来。"

凯文离去时，夜空上缀满星星，密且亮。他掏出手机，对着星空教我用一个 App 识星座。那或明或暗或大或小的星星像撒在夜幕上的尘沙，有些被人为地连成冠了名字的星座，多数都零散在那儿发着清幽的光。

"其实，每颗星星都是孤独的，不管它们看似离得多么近。"凯文隔着车窗说罢，眨眼就消失在夜色中，像一颗大地上的小星星。

1

老杰克死了，刚过了 72 岁生日。去往另一个世界的路上，没能带上他心仪的万宝龙钢笔。

这个看似活得没有尊严的酒鬼，这个连自己的儿子都鄙夷的老人，终于彻底放下了手中的酒杯。他在七十多年前的冬日来到这个世界，又在同样寒冷的冬天离开，去了另外一个谁也找不到他的地方。于我，他几乎算是陌生人——他是我在洛杉矶的房东杰伊的父亲。

那年圣诞节，听说我想感受一下美国家庭的节日气氛，好心的杰伊请我一起去了他父亲与继母的家。那时杰克还没彻底卧床，还能靠两条麻秆儿一般细瘦的腿在各屋之间挪动。从他书架上那本小小的相册里，我好像看到了他的一生：帅气干净、上唇留着黑色髭须的名校数学系大学生，优雅地着一身白色西服，在众人艳羡的目光中迎娶貌美如花的新妇；穿起硬挺的军官制服精神抖擞地成为美军驻德国兵营的一员；退伍后作为美国银行投资专家，与妻子携两个幼子先后被派驻马来西亚、日本、新加坡的分支机构，戴黑框眼镜、西服革履的他有保姆、司机、园丁伺候。在相册中间页，他突然就变成了皮肉松弛、头发稀疏、窝在沙发上发呆的颓唐男。我瞪视良久，不敢相信那是杰克！那相册像被谁遗忘了一般，自那张照片以后全是空白页。那时的他已经是丧妻的中年男子，烈酒成了最亲密的盟友，不动声色地麻木了痛苦，也将快乐挡在了心房之外。虽然他不久再婚，可30年来酒杯从没离开过他的手，我记得那个比可乐罐还大的带把手玻璃杯，像长在他身上一样，他在哪儿就跟到哪儿。他最大的人生乐趣除了酒，就是在一个名为"second life"（第二人生）的虚拟空间里沉醉地活着。"我有钱有地位，还年轻英俊，娶了三个太太，过着我梦想的生活。"我眼前的他已经又老又弱，除了吸进氧气呼出二氧化碳，他与这个实体世界没有任何沟通，既无害无辜，又百无一用。可我仍然喜欢他，因为他打量人的眼神像打量他的四只猫和两条狗一样，是认命之后对世间一切的良善无欺。

他那小10岁的太太笑容甜蜜，惨白的脸像个艺伎，蓝眼睛似蒙着一层不透明的膜，我总觉着那笑容后面有一个甜蜜的阴谋——某天他喝死了，剩的家产够她衣食无忧地再快活几十年。她甚至和杰伊为劝杰克戒酒一事大吵一架："你怎么知道我没劝过他？说得轻巧，他听劝吗？"在外人面前，她总表现得温良恭俭让，似乎对老杰克呵护备至，逢人便说："我们俩结了婚，我知道我是该感到荣幸的那个。"她掌管着家里的财权，开着那贷款买来的价值7万美元的林肯SUV去最好的食品店买菜买狗粮，家里贮藏室像一个打算在世界末日幸存而屯货充足的小超市，大桶装的日本酱油3桶，意大利橄榄油5桶，燕麦片2箱，各种调料、干果、方便食品更是把转着圈儿的五层贮物架堆得密不透风……可她却一边用染着猩红指甲的手往嘴里优雅地填着薯片，一边对修热水器的墨西哥工人说："我们手头没有 200 美元的现金，你下月再来讨吧。"他们的大床除了供人睡觉，也是两条牛犊般健壮的短毛犬的游乐场，它们随时可以蹿上去卧在那儿啃骨头。床又像是他们的虚拟人生舞台——两侧都各有一个大屏幕电脑，除了在现实世界里完成基本的吃喝拉撒，他们像中了毒瘾的少年，把人生仅剩的时间都奋不顾身地耗在那完美的虚拟世界。"我是一个 30 岁的红发女郎，有一打男朋友，其中一个是迪拜的亿万富翁。我只听他们说情话，不肯跟任何一个见面约会，所以我的昵称是'dating girl'（约会女孩）。"说起这些，她一脸的骄傲自豪，好像自己从未在这个世界落伍。

巧的是，我和老杰克不仅同属狗，而且生日还是一天，他比我整整大两轮。那个冬日，我看到要满 72 岁的他在亚马逊网上贴出了他的生日愿望清单，除了一件夹克、两条狗链，其中还有一支万宝龙钢笔（MontBlanc）。想满足他愿望的人如果在网站购买了礼物送给他，清单会自动显示某个愿望已实现。我留意到，生日过去一周了，他昂贵的梦想还挂在那儿，像一个谁都故意视而不见的尴尬错误。"他现在基本不下床，不要说写字，连账单都不用签，要那万宝龙纯属虚荣。他年轻时游历世界，那时手头宽裕，见到想买的东西眼都不眨。"杰伊是个孝子，曾借给他爸 10 万美元，也是不眨眼的。尽管后来他得知那钱根本不是付了所谓"税务局的罚款"，而是进了继母女儿的账户——她是个离了婚的护士，有一个患自闭症的儿子。和母亲一样，她也是个演戏高手，跟母亲聊天唯一的话题就是生活拮据、活得委屈。"既然杰伊是单身，有钱也没地方花，要不你跟他先借点儿钱？我那外孙太可怜了……"杰克颓废不假，却向来是个心软的人，于是便跟儿子有了他要还税务罚款的说辞。"他不还就算了，我不在乎，谁让他是给了我生命的父亲！"听到弟弟为他叫屈，杰伊只说了这一句。

"也许你父亲想重温一下早年那好日子。毕竟，他都七十多了，生日每年也只一次。"我劝道。可杰伊仍只给父亲买了那件夹克，以为在佛罗里达州做房地产生意的弟弟会给父亲买那狗链，发现对方丝毫无意后，他把狗链也买下了。

此前老杰克已经两次病危被救护车拉去抢救，他太太很及时地拉了一个短信群，向她认为重要的亲戚朋友汇报他的病情，但明眼人都看得出，她是不动声色地显示她这妻子的"称职"罢了。

那个冬日的傍晚，在下班路上的杰伊接到电话，是继母打来的，说他爸去世了。"你们谁也不用来，我把他火化了就行……没有葬礼。我要搬到马萨诸塞州我女儿家去了。骨灰我也带着。"似乎只是一夜之间，那女人就消失了。房子被卖掉了，老杰克周游世界时买下的古董、孩子们儿时的照片都被她当院甩卖（yard sale）了。杰伊在脸书上看到她发出的甩卖信息，打电话问是否可以留下那幅小狗油画，那是他10岁时画了送给母亲的生日礼物。对方说："抱歉，已经有人花10美元买下了。"再打，被告知电话已经取消服务了。

老杰克和与他有关的所有记忆，都像从没来过一般，不但被清零，还格式化了。

一向怒其不争的小儿子听闻父亲去世的消息，只皱眉说了句"I don't care"（我不在乎），就继续在佛罗里达的雾气里挥杆打他的高尔夫。

我听了，不由得感到一阵悲凉，喉头像被哽住了，想说什么又无语，眼前却浮现出老杰克蜡黄脸上那无辜温和的眼神，和那仍在网上等着下单的笔。

死亡就像果实坠落。我知道，杰克这颗果实显然已经千疮百孔，坠落了未尝不是解脱。

2

只不过数天后，我又接到了另一位故人去世的消息，他虽然与杰克互不相识，却也长眠于相距不过数百英里的加州西海岸。

他是一位普通的中学校长，刚满 70 岁的徐先生，被确诊为肺癌晚期，放弃治疗的他很快就辞世了。每次想到他，我都不由自主想到那所有着百年历史的洛杉矶公立中学，据说那也是美国电影明星莱昂纳多·迪卡普里奥的母校。我曾不止一次地在那有着苍翠古松和红砖楼的学校与这位香港来的华裔校长见面。有时是在他窄小逼仄的办公室，为解决我那刚从中国转学而来的儿子的种种困惑与不适。他一边调侃揶揄我的中国式母鸡护崽教育方式，一边不遗余力地多方帮助和各种支持。更多的时候是在放学时段的路边，前去接孩子的我在车里，立在路边疏散车辆的他在车外，隔着窗玻璃的既算打招呼又算道别的一挥手。

"我不是什么华侨，我只是一个客居在这里的中国人。"徐先生说这话的表情淡淡的，像他手里燃着却很少吸的那根烟的雾。梳得整齐的背头，瘦削的身形，细瘦的脸与眼，我发现他长得像老年版的梁家辉。我邮箱里至今仍存着他写来的信件，字字诚恳；我抽屉里仍放着他写给我的有些拘谨的书法，行行坦荡。我看得出，身在异乡的他是郁郁不得志的。"自他退休后，那所中学不再接收中国孩子去就读……他家人说他最后的心愿是某天能回故乡老宅走一走看一看。"远在洛杉矶的好友 K 告诉我，作为岭南同乡，她出席了徐先生的告别仪式。她还发给我一张印在纪念图册上的徐先生遗照，戴着金边眼镜的他，清瘦斯文一如从前，淡定微笑地望向我，那香港口音的普通话似乎再次在耳边回响。看着，我湿了眼眶。本打算下次到洛杉矶去跟他好好叙谈的，没想到，他没等到我。我儿子听闻，也难过得红了眼圈，说他万幸那年暑假回国专门去了一趟保定陆军军官学校纪念馆，为徐先生买到了一册毕业军官名录，上面有徐先生父亲的大名。

"父辈的荣耀不谈也罢。我辈只能漂泊异乡，糊口谋生，做一个没根的人。说起来实在惭愧！"听我问起他那曾经留学日本的将军父亲，他苦笑一下摇摇头，并不想深谈。

最终，被人厌弃的和受人爱戴的，都安静地沉睡在土壤之下，辉煌的慰藉和思乡的殷切，亦像彻底失去了生命的种子，空瘪了，再也不会迎来发芽的一天。

"你要不要为新近逝去的朋友们到清净地方祈祷一下？"好友 D 是我第一本书的编辑，吃素向善的她闲来总去寺里做义工。6 年前，刚从国外回来的我曾随她前去祭奠离世不久的父亲。我并非信徒，但当我心无旁骛闭念想着已经飞身到另一个世界的父亲时，耳闻古槐茂密的树叶在风中婆娑作响，我似乎听到了父亲在天上的低语与告慰："闺女，我感知到了你的牵挂。我很好，放心吧。"我落泪了，心，却忽然变得温暖踏实。

那个春天的早晨，我和 D 约好在寺门外集合。让我吃惊的是，路上的地铁里，居然有座位，而且，居然，我的对面就坐着一位着暗红袍子的年轻僧人。佛珠绕在腕间四圈，菩提子点缀着几颗绿松石，那是他身上除了双肩背唯一的装饰。我自己六根不净，一向却对出家僧人崇敬有加，忍不住屏息打量他。他的布僧袍并非完全暗红，领子与袖口都镶着杏黄内衬。微黑的皮肤很紧实，血管微微隆起的前臂亦显出结实的肌肉。发际线有点儿后移，显得那额头更加宽阔饱满。因为戴着口罩，我只能看到他的一双眼睛，可我仍然可看出，他是位年轻的僧人。那是怎么样的一双眼睛啊，与坐在他两侧的年轻人那倦怠又戒备的眼神相比，他目光澄澈、神态超然，滚滚红尘中，他宛如一个悠然的悲悯过客，无忧无惧，无牵无挂。我竟看得走了神，直到地铁进站，又上来下去一批乘客，我恍然醒悟般摸出手机，小心又紧张地趁他不注意为他拍照。我知道，此为不敬失礼，可我实在想，也只是想，记住他的样子。否则，我会怀疑他是否真的曾与我邂逅在这城市的地铁里。

觉知敏感的他显然是发现了我这陌生人的意图，大方地望了我一眼，并没显出不悦，一只手曾抬起又落下，放回到腿上，并不想遮掩什么。那手很大，手指修长有力。过了几站，他安静起身下地铁，离开时，长长的僧袍下露出一双已经磨旧了的旅游鞋。他一定走过了不少的路。他来自何方，又去往何处？我知道，于我，那一切都将永远是个谜。

寺门开着，所有殿门紧闭，因为不是初一、十五或佛教节日。一架紫藤已然开过，只剩下新绿的叶子在木架上映衬着古旧的砖墙瓦顶。一只身形灵敏的白灰相间的猫熟练地在屋顶和院落间攀爬。让我心里踏实欣慰的是，那两株古槐仍在，比 6 年前似乎更高大了。尚鲜嫩的绿叶、遒劲的枝干，与殿角的飞檐和脊兽一起，衬得蓝天晴空越发明净，即使那小小的院落并不比一个四合院大多少，却让人心忽然敞亮，甚至飞升起来。院里没几个香客，仅有的几个也都围坐在槐树下的木条几上，戴着口罩有一搭没一搭地在香烛烟雾中说着什么。香炉里香灰深厚，香火不多。旁边有着罩顶的几排灯架上，大大小小的酥油灯却满满的，那融化了的油透明温暖地在或大或小的玻璃瓶里不动声色地滋养着灯芯顶端的火苗，像正摆渡着到彼岸去的一个个灵魂。

我知道把两位美国人的名字写在黄纸上求寺里僧众超度有些怪诞，况且我也并不知道他们的具体生卒时辰。我宁愿跪在院中那香炉前，为他们燃上两盏油灯，在古槐叶与春风的私语声中，闭目为他们送上我虔诚的祈祷。

如果有另一个世界，语言是相通的吗？我后悔，刚才在地铁里没能向那位僧人求教。愚痴的人往往怯懦，面对仁波切，也会木讷到不肯开口。

然后，我拾阶走到一个侧门处，往禁止游客入内的后院打量，看到为修缮建筑搭起的脚手架。"我不进殿，只在后面院里走走可以吗？"我问一位着灰布衫正做清洁的年轻工人。回答是毫不犹豫的"不可以"。后来看我坐在树下听着檐下一个播放器里的佛乐发呆，他走过来搭讪，还给我看他的出家证，那是一个手工缝制的小册子，上面歪歪扭扭的字迹，除了姓名，还写着他来自河南，生于1990年。"出家什么最难？五戒最难。"他回答我说他还想吃荤，证明还没通过基本的考验。与刚才地铁里的僧人相比，这位脸上生着几颗粉刺的小伙目光游移，言语讷讷，显然仍在红尘与佛界的路上徘徊。

我起身踱到正殿与侧房之间，一拐弯，看到一条更窄长的小径，一侧即是粉白的院墙，立在那儿望过去，看到蹲坐在路尽头也着灰衣的身形粗壮的一位中年男子。"你到这儿来看什么？"他的口气与其说是提醒，不如说是喝令，极为严厉，甚至粗暴，似乎我的出现已经是犯了天条。我的心一哆嗦，无法相信，在这一切本当温和本当包容的场所，会有这等刺耳的声音出现。我心跳着退回院中，说给 D 听。"你别怪他，他是寺里的炊事员，来自山东农村，人其实不坏，只是脾气比较暴，尤其是前段时间他儿子第三次高考又落榜。让儿子跳出农门是他活着的唯一希望。"D 小声安抚我。

望着高远湛蓝的天宇和碧绿干净的槐叶，想着那两位我再也既不能爱也不能怨的故人，看着身边仍在尘世中为生存而挣扎的陌生人，我不由得感叹想哭！这世间啊，从西方到东方，从僧人到俗人，有谁的人生是完满的？我们失意，是因为渴望自我实现；我们沉沦，是由于噩运毁灭了美好；我们粗粝，只是因为从没享受过温润；甚至我们对神性的向往，也不过是由于对庸常的失望。我们有哪一个不是在各自的人生小径上摸爬滚打、跟跄而行？

看着眼前那盏酥油灯里小小的火苗，我忽然感觉人类的命运是何其相似——每人都有伤疤，万物皆有裂痕。生命似在暗夜中行进的列车，除了那点儿体温的热度，怀揣的那点儿细碎微小的念想只不过是命悬一线的小火苗，就像老杰克的万宝龙笔和徐先生的故乡老宅，山东大叔替儿子做的大学梦和修行小伙向往的五戒——那没有高低贵贱的冷暖自知的一点点念想，就如这酥油灯的微光，无论多么细弱，都会让人蹚过风雨泥泞，挺过病痛心碎，硬着头皮走下去。

如果未来有缘与那位地铁里的僧人再次邂逅，我一定要跟他聊聊天。但愿那时，他仍有双清澄明净的眼。

1

献给陌生男子的芍药

失眠像蜂鸟，总在不期然间倏忽而至。我躺在床上，眼睁睁地看着墨黑的夜色淡下去，窗户像被谁糊上了一层灰蒙蒙的纸。从枕下摸出手机看时间，3:45。我戴上眼罩，盼着天大亮前能睡着一会儿。刚朦胧有了困意，就听"呼"一声极清晰的炸响。枪声！那么近切，像来自几百米外的街尾，我第一反应就是："天哪，詹妮弗！"——去年此时，距离圣诞节不到两天，她的丈夫艾伦举枪在阁楼上自杀了，一直泪水洗面的她不会丢下两个孩子也追亡夫而去了吧？我坐起来，心跳着竖耳倾听，却没听到哭声和叫嚷。站到窗前往她家方向望去，两户近邻廊下的灯暗淡地打着瞌睡，映衬出树木和房屋梦幻般的影子。街上空无一人。

我再度躺下，也许只过了5分钟，"呼"！另一声钝响。这一次，似乎是在街头的小公园。爆竹？美国人除了独立日零星意思一下，几乎从不放爆竹。"难道是吉姆？"—— 遛狗偶遇，他不止一次告诉我，他当年可是军中的"快枪手"（quick draw）。他坚持体能训练，年过八旬仍身轻如燕，每天4点晨跑，除了迷你手电棒他还会揣把手枪。有一次，他与一位开车经过的人发生口角，几乎动手。那汉子指责他在公路上跑步妨碍交通，看这倔老头不服，下车就要挥拳揍他。吉姆把食指和中指做成钩状，伸到那人面前，用干瘪的声音低低地说："伙计，我两根手指头就可以把你的脏舌头揪下来抽你的脸。你信吗?"那人被他震住了,叫骂着扬长而去。——会不会,摸准了他晨跑的点儿伺机前来报复?

接下来,又是沉寂,连狗都没叫一声。也不知何时,我迷糊着做了个很短的梦,梦见在清洗一块极脏的纱布。朦胧中听到房东杰伊下楼梯的咚咚声,然后是汽车离去的轰鸣。摸出手机,一条群发信息让我睡意顿消,来自两户之隔的老太太米琪:查尔斯小学,发现尸体和一支步枪。警察已经来了!

"你该去跟警察汇报!"米琪看到我发的"听到枪声",秒回,说可以让她的老室友格瑞陪我同去。

我立即感到责无旁贷,赶紧起床洗了把脸下楼。米琪发来新的信息,说格瑞认为我应该先给警察局打电话。"他这老家伙总是那么固执,自以为当过律师,什么都要走程序!"

人命关天,我顾不上和米琪评论格瑞,决定自己走去找警察,反正不过 3 分钟路程。学校前门临街,就在我们这条街尽头。学生已经到校,路边没车没人。我沿公园草坪走向学校后身,远远就看到篮球场边停着两辆警车,路边的树都围着黄色的警戒线。看我走上前,车窗摇下来,一位年轻英武的女警官扭脸问我有什么需要帮助,她面前是一排带着许多黑色按钮的电子设备。我复述了几小时前听到的枪声。显然这是位干练精明的警察,利索地打断我的不知所云,直截了当问我一些细节,同时飞快地在电脑上敲击着。最后她问了我的名字、生日和手机号。我迟疑了一下，问有人死亡还是受伤了。她本是随和亲切的脸顿时严肃起来，摇头说不能透露。我看到她的制服前胸处别着她的名字"Mabril"（马布里尔），便直呼其名说我有个担心："有位老人每天早晨在这一带跑步，他是个退伍军人……"我刚开了个头，她就笑着摇头说："放心吧，不是吉姆！这老人家好着呢，他也来过了，有趣的是，他担心是另一个有早起习惯的邻居，说那人最近显得很郁闷，因为他太太患了重病。"猛然间，我看到距离我们不过十几步的篮球场中央，有一个人形的东西，被苫布罩着。我心一抖，没错，看来真是有人被枪杀了。我知道这位恪守职责的警官不会透露任何信息，便打算闭嘴走开。"Have a good day!"（"祝你有个美好的一天！"）女警官轻松愉悦的声音从背后追上我，好像我们不是在死亡现场，而是在谁家的派对上道别。我也回了她同样的祝福，不由得感叹：一个人几小时前死了，他的同类们若无其事继续期待美好的一天。

我从学校另一侧往家走。经过一排教室，有孩子们稚嫩读单词的声音传出来。他们每天追逐打闹的操场上，那具尸体似乎也在倾听。

"太可怕了！拿着枪跑到这儿来杀人！我听说杰伊要出差去意大利，你自己在家可得小心。不行就搬我那儿住一周，我还有间闲着的卧室。"米琪敲门来探听消息，似乎我早晨的举止充分体现了她期待的正义感，她望着我的目光比以往更亲切。她新做了眼皮提拉手术，粉红的上眼窝还没消肿，像刚哭过。

我当初选择这里落脚，就是因为搜索过美国城市的安全指数，这个位于洛杉矶西北的山谷小城排名第十四。我告诉米琪连刚才那女警官都说现在治安大不如前，建议我加强安全装备，比如换上更安全的锁。

"警察都这么说了？你知道，美国警察是没有义务保护老百姓的安全的。咱们自己得学会保命。我告诉你，不能光指望着门锁，任何万能钥匙（skeleton key）都能从外面打开，你都听不到动静人家就进来了。现在有一种安全防盗金属棒，一头支在地上，一头拄在门把手底部，外面越使劲推，它反作用力越大。"看我一脸困惑，米琪从棉马甲口袋里掏出手机让我看照片，她在疫情伊始就买了两根，每晚睡觉前，前后门各支上一根。

我说看起来确实不错，至少听到动静可以有个缓冲打911报警。可是这房屋门这么多，除了前后门，还有两面落地推拉玻璃门，坏人也不是吃素的，很可能走旁门左道，选那最不设防的下手。

"我有对策！找几根棍子，金属的木头的都行，结实就可以，甚至不用的粗扫帚柄都管用——这样，把它横躺着放在推拉门的底槽里。有人从外面即使打开了推拉门的卡子，也不能把门横推开，除非他把玻璃打碎……"说着，米琪抓起一把尺子，她肚子有点儿大，费力地蹲下去示范，稀疏弯曲的白色发卷耷拉下来，露出粉白的猫肚子一样的头皮。

救命如救火，我谢了她，像个消防队员一样冲向五金店"Lowe's"，花 58 美元买到了两根金属棒。回家调节好高度和角度，支到门边一试，果然很给力，不由得佩服那个设计者，也感谢米琪老太的热心传授。更重要的是不用征得杰伊同意，因为不需要往墙上门上打洞揳钉。

怀着自力更生的喜悦，我溜进车库转了一圈，在墙旮旯找到几根结实的木条，那是杰伊业余时间做木工的下脚料，他看我书多，曾花了两个周末做了一个放在楼梯下的坡形书架。

"你终于入乡随俗和美国人一样了，知道去买 rod 防身。"杰伊下班回来看我跟他演示这些金属的木头的棍棒，笑着说。"rod"，不仅有棍子的意思，美国人也用来指枪支。他在办公室也看到了新闻，"我早晨 6 点去跑了一英里，经过那篮球场时，还真看到了有什么东西横在地上，天黑看不清，以为是建筑垃圾。"

他说周末他又要去梅利莎家的牧场打靶，如果我真想保护自己，应该去练练射击，他的枪就放在书房抽屉里，一旦他不在家时有人破门而入，知道怎么用枪至少有益无害。

2

杰伊是他的朋友中最后买枪的人，他性格温和，和任何人在一起都没有一点儿攻击性。他的父亲和继母住在枪支自由的得克萨斯州，两个加起来150岁的老人居然拥有14把枪，枕头底下、厨房抽屉里、客厅沙发下都藏着枪，自言"全方位保护，你不知道哪一刻坏人会冲进来"。他在佛罗里达的做房产中介的弟弟也是不折不扣的拥枪派，手枪步枪之外，还新添了AK47，好像威力越大心里越安全。

疫情以来，美国更是枪支大热，所有枪店外都排起了长龙。我看到皮尤调查的数据：2/5的美国人承认家里有枪，1/3的美国人表示自己至少有一支枪。六成的人说买枪是为了自卫，四成的人声称是为了打猎和娱乐。虽然有近一半美国人都承认枪支暴力是美国最严重的社会问题，但他们认为最亟待解决的不是枪支，而是负担不起的医保。

杰伊也属于疫情期间买枪的人。据我观察，与其说他是为了自我保护，更不如说是出于男人对枪天生的喜欢。打枪，在他看来更像一种特殊的娱乐。在拥有第一支枪之前，杰伊就常和好友迈克去郊外专业的打靶场练习射击。迈克曾在海军陆战队服役7年，不说百发百中，也是射击高手。他虽早就退役，在好莱坞电影公司当会计，可仍不时周末去打靶过瘾，常顺路接上发小儿杰伊同去。不幸的是，这位沉默少言的墨西哥裔男子心脏病突发，去年死在了路易斯安那州的电影外景地！

杰伊很难过，有很长一段时间不再去打靶，直到后来几位保龄球球友约他同去梅利莎家的牧场。我跟着去过两次。那其实只是一片山洼地，三面环山丘，开阔的那面较平整，坐落着梅利莎家几间简易的平房和马厩，不远处就是双向单车道的乡间公路。

"你要去打靶？用枪保护自己？没必要。只要不做坏事，你就安全。上帝会时刻保佑你。"听到凌晨枪声那天下午，我对面的邻居格兰特夫妇约我去散步。这对亚美尼亚老人每周都去教堂，在家的重要活计也是研读《圣经》。公园一侧有个小山，可顺着坡道蜿蜒而上，我们漫步走着，不约而同地扭脸望向那篮球场。五个便衣警探模样的人围立在那儿，那苫布撤开了，躺在水泥地上的就是一具着深色衣服的尸体，一双黑色的鞋子被整齐地摆在脚下两米远的地方。看不清脸，躺着的姿势却能辨认：一条腿直伸着，另一条弯曲，像睡着了一样。靠近头部的地上，一大片血迹在阳光下非常刺眼。

"你看，这不都是枪惹的祸！美国要禁枪也难，宪法里写着可以拥枪，从根儿上就没办法了。越有钱有势的人越支持拥枪。"格兰特粗眉紧皱，愤愤地说，"普通人就算家里买了枪，防身的哪儿有打劫的手快？还没摸到枪就被打死了。更糟糕的是，信上帝的也越来越少。其实，心中有上帝，啥事都没有。"

回来经过米琪家，我看到她正往前院的花园里插那个写着"ADT"的蓝牌子，那是一个专门往室内安装报警装置的公司。有了这种安全感应装置，一旦有人入室没输或输错密码，警报就会响，而且直通警察局，15分钟内警察就会现身。米琪当时趁促销打折安上了，前院被插了这小牌子，意思是警告打坏主意的人绕行——这家可是有报警装置。可两年后她却撤销了服务，抱怨对方从每月30美元涨到了50美元，她认为不值，尤其是小区电线杆上新添了诸如"本校园社区，装有监控摄像头"的字样后。

有一天我问她："我怎么没看到摄像头，在哪儿？真安了还是吓唬人的？"她瞪大眼睛四处望了一圈，也只看到电线杆上的灯泡，说："管它呢，反正有那些字就足以起到震慑作用。"

"挺好，你又续租报警服务了。"我上前道。

"嘘！"她招手叫我走近，虽然身边没人，仍压低声音说，"没有。把这个拿出来摆着，至少吓吓那些坏人。"我笑了，敢情那是个"稻草人"。

周末前一天，杰伊说要去买些子弹，我好奇地跟着去了。

那不过是个不大的户外用品商店，除了渔具、登山装备、室外折叠椅、健身服，就是一面码着上百支步枪的墙，锄头铁锹一样竖着码放着，枪头指向天花板。几只麋鹿、羚羊头从墙里探出来，像古希腊雕像，有着无辜的眼睛和硕大枝形的角。"L"形的玻璃柜台里则是不同型号的手枪，不知道的还以为是玩具模型。子弹像胶卷一样被层层码放在不同颜色的小纸盒里。

店里只有两个柜台员工，一个收银员，仅有的三个顾客都是男人，都在柜台旁低头仔细打量着那些枪，像女人在商场挑选心仪的首饰。

杰伊的枪就是从这里买的，只需要出示驾照，就可以不用登记买他需要的任何武器弹药。"买枪很容易，年满21岁，没有犯罪记录，交25美元，通过一个枪支安全考试。就这样！"杰伊说，这还是在控枪严格的加州，有些州连这都不要，亮一下驾照就行。

只不过一刻钟光景，我们已经回到车上。杰伊随手把那放着五盒250发子弹的塑料袋扔到后座上，似乎里面只是一包花生米。

路上经过小学校，我说想趁天还亮去看看那篮球场。"你惦记着那尸体？肯定早被运走了。"杰伊虽这么说，仍好脾气地愿意陪我去。草坪上有二十几个小学生在训练美式足球，穿着统一的黑白运动服，戴着银色头盔，列队工整，在教练指挥下时进时退，像一群守规矩的工蚁，也像一群外星人。

离他们不远处就是那篮球场，尸体当然不在了，就连那摊很大的血迹也被冲刷得像根本没存在过。我仔细看，才辨认出水泥地上一片淡而模糊的褐色涸渍。

"看哪，十字架！"杰伊叫道。果然，在球场外沿落满了厚厚松针的泥地里，低低地插着一个原木色十字架，竖着的那块木板不过一只手臂长短，顶端用黑笔写着：RIP（"Rest in peace"，安息）。横着的那块板子短得刚好够写一个姓名："WESLEY DETTRA"（韦斯利·德特拉）。

我心一紧，立在初冬的傍晚，悲哀骤起，即使根本不知为谁。只知道那个可怜的人，从今只剩这个名字的空壳。

十字架下有个黑色塑料长盒，并排摆着三小盆花，中间一束紫色薰衣草，两边的是一白一黄的两束雏菊。这哪儿是花，分明是那家人碎掉的心！

"21岁，WESLEY DETTRA，自杀……就住在这附近。"杰伊在手机上查到了新闻。

那么好的年华，才刚上路，他就放弃了！而且，是下了必死的决心，第一枪没打中，他又开了第二枪！

他陷入黑洞，把冷起心肠杀死自己当成唯一出路，那一刻，哪怕一个陌生人的几句劝慰，也许都足以把他从梦魇中唤醒。我听到了第一枪，却躺在床上，什么也没做，等着听到了第二声。

听到我的自责，杰伊说："千万别这么想，如果是我正好经过，我也会毫不犹豫跑上去的。可是，上帝没给我们这样的机会啊。"

一进家，我取出花瓶里那束开得正好的暗粉芍药，扎好装进纸袋，走回去，将它们放在十字架下。不管他泉下有知否，我愿以此当作给他父母的一个拥抱。

打靶约定的时间是中午 1 点。刚开上牧场的土路，我就望见着橘红色鲜艳 T 恤的布鲁斯，他正坐在凉篷下的长椅上往弹夹里装子弹，腿边靠着根银色的拐杖。比他年轻 15 岁的太太——瘦小的玛丽安，正蹲着支烤架。像平时一样，张罗打枪的是布鲁斯两口子。他们总比主人先到，负责在自带的炭烤架上烹饪三明治和热狗。杰伊也带了他最拿手的土豆沙拉，他从我手里接过去，边放进玛丽安的小冷藏箱，边跟布鲁斯打趣："这次看来遇到了个好医生。我们的怪老头儿看起来状态不错呀！"布鲁斯刚做了右侧换髋骨手术，要不是枪瘾大，不会拄着拐跑来打枪。在一群朋友中，70 岁的他年龄最大，爱逗爱笑，不时倚老卖老，每次听到杰伊叫他怪老头儿（geezer），他都白胡楂闪亮，咧嘴露出一口整齐的牙笑得开心。

我看到过布鲁斯家那个专门存放枪支的保险柜，长短枪支共有 15 把。"那都是我的宝贝，跟它们比，玛丽安可得往后排。"一年前，他 20 岁的儿子威廉差点儿被他的宝贝夺命——他失业在家，鼓捣他爹的枪玩儿，一不留神扣了扳机，枪口正冲着自己的脑袋，那子弹从下巴穿到了颧骨，离眼睛只差不到半厘米！我也跟着杰伊去医院看了威廉。瘦小苍白的年轻人，没事人一般，坐在病床上玩手机。那子弹至今还卡在颧骨处，跟着他去了威斯康星州，他不仅在那儿找到了份推销保险的差事，还把曾做过中学同学的女上司泡成了未婚妻。订婚戒指的大头也是玛丽安这后妈赞助的。"9000美元，真把我的口袋挖了个大洞呢。他女友坚持，买订婚戒指的钱得是他月薪的三倍。不怪她，确实有这一说。威廉等不及了，跟我们哭穷……"玛丽安和布鲁斯都是带娃三婚，没有共同的孩子。

不远处的土丘下和坡地上已经摆好了靶子，涂成明黄色、辐条般延伸着小圆靶的铁皮、被射得千疮百孔露出海绵的旧沙发，远近错落着静候子弹。

旧木拼成的结实长条桌上摆着几把枪，桌下的纸箱里已经有半箱子弹壳，可见这里是打靶人常光顾的地方。这靶场与梅利莎家的平房之间有块空地，停了五六辆房车（Recreational Vehicle，RV）。"这也是梅利莎两口子的一点儿收入，车主每个月付100美元，比停在专门的房车停车场要便宜一半。"玛丽安正说着，一大一小两个孩子走近前来。我认出那长高了一头的小男孩是亨特——梅利莎12岁的儿子。我喜欢这脸上总带着害羞微笑的小家伙，上前拥抱他，顺便捏捏他那厚厚的耳垂。戴着蓝绿色闪光太阳镜的瘦高女孩是亨特的姐姐丝凯乐——自小练习骑术如今又在打冰球的高中生。

一辆福特皮卡卷着尘土开上坡来。下来两个长得像双胞胎的中年女子，都体态丰满结实，着露腰紧身无袖白背心、黑色七分裤，棕色长发盘在脑后。跟在身后的是两个孩子，不过十二三岁的样子，都安静，都细瘦得像麻秆儿。

虽然我和玛丽安都不认识这几位，可都见怪不怪，每次约打靶，都有些梅利莎的邻居和旧友来过枪瘾，每次都有十几岁的孩子。

"我们刚把马圈起来。"中年女子中的一位冲我们笑笑说。我立即明白这家也和梅利莎一样是住在附近的牧场主（ranch owner）。

另一辆脏旧得看不出颜色来的二手道奇极快地驶过来，窗口那金色的短发一闪，我认出那是梅利莎。

"布鲁斯，你就不能麻利点儿？热狗还没搞热？"身材圆胖的梅利莎像只小皮球，从车里滚出来。她只有三十多岁，一向大大咧咧，跟谁都没大没小，尤其爱跟布鲁斯这老头儿逗。"梅利莎是我第二个'太太'，我的'保龄球太太'（bowling wife）。"布鲁斯和梅利莎在一个球队打球至少有10年了，真成了无话不谈的忘年好友。

大家嘻嘻哈哈说笑着，把枪、子弹和各种吃食从车里搬出来。山坡洼地里，那些早就被烈日炙烤过一夏的野草枯朽黯淡，似乎是洛杉矶最像冬天的景致。加州阳光一如既往地尽责慷慨，先是烘暖继而烤热了人们的脸和脖颈。

杰伊开始教我往弹夹里装子弹。"我家旁边有个店，对熟客价格优惠。我几天前让布鲁斯替我去买了 500 发，他昨天还催我写支票给他，250 美元。"玛丽安说，她也从枪盒里掏出一把黑色的 9M 手枪。3 年前她只花了 600 美元，杰伊那把同一个型号，可多花了 300 美元。物价飞涨，这可能是疫情以来美国老百姓最大的共识。

"你为什么不让艾玛上手试试？"一个低沉却悦耳的声音响起，是查理——梅利莎的丈夫。他不声不响地来了，着洗得褪色的蓝色布衫，袖子挽到肘部。发白的牛仔裤下是一双棕色牛皮短靴，后跟有着金色的带花纹的马刺。不同于丰满的梅利莎，查理身形结实，有一头浓密的黑发，那张瘦脸也很帅气。我喜欢这个现代牛仔，他安静，从不说废话，是个极细心和耐心的主人，每次有新手来打枪，他都手把手地教："站立时不要后倾，腰挺直，上身要稍微向前一点儿，因为射击时枪的反作用力会让人体向后倾。左手拇指不要超过右手，否则会被挫伤到。"不像许多美国男人喜欢粗着喉咙大嚷大叫，查理总是低声轻语，眼神干净专注，像他家马厩里的那匹黑马。

"我从没摸过枪呢，查理，新手该知道的最起码的规矩是什么？"我不放心地问。

"第一，除非做好了射击准备，永远不要把食指放在扣动扳机的位置上。第二，不要把枪口对着人，无论里面有没有子弹。"查理说罢，从桌上抓起一对耳塞递给我，说那是专业射击练习耳塞，"你能正常听到别人说话，可一旦有枪声，立即能够自动降噪保护你的耳膜。"

杰伊把弹夹推进枪腔，试着射了几发，便把枪递给我。

"你可以对着那沙发当目标。"查理提醒我。

我有些紧张，直立着身子，像别人一样双臂伸直，托稳手枪，眯着眼尽量把三颗准星对齐，冲着那胖胖的单人沙发，扣动扳机，"呯！"那手枪枪口幅度很大地上扬着抖了一下。"天哪，我打哪儿去了？没伤到人吧？"我急忙问，完全不知道那有生以来第一发子弹射到了哪儿。那弹壳我倒是清楚看见了，从右手侧崩落到地上。

"你别管，继续打就是。"查理微笑道。

我接连打了三发子弹，感觉完全是向空中乱放枪。每次都怀疑在枪口上扬那一瞬是否把子弹射到了不该射的地方。

"我怎么看不到子弹去哪儿了？"我不安地问。

"你是看不到子弹的，每秒钟 1500 英尺（457 米）的速度，肉眼怎么能看到呢？"查理仍是声音低沉地说。

我把枪放在桌上，搓搓已经微微汗湿的手，让杰伊继续。我承认自己真没打枪的天分，不想再浪费子弹，但自我安慰地想：至少面对歹徒，我知道了怎么把子弹入膛，怎么扣扳机。

我坐回到长条凳上，打开谁家的冷藏箱，在冰块下翻出一罐可乐喝着。

"你还得等几年才能学打枪吧？"我问安静地看别人打枪的亨特，他的小脸已经被晒红了，脸上的细小的汗毛闪着金色的光。

"我并不特别喜欢。我和姐姐早就会打枪了。五六岁起，我爹地就教我打枪。"亨特腼腆地说，把捂着耳朵的手拿开。五六岁！我想起新闻刚报道的那起枪杀案：发生口角，弗吉尼亚州6岁男童开枪把老师打成重伤。

我看到同那中年女子一起来的俩少年，此时都戴上耳塞，一人端着一把霰弹枪，腰背挺直，坐在塑料圆凳上，自如地冲着远处的靶子瞄准、射击，好像他们端着的不是杀伤力极大的武器，而是幼儿园里的塑料玩具。我忽然想到21岁的韦斯利和插在地里的十字架，他，当年是否也这样被父母带着去打枪？

我甩甩头，去跟旁边那位中年妇女搭话："你射击有些年头了？"

"我还是个小孩子的时候就开始了。我命中率并不高，尤其是手枪，比较难。我平时爱用霰弹枪，毕竟射击范围大。其实练射击主要是为了自卫，你知道，我们住在郊区，荒野里没杆枪是不行的。"那女子很友善坦率，说她爹早年参加过越战，对枪像爱宠物一样有感情，"你知道，美国军人对武器爱用昵称，我记得小时候爹地总津津乐道，世界上第一挺机枪 Maxim MG08 被他们叫作'魔鬼的画笔'（devil's paintbrush）。M1895 柯尔特—勃朗宁是'土豆挖掘机'。勃朗宁 M2 是'枪之母'（Ma Deuce）……"

枪对于美国人来说，是多么没法用语言描述的冤家。它们可以亲密如爱人，也可以邪恶如撒旦。

4

梅利莎和查理不愧是地主，枪法都很了得，尤其是查理，无论哪种枪，拿起来就射，命中率极高。

"他当然厉害啊，要不怎么得到了 CCW 证呢。"玛丽安过来说，"CCW 是隐蔽携带枪支（concealed carry weapon）的缩写。他可以腰里别着枪进超市。你知道，加州被认为是美国枪支管理最严格的州之一，有 420 万人拥有枪，枪支总数约为 2000 万，只有 20 万人得到了 CCW 的许可证。"

我喜欢，甚至有点儿羡慕这一家四口。不用朝九晚五，守着个像动物园的小牧场，有羊、鸡、马、兔、牛、孔雀相伴，有儿有女，日子不富裕，却活得有声有色，在天地间自由自在。从牧场到城里不过 10 分钟车程。

玛丽安撕开一小袋素热狗，在烤架上烤得皮上起了黑色泡泡，夹到一个纸餐盘里，也不管那些食肉者，兀自从那一袋面包里取了一个，把一根素肠夹进去，吃了起来。我从没吃过素香肠，没夹面包，直接吃了一根，像在吃加了调料的面粉。

"自杀，你听说了吧？你们附近小学校操场那具尸体，警察公布了死因，是自杀。"玛丽安喝口水说。她显然也不享受那素热狗，可不在乎地吞下去了。

"我认为那是结束生命最酷的方式，服毒、卧轨、上吊……你想去吧，没有哪种比用子弹画上句号更有尊严。"查理弯腰捡着地上的弹壳。我留意到他说这话时眼睛里仍有笑意，却带着一丝凛冽。

"可是枪支应该是用来保护而不是毁掉生命的啊。"我不敢苟同地说。

"全在你啊（It is up to you）。枪再怎么说也不过是人类发明的工具，可以用来打死别人、杀死动物，为什么不能干掉自己？你知道 2021 年美国有多少人死在别人的枪口下吗？ 21000 人。那你知道有多少人死在自己的枪口下？ 26000 人。为了活下去拿枪保护自己，当然没错。可如果有人不想再活下去，选择毁掉自己，他也可以用枪不是？"查理很平静，像只是在就天气发表意见。

我面前又浮现出篮球场上那个一腿伸直一腿弯曲的陌生死者。

"被别人用枪打死，跟自己开枪结束生命比，也许还算幸运。至少没有那么多痛苦的心理挣扎。"布鲁斯打累了，拄着拐也走过来。

"咱们走吧，4点半必须得出发。"玛丽安好像厌倦了这个话题，她招呼杰伊道。他俩都是道奇棒球队球迷，和另几个朋友约好同去看球赛。

于是我们仨与众人道别离开。

"查理真是个不错的人。"到家后我沏了杯茉莉花茶给玛丽安这半个中国人喝。

"我告诉过你吗，他们两口子这两年有些不睦？查理外面有女人，听说是主动找上门来的。梅利莎常跟布鲁斯抱怨，可她离不起婚。一离婚这牧场就没法经营了，尤其是两个孩子都小。她闹过，没用。现在只能忍，忍到孩子独立了再说。"玛丽安显然同情"弱者"，说若换成她，只要先生有一次不忠，她绝不原谅。

我不知为何却有些同情查理。如果真不爱了，因为要对家庭和孩子尽义务就凑合着过一辈子吗？他毕竟才三十出头。

"为什么不让布鲁斯和查理谈谈？也许有好的解决方法。"我说。

"不可能。可以想象，布鲁斯一张嘴，查理就有话在等着了：别管闲事！（Mind your business!）再逼急了，查理也许真会选择自杀，你没听刚才他说的话？梅利莎就怕这个……"玛丽安 55 岁，因为娇小又有亚裔基因显得比同龄人年轻，可这两年疫情之下活得不易，像加速下滑的石块，脸上身上都显出了老态疲态。

我又想起去年圣诞前开枪自杀的邻居艾伦。一个专挑中午时分在烈日下跑步的 NASA 电脑工程师，一个童子军（boy scout）的男孩们崇敬的教练，因工作与上司发生矛盾，陷入了抑郁。正逢洛杉矶阴雨连绵。那个人人躲在屋里的夜晚，他在自家阁楼上用手枪打爆了脑袋。40 岁的他从此在照片上冲妻儿微笑。后来邻居们在街角给他搞了一个追思会，我也买了一束鲜花供在那张摆满了蜡烛的长桌上。烛光与鲜花映照着这位与我只有点头之交的邻居。我献上的也是一束芍药。

杰伊去了欧洲出差。临走，他引我到书房，拉开一个抽屉给我看那只银灰色手枪的所在。"真有坏人来，你那些木头的金属的棍棒还真不如这个。"他笑道，当着我的面把子弹装入弹夹。

我希望自己永远没有机会见证它们的用途，也希望再也没有机会给陌生的男子献上一束芍药。

1

称他为男孩并不准确，他 24 岁，从哥伦比亚来美国一年半，英语却已经相当够用，且没有讲西班牙语的人惯有的绕舌口音。门开了一道缝，他那张帅脸就闪现在那儿，眼睛和浓眉一样黑亮，是黑头发版的瑞恩·高斯林（Ryan Gosling），只不过更年轻。有意垮到腰下的破洞牛仔裤，白帆布鞋，黑帽衫，一抹微笑在嘴角浮现又散去，神态笃定，略带不羁。他似乎深知自己的资本，年轻，好看。他说他叫"Edison"。爱迪生？这名字让我忍不住想笑。在我眼里他不过是个大男孩，只比我儿子大一岁。

干起活来，我才发现爱迪生还真不是绣花枕头一只，不声不响，身手利索。同伴比他年纪略长，留着板寸，透着市井的混劲儿，偶尔看我一眼，带着鲁莽神气，那笑意也带着嘲弄。不会英语让他处于劣势，所有细节都得靠爱迪生与我交流。

他们是门窗公司派来的安装工人。

一个月前我在信箱取邮件，在那一摞广告宣传册中有一页是门窗玻璃业务，赶紧拿给房东杰伊看，我知道他一直盘算着把这 30 岁老屋的玻璃窗换掉。双层玻璃，7 个窗子，报价 2999 美元，还含安装费，免费上门估价。

"这价格听起来挺诱人。马路对面的约翰家，几年前花了将近15000美元换窗子，跟我诉苦说压力太大，只好分了两期完工呢。不过也得小心，这只是吸引眼球的广告，真正来报价估计就不止这点儿钱了。"

杰伊打电话预约了估价时间，他白天上班不在家，接待的任务交给了我。

波兰裔的理查德如约上门。他长相斯文，白衬衣配棕色西装，柔软的头发三七分，中规中矩，像个中学英文老师，也像电影里看着眼熟却让人记不住的三四号配角。他的英文鼻音极重，我得连猜带蒙才明白他的意思。大概测量后，他拿出计算器摁了一会儿，9500美元，包括7个窗子和2个推拉玻璃门。"窗子没有超过报价的标准尺寸，可如果想用稍微好一点儿的玻璃则要加一定费用……"我暗想，这销售的套路来了。我心里开始抵触，他那口里含着一块软糖一样的英语更听不懂了。好在他游刃有余，经验丰富，像个脾气极好的父亲熟知如何应对小孩子的不满情绪，不慌不忙回车里拿来一盏灯，插上电，把两种不同材质的玻璃紧挨着灯放好，微笑着示意我把手放过去感受温度。都是双层玻璃，一块让我丝毫感觉不到灯火的热度，另一块则灼烫得像挨着火炉。没有比较就没有贪欲，虽然贵一些，隔热效果太不一样呢。"一辈子就一回的事（Once in a life time），当然用好的啊。"杰伊在电话里发话了。

"你是作家，多美好的职业！我那天去一个客户家，听说我是波兰人，他拿出一本书，居然是莱蒙特的小说《福地》，还是波兰语的，他一定要送给我。当晚我就读了一半，那本书我会珍存一辈子。我真希望有一天能读到你作品的英文版……我也偶尔写点儿像诗一样的东西，为生存所迫，没有太投入精力，实在不好。"他说20年前他来美国是以留学生的身份来的，虽然欧洲离家更近，但他崇尚美国的自由精神，就留了下来。"波兰和中国一直情感深厚呢……"

看到老猫"火球"进屋，他蹲下打招呼，同时掏出手机让我看他的两只猫。爱猫又爱文学，可为五斗米和居留身份折腰，他七八年来一直在这个犹太人开的门窗店打工。聊着天，我眼里的他不再只是个推销员，而和我一样是漂在异乡的过客。

"你不用今天非做决定不可，我知道7000美元也不是小数目，想好了再给我打电话。但这真是最优惠的价格了，我保证。"他信誓旦旦的折扣价和真挚的情谊让我不忍看他空手离开。一单生意，对他不仅意味着提成，还有打拼下去的信心吧？我再给杰伊打电话，当下敲定。

告别了文学爱好者两天后，一位来自委内瑞拉的大叔上门来量尺寸。他身形敦实，面相憨厚。登高爬低，一手尺子，一手本子，熟练地把所有门窗测量一遍，一丝不苟，像个严谨的科学家。量完了，他已经出汗气喘，我递给他一瓶水。坐在沙发上，他笑眯眯地跟我拉了会儿家常。"我当年是过来投奔我哥哥的，算起来在美国也有二十几年了。本来想看看就回去的，可是我太喜欢这儿了。洛杉矶，遍地都是机会啊，就留了下来。如今三个女儿有两个都工作了。偶尔也带孩子回老家去看看，变化是不小。孩子们喜欢那儿的文化，可真要选择，他们还是宁可在美国，毕竟，这里的许多东西是故乡没有的。因为美国强大富裕？好像也不只是，我说不清是啥⋯⋯"看得出来，在无数个来美国寻梦的拉美人中，他是个幸运者。

第三拨就是爱迪生这哥俩。说好 10 点钟到，10:30 还没有人影。我有些起急，电话打到门窗公司，一位女士说在路上了，可能塞车，请耐心等一会儿。又过了一刻钟才响起了敲门声。我提醒自己不要埋怨，反正也是晚了，被抱怨带着坏情绪干活儿对谁都没有好处。

他们也没有为迟到道歉，径直进屋，让我指认哪些窗户是需要更换的。虽然头天晚上我就已经把窗外所有可能碍事的家具、花草都搬开了，爱迪生仍客气地告知我，室内靠窗的沙发也要移走。看我一个人费力地挪动那三人沙发，他主动上前搭把手。

旧的门窗都是铝合金框架，虽然没有锈迹，却因日晒雨淋变得相当难看。他们又敲又撬，摧枯拉朽，眼看着一扇扇窗户都只剩下空洞。还没到安装新窗那一步，他们已经大汗淋漓了。我拿出来的瓶装水却一直放在桌上，三个小时过去了，他们都没顾得上喝一口。我有点儿感动。

"要不要来点儿音乐？"我坐在沙发上翻看着新到的《史密森尼》杂志，想起以前安装木廊的墨西哥人喜欢边干活边听热闹的西班牙流行歌曲，我边问边打开电视上的潘多拉音乐盒。

我们偶尔也聊几句。

"你叫艾玛？很可爱的名字，和你的人一样。"爱迪生说。他正切割着一道过宽的门框，打量我的眼神似乎真诚又漫不经心。

"你来了一年多了，回去过吗？"我问。

"没回过。原因？你知道的。"

"没有身份，回去怕回不来了？"

"嗯，当时以游客身份来的。"

"听说你们那儿毒贩猖獗，是吗？"

"嗯。"他没多说，只微笑了一下，似乎见怪不怪。

他说他 24 岁了，梦想能多挣点儿钱，有个自己的家、自己的住所。现在他和另外三个老乡同租在洛杉矶市中心一处民宅里。为了挣钱，几乎没有周末，去过的几个观光点也都是星光大道、好莱坞山、圣莫妮卡海滩这种不要钱的地方。发了照片给家乡的伙伴，仍是被万分羡慕——他可是在洛杉矶啊！

"我现在只会安门窗，没别的技能。每小时10美元，真不够花。"

我有些吃惊，记得理查德说这两个推拉门的安装费就需要1600美元，公司却只付这两个没有身份的小伙子每小时10美元？！

我忍不住告诉了爱迪生。他仍淡淡地嗯了一声，没有一丝吃惊或沮丧，手脚不闲地干着活。

我说洗手间的三扇窗子其实也需要换掉，如果他能自己接活儿，就可以交给他做。

"嗯，可以的。"他并没对这赚钱机会显示出过多热情，只说他确实可以找到更廉价的玻璃。

"那你量一下尺寸。"

"等我干完活儿吧。"

看表，已经快2点了。我问他还需要多久才完工，他说至少还得四五个小时。

"午餐你们怎么解决？"我问，我的肚子已经咕咕叫了。

"我们去买个汉堡填肚子。"他不当回事儿地说道，半立半蹲在厨房柜上，正给刚拆掉的门框补腻子。

"我打算做鸡蛋三明治，如果你们不介意，我可以为你们每人也做一个。"

他翻译给正在用切割机裁切门框的同伴听。

"谢谢。"板寸笑嘻嘻地望了我一眼。

半小时后，我们仨在厨房围桌而坐。除了三明治，我还给他们每人一罐冰啤酒。

"哇，太好了，他喜欢喝啤酒。"爱迪生指指同伴，也痛快地呷了一口。

"从你们身上我看到了我自己的过去。我在二十多岁的时候，也远离家人，独自漂泊过。别灰心，一切都会好起来。"这是实情，之所以说出来，似乎是想给他们一个理由，为什么我们仨坐在一起吃我做的三明治。

在世间行走，从不识愁滋味的少年，到遍尝人情冷暖的中年，每逢看到年轻的生命，回顾自己的来路，我都忍不住放下戒备，暗自提醒自己——要藏起身上的伤疤和心底的坚冰，让这羽翼还未丰的小鸟感受到同类的温暖和善意。就像那次我在网球场捡到一个钱包，费了不少周折才找到了那心急火燎的失主——一位刚参加了毕业典礼的高中生，那还温热的2000美元是亲友们送他的毕业祝福。为表达失而复得的感激，少年送我一个星巴克的咖啡壶，还发来信息致谢，我回复他："不用谢我。我希望，我相信，你也会做同样的事。请把善良的种子传递下去。"

我希望这两个异乡寻梦人，待有朝一日过上期许的生活，会在某天递给陌生人一杯啤酒时，会想到这个夏日的午餐。

啤酒，两人都喝光了。三明治却都剩下了，里面夹了煎鸡蛋、西红柿、奶酪、生菜叶，我猜因为没有肉，两个干重体力活的人吃得有点儿勉强，又不好意思让我看到，剩下的一小团都包在餐巾纸里，放在桌上。

我洗刷碗碟，他们继续干活儿。

"你喜欢跳舞吗？"爱迪生在客厅窗前清扫着切割下的碎屑，抬起头，黑眼睛匆匆瞥向我。

"我不喜欢，也不会。"

"我可以教你。我的家乡人人都会跳舞。"

"你在哪儿教我？"我有点儿莫名其妙。

"哪儿都行，沙发、床上……"他微笑着又望我一眼，继续专注地干手里的活儿。明明是在调情，却一点儿也不轻浮，真诚得像真的在谈舞蹈。

我假装没听到，去后院清扫一地的碎屑，有点儿后悔给他喝了酒。

我曾在这所城市大学修过一学期英语写作，班里一位女生就来自哥伦比亚，她在美国嫁了一个黑人，不时跟我们秀恩爱。"我才不敢从我老乡里找丈夫呢。许多人在那方面太随意，我受不了不忠诚的两性关系。"可我万万没想到这个在美国的哥伦比亚小伙子随时随地可以约人"跳舞"。

近40摄氏度的暑热让人昏沉欲睡。门窗洞开，没开空调，T恤湿透了。我上楼去换了短衣短裤，心中奇怪自己对这陌生男孩的挑逗竟没有丝毫气愤。年少轻狂，有他吃亏的时候。我甚至有些为他担心，不由得想到我那远在家乡的儿子。

"你穿牛仔短裤很可爱。"他正用清洁剂擦玻璃，扭着脸欣赏地打量着我，似乎很自信他的夸赞会打动任何女人。

我笑笑没接话。

"要是我说和我上床（have sex with me），你会说什么？"

"我会说不。"我哭笑不得。写作者的好奇又让我想知道究竟他在想什么。

"为什么？那是多么美好的事啊！我长得不好看吗？"他仍没停手地在干活儿，口气单纯得像在问我为何不喜欢看美式足球。

"你都不了解一个人就……"我反问。

"那怎么了？如果有人跟我这么说，我就不会反对，只要觉得对方可爱就行。"

"那之后还见面吗？"

"没机会就不见了呗，两人在一起快乐就好。"

"你不担心自己被染上病啊？"

"不会，我会小心，有保护措施。"

"那对方要是怀孕了呢？"

"那就当爸爸呗，我会尽力做一个好爸爸。"

……

我心里明明已经大叫荒唐，可表面上还假做镇定，跟他若无其事地聊着，只不过我的口气越发认真得像个规劝儿子的母亲。

我知道，他妈生他时才 16 岁，几次想来美国都被拒签。

"我和你不一样，我如果与某人'have sex'，一定得是与我相爱的人。"我试图校正他的三观。

"身体当下的快乐多容易得到，很简单。爱一个人，就复杂得多了。"

"抱歉，我不同意你的观点。将来你会受伤的，也会伤到别人。"我觉出自己的声音有些激动。他仍是有条不紊地干着活儿，声音不疾不缓。那干净真诚的微笑如烟头一般若有若无，总是那么笃定自信，像一棵在沙地上扎了根的小树。

他不再说话，只是安静地干活儿。

6 点了，安装结束，打扫残留物，把工具和旧门窗装车，二人准备离开。

"你还没量那三扇窗子的尺寸呢。"我提醒他，希望他能抓住一个挣钱的机会。

"我太累了，改天吧。"他淡淡地说，脸上都像蒙了一层透明的灰，眼睛不再如早晨那么黑亮。他瘦削的身影似乎也松懈缓慢了，像刚经历了一场筋疲力尽的战争。80美元，这是他这一天的所获，还不够三口之家在加州披萨厨房（CPK）吃一顿披萨。

看他们开着那二手皮卡走了，我回到屋里。窗明几净，地上被打扫得没有一丝垃圾废料。这屋里似乎根本没来过外人。

"活儿干得不错！"杰伊下班回来后满意地夸道。

我没跟他说起那关于"跳舞"的讨论。他也许会恼怒，甚至会打电话给门窗公司投诉这"色魔"。

散步经过的邻居们都大赞，说换了门窗就像换了个新家，跟我要电话，也打算换："指定要给你干活儿的这两个伙计。"

两个月后，波兰人理查德打来电话做售后调查。"爱迪生呀，他不久前回哥伦比亚了。他妈被一个男人强暴，差点儿送了命。他扔下正在干的活儿，疯了一般赶回去了。大家都劝他别回，这一走肯定就回不来了。公司老板挺舍不得他，干活儿最麻利的家伙呢……"

厕所那三扇小窗子仍是旧框旧玻璃。背阴，爬墙虎很快用细韧的脚爪攀爬上去，为那小窗覆盖了一层好看的绿色风景。

偶尔，我会想到那双再也不会相遇的黑眼睛。

洛杉矶（Los Angeles），这世人皆知的天使之城，日夜唱响的，不过都是凡人的歌啊。

"我有五个孩子，来自四个不同的母亲。我结过一次婚，在驻德国的军中服役时，爱上了一个德国女孩……"坐在我面前的他六七十岁的样子，年轻时也许并不矮，如今老来发福，显得敦实疲沓，像任何一个干体力活儿谋生的美国老人。圆圆的脑袋，圆圆的肚子，汗水从脸上一道道地流下来，那贴在身上的蓝白条纹 T 恤也湿透了前胸后背。如果说他有什么与众不同的地方，便是那双灰蓝的眼睛，闪着快活与狡黠的光。

他叫格雷，上门是为了买车。

老猫"火球"轻手轻脚地从楼上溜下来，生怕引起别人注意似的，它比往日更麻利机敏，瘦长的橘色身影像一块移动的日影，只一眨眼就钻过那开着一条缝的推拉纱门，跑到后院树丛中了。我似乎听到了蜥蜴们仓皇逃窜的窸窣声。

没错，这有点儿戏剧性的买车场面，我猜也许都是这猫暗中导演的。

我不久前读了一部日本小说，作者相信猫是有神性的，说对猫族的触怒会引发意外甚至不幸。正将信将疑，杰伊就用亲身遭遇验证了这句话的可信度。当年这小猫被他从动物收容站带回来时不过巴掌大小，像一块橘色的炭火，取名"火球"，14年来人猫相依为命。都说橘猫高冷，这"火球"更是没有丝毫媚态，不能容忍被撸被抱。晚上睡觉时倒会与主人同床，也是缩在大床临门的另一角，似乎时刻准备夺路而逃。曾有一次，杰伊想给爱猫剪趾甲，刚摁住脚爪，胳膊上就多了几条血道子，从此再也不敢以主人自居，任那猫把皮沙发当猫树，抓出许多划痕。兽医店寄来的明信片显示，该给"火球"打疫苗了。领教过那利爪的尖锐，知道那将是一场惊心动魄的战役，杰伊心虚地戴上建筑工人用的硬皮手套，楼上楼下气喘吁吁地人追猫躲。半小时后，人猫大战以猫的险胜收场——"火球"拼死反抗，最终逃过了被塞进猫笼的命运，代价是恐惧绝望地嘶叫着尿了一地。杰伊无奈地摇头认输。记恨的老猫当晚果断与他分居，躲在沙发底下睡了一夜。

第二天下班途中，杰伊的"银灰先生"（他对那银灰色SUV的昵称）在高速公路上突突冒着黑烟瘫痪了。

27万公里，相伴15载，远比许多夫妻相守的时间和路程都长。杰伊是个很恋旧的人，穿出破洞的T恤都不离不弃，实在不能穿了，才洗干净叠起来收放在抽屉里。父母离世，唯一的弟弟也在外州，很是疏离。孑然一身的他如今又要与这老伙伴道别了，其不舍与难过可想而知。

街对面美日混血的退休警官约翰是个车迷，单身一人却有八辆车，全是他买下自己修配的旧车。"我估计是发动机坏了。修理费用低不了。买新车，现在不是时候，疫情还没过去，全球芯片短缺呢。"约翰打量着杰伊的车说道。他不经意般望一眼路边他的几辆宝贝，像存有足够余粮的地主，隆起的肚子下是藏不住的底气。

好在杰伊还有辆平时通勤舍不得用的宝贝——车库里那辆双门的野马跑车，上班代步还不成问题。说好周末我陪他一同去车行看看，和许多务实的美国人一样，他想买辆皮卡，超大空间可以满足所有需求。

展厅里空荡荡的，往日西装革履恭候着的销售人员也不见踪影。杰伊去跟那歪坐着看手机的前台小姐搭讪，过了一会儿，才有一个穿制服的小伙子出现。"所有车型都缺货。你提到的那款福特皮卡定价5.8万美元，要等6—9个月才可能到货。预估啊，我不能打包票。"

"这5.8万是最终费用吗？"我问，想起以前买车是有还价余地的。

"不是。除了约 10% 的税，还要额外加 5000 美元的浮动费用，供不应求，目前所有车行都有这样的加价。"

我留意到各车行外墙上收购二手车的标语比往常更醒目。有些车行甚至特意标明：收购所有旧车，即使不买新车。

新车买不到，旧车总得找个出路吧？杰伊说他已经跟拖车司机咨询了，这样的不能开的二手车如果卖给车行，最多也就给 500 美元。如果拖到指定车行去修，就成了人为刀俎我为鱼肉，要价多少你都得修，否则你只能再雇车把这病车弄回家。

杰伊为人厚道单纯，遇事又总愿跟我商量，这份信任让我越发不敢辜负，我搜索着大脑中所有的"人脉"。"找亚历克斯问问吧，只是不知道他是否还在奥迪车行上班。好在我有他的微信。"是的，那是个鲜见的用微信的美国人。其实，跟这位亚历克斯我还真算不上认识，一面之缘也纯属偶然：我去给一位华裔朋友的车做保养，回家后发现副驾驶座椅上有一把陌生的车钥匙，显然是另一个车主的钥匙被放错了地方。给车行打电话，不到 10 分钟，一个挺拔帅气的小伙风风火火地到了。

"哇，这花园收拾得真漂亮，太美了！"他显然是个很会讨人喜欢的年轻人，"我对这条街太熟悉了，我当年就从街尾这个小学校毕业的。你前院这棕榈树以前还没我高，现在都超过房檐了！"他说曾与上海一家公司做过远程合作，希望有机会真的到中国去工作。

他喜欢中国美食，也用微信。于是我们加了好友。

和许多萍水相逢的人一样，我们愉快道别后，像两滴水，各自融入了完全没有交集的河流，连个招呼都没再打过。

临时抱佛脚，我试探着给亚历克斯留言。很快他就回复了，说没错，杰伊的车如果卖给车行，也不过几百美元，他认识一位修车技师，可以上门看一看车的故障再做决定。

"是免费上门吗？"我知道美国就连水管工上门看一下故障都要收费 75 美元，没人愿意白跑路。

"当然是免费。他是我的朋友。"他爽快的回答让我暗自庆幸，保留住一面之缘的朋友多必要啊。

几天后他和穿着蓝色工装的小伙斯本思出现了。二人都友善、热情、幽默，和杰伊一边熟络地闲聊一边打开发动机盖，用各种笔一样的工具查探着，很快确认"银灰先生"果然是犯了"心脏病"——发动机坏了。

斯本思承诺回去找找旧发动机，到时候他可以在自家后院修车，成本会比车行低很多。

"斯本思找到了一个发动机，只跑了 6 万英里，要 1400 美元，修理费 600 美元。说他不会像有些人中途再加价。你说我修不修?"
几天后,杰伊下班回来说,"他还说可以保发动机一年。现在买新车难的情况下,修好了我至少可以先开着。"

"听起来是不错。我记得他说发动机的新旧决定价格高低,可否问问他如何看出发动机的年头和跑过的里程?"听我这么问,杰伊有些犹豫,从他的眼神里我看出他的意思是,既然用人家就要信任,不要那么多疑。

"你知道,这不是信不信任他的问题,他也许被别人蒙骗啊。"

他同意问一下。

对方回答很干脆:"你没办法从一个单独的发动机上看出里程和年头。"

"就算是摊上了一个老发动机,如果能跑一年半载也不错。修好了再卖,至少可以卖三四千美元。"杰伊边自我说服边下决心修车。

"理论上没错。可是,这车既然已经跑了 27 万公里,保不齐别的部件也会出毛病。到时候搭进去的钱可就不只 2000 美元了。"听我这么一说,这没主见的摩羯座感觉在理,便没坚持立即修车,继续开着那野马代步。

半个月过去了,那天我在前院浇花,看着趴在路边的"银灰先生"

身上已经满是灰尘和鸟粪，不觉心疼。初识杰伊的那年，他就开着这灰车，坐在那儿隔窗冲我微笑。狗与主人同居一室久了，从性格到外貌会越来越像主人，就像人们常说的夫妻相。在我眼里这银灰的车和杰伊一样素朴、干净、安静。如今它没用了，就要离开了！我叹息着安慰自己不要太多愁善感，人生不就是或早或晚的无数场聚散吗？把浇花的塑料胶管接在水龙头上，给这"老马"彻底洗了个澡。尽管心脏停跳，它仍那么体面谦卑，良善无辜，让我想到枯死后仍在天地间挺立着的树。每次看到荒原上从容静立的枯树，我都会轻抚那没有了生命的树皮，仰望着它感慨——无一例外，死树比死人好看，也比死人更有尊严。

想到美国的旧货交易网"放手"（Letgo），死马当活马卖，我随手把"老马"的照片发了两张上去，并附了简短的介绍：相伴 15 载的"老马"，心脏停跳，其他部件完好，外观干净无任何划痕。有能力医治者请联系……没想到，立即就有好几个人留言：车还可以跑吗？可以比 1500 美元便宜点儿吗？

杰伊下班回家看到那则售车广告有些吃惊，他没想到居然还真可以在网上卖旧车。"不同于其他旧物售卖，都不限数量，这网站每月允许个人免费卖一次车，否则就要付费。"其实那也是我才知道的规定。

"你形容这车就像我的马？"他读着那则短短的广告，理工男似乎有些不适应这文绉绉的描述，惊讶地笑着道。

"我只想说明你这车一直是自用，突然出了故障，不像那些买卖过七八回倒了无数次手的车，更让人放心啊。我自作主张标了个价，最后卖不卖都随你。"听我这么解释，他也释然了，夸我比他这当地人还能应对这些麻烦事，全权委托我来谈判。

有人报价1300，我说不行。有人让我回复一个网络电话，被杰伊识破是诈骗。只有一个人很豪爽地说他要这车，并且付现金，还留下电话号码要求直接联系车主。

几天后，格雷来了，带了一个朋友来看车。"这家伙太棒啦！"他背着手笑呵呵地绕着车转了两圈，像马贩子相到了中意的马儿，说他要定了这车，过几天雇辆拖车来拉走。"我这一辈子修了至少500辆车。哪儿坏我都能修。许多人直接跟我订购旧车。也真巧了，几天前就有个女士说要一辆车，不能是黑的白的，只喜欢灰色的，只要四缸的，只喜欢SUV。你这'土星'（Saturn，美国本土品牌）占全了！这车虽然早在2010年就停产了，可质量相当棒呢。"

我立即喜欢上了他。不是说嘛，成年人身上的孩子气最可贵。褒贬是买主，他活了一把年纪，对卖家那么坦率，挺难得啊。杰伊也很高兴，三五分钟似乎就把生意谈妥了，开始闲聊。听说杰伊出生在弗吉尼亚一个兵营，老人更开心了："天哪，那是我当兵的第一站！你父亲也驻过德国？太巧了！"

晚上杰伊特意请我去吃了墨西哥餐庆祝，说他其实并不介意卖多少钱，给"银灰先生"找到一个懂车的买家就不算委屈了它。

回家碰到约翰，被他泼了一勺冷水："我从不相信网上交易，猫腻很多。你们还是小心为好。"

杰伊安慰我说："警察多疑吧，也许并不会出什么意外。"

一周过去了，格雷没有了动静。

杰伊给他发信息，他回复说："咱们还没谈好价格。"

我顿时像被蝎子蜇了一下，生气地说："他想讨价还价为何磨蹭到现在？"

杰伊一直调侃我"根据封面判断一本书"（judge a book by its cover），看来我这天真的毛病确实没改。

他问格雷出价多少。

"1100 美元？不行。大不了我找人修修继续开。"杰伊这老实人也有些不悦，但他很沉着，反而劝慰我，"不必在意他如何压价，关键我要想清楚多少是我的底线。我们人类都有自我保护或者说是贪婪的本能，你用不着生气。再说，他是靠倒腾旧车谋生。"

那老江湖似乎更沉得住气，只留了一句话："孩子，你考虑一下吧。"就再也没声息了。

亚历克斯倒是给我发来一条信息，问是否还打算修车。他略嫌过分的热情加上与格雷的不悦经历让我对他也产生了戒心，回复他说杰伊打算卖车。

被晾在中途，好马也得吃回头草，我问之前那位报价1300的是否还有意买车，没得到回音。

热度只保持了一周，网站不再推送这条车讯，问津者更少了。

过了两周，杰伊又考虑修车这条路了。我再次把车挂在了网上，毕竟一个月过去了，可以再发一次卖车帖，这次标价1300美元。

"我只有1000美元，卖吗？我还需要搭钱修理。"有一位似乎很诚恳。

得到我否定的答复，他说："你如果未来卖不掉，请再联系我。祝你好运。"这位的真诚让我突然很踏实，似乎一下有了底气，实在不行，1000美元有人托底啊。

"我还是再问一下格雷吧。毕竟他来看过车，算是最有可能的买主了。"杰伊很快得到了回复，1250美元！

成交（Done）！

三天后的周末，敲门来提车的并非那老江湖，而是一位年轻性感的女子。一件吊带粉背心，露出肩头的黑色文身，刚遮住臀部的牛仔短裤，裹着结实修长的小麦色双腿，脚上是一双牛仔及踝短靴。

她双眼明亮，一笑露出洁白的牙齿，大方地进门，坐在了桌旁，准备和杰伊完成交易手续。

"你是格雷的女儿吧？"杰伊微笑道，把几张打印好的文件递过去。

"我不是。"对方也明朗地一笑，说她叫玛丽莎。

"那你是他儿媳。他说过他儿子今天一道来。"

"也不是。我是他儿子的女友。我永远成不了他儿媳妇，因为我从来不相信婚姻那一套。和一个喜欢的人过日子就够了，尤其是我认识了格雷这家人……你别看他像个粗人，心可细呢，每换一种狗粮，他都不放心，要亲自尝了才给狗吃。我相信我男友遗传了他老爸的基因。结婚了不开心还得离婚，许多时候丑态百出（turn ugly）……"她仍是明朗地微笑着，声音好听，语速却极快。看到我正在擦拭从一个古董店淘到的朗费罗的诗集，她问是否可以翻一下。

这时格雷到了。"我的天，这家很漂亮啊，这么多油画和瓷器。"说着他流着汗一屁股坐在餐椅上，自来熟地笑着接过我递给他的冰水，用粗壮厚实的大手拧开瓶盖，那指甲边沿有一圈深色油渍。他仰脖痛快地喝下一大口，骂了一句鬼天气，好像他不是来买车，而是来串门的邻家大叔。

看我对他的人生故事那么感兴趣，老人更来了兴致："娶了那个德国女孩，回到美国，不到两年就离婚了。她不解地问我：'洛杉矶这天使之城怎么这么土？城里是平房，郊外是马厩。'她是个都市女孩，根本不习惯牧场里的生活。孩子都留不住她，趁我开卡车给超市送牛油果，她买了张机票飞回了德国。后来陆续出现了几个女人。有一个喜欢上了我那会说甜言蜜语的邻居，跑了。有一个讨厌我和前妻的孩子，分了。有一个相处得还行，就是不能接受我那么爱旧车。我眼里的这些宝贝在她看来就是一堆丑陋的废铁……这些女人现在都在哪儿？天知道，分手后都消失了，像从来没出现过一样，凡是怀孕了的我都求她们把孩子生下来。她们不要我养着。人们总说情人来了又走、朋友永在(lovers come and go，friends stay)，可是我觉得孩子们才是最亲最近的。每一个生命都是天使……"格雷说得口角起了白沫，在玛丽莎的轻声提醒下用手背抹了一下。

"说实话，你们贴在网上那几句话打动了我呢！车，真的是和马儿一样，你对它好，它就跟你亲，就毫不含糊地为你东奔西走，比一些没良心的人强多了。"他口无遮拦地说着。我对他精明算计的恶

250

感消失了。

玛丽莎小心地翻开那诗集，长长的睫毛垂着，认真地读着那些配插图的诗句，似乎她不是坐在陌生人餐桌旁签购车合约，而是在街心花园捧读着心爱的小说。我发现她的侧影很美。她忽然抬起头："格雷，我能不能借你手机用一下？我想把这几行诗拍下来。我喜欢。"格雷被打断，依言从腰包里翻找，却心不在焉地递给她一张20美元纸币。"这不能拍照吧？"我们都望向那举着钱的老人，放声大笑起来。

透过百叶窗，我看到一个身形结实的男子正在麻利地用缆绳固定汽车，还有一个年轻孕妇立在一旁看着，她一脸天真的快乐，像个还没长大的孩子。"那是我的小儿子和他的侄女，我大儿子的女儿。她还有两个月就生了，男友可是个相当不错的小伙呢。我的家人跟我一样，在意彼此，却不指望靠一张纸维系什么。在一些人眼里，我们是一家怪人，从不去教堂，也不指望政府，我们彼此照顾，对吗，亲爱的玛丽莎？"

也许是开心于买卖终于成交，格雷显得很放松，兴奋地继续掏心窝子："我现在不亲自干活儿了，打算秋天去自驾，到东部玩儿他俩月。谁知道呢，我盼着遇到一个对脾气的女人，也许能就个伴儿……"他灰蓝的眼睛清澈得像个憧憬未来的孩子，与那足具街头智慧的老江湖完全是两个人。

这样的场面作为卖车的结尾，让我欣慰。

他们来之前，我已经让杰伊站在"银灰先生"旁边留了影。暮色中，看着它伏在拖车上消失在拐角，那稳稳的、干净的灰马啊，我湿了眼眶。怕杰伊看到也跟着伤感，我蹲在草坪上，假装低头拔掉几棵入侵的三叶草。

此后再上路，看到与"银灰先生"同样的车，我总忍不住细细打量那车牌号。如果有缘再见，我特别想看清它的新主人是谁。但愿，这老马仍被善待，干净如初。

让雨下吧

1

我们开着车在那几条空无一人的窄马路上来回绕了半小时，四只眼睛外加无路不通的定位导航，愣是找不到地图上显示就在附近的艺术空间。

"苏珊自己也知道这里不好找，我前两次来，她都建议我打共享汽车（Uber）。结果每次都把司机折磨得够呛。"史蒂夫这探险家显然不甘心在这小阴沟里翻船，急着给自己找辙。他曾组织人马前往洪都拉斯的原始丛林，用先进的激光雷达技术（Lidar）发现了被遮蔽了 4000 年的"猴神之城"，被美国《国家地理》杂志评为"一百年来最重要的一百个人类考古发现"之一，却在这洛杉矶凋落的旧厂区迷了路。

他说最后一次来这里是两年前，那时还没有新冠病毒，至于为什么这沙龙要在美国的"超级碗"（SUPER BOWL，全美橄榄球决赛）当天举行，他说可见沙龙主人苏珊的浑不吝性格。

"她是地道的社交名媛，生在有钱人家，祖父是一种建筑保温材料的专利持有者。她在纽约、旧金山、洛杉矶都有房产，不定期搞些沙龙，请文化、艺术、时政精英人士聚聚。"史蒂夫说这次的沙龙是疫情暴发以来的第一次，邀请了一位纽约娱乐记者谈中国电影与好莱坞电影的文化竞争。

我特意上网看了一下苏珊的沙龙视频，初步印象并不好，标准的外表光鲜感觉良好的美国女人，一颦一笑都带着美元那硬通货的底气。

即使受好奇心的驱使，我也并不情愿放弃懒散的大好春日坐火车赶过去见一群陌生人。好在，我可以顺便看看老友彼埃尔。我和史蒂夫约好，他去格兰岱尔的火车站接上我，直接先去旁边的鹰岩看彼埃尔，逗留一小时左右再去洛杉矶市区参加沙龙。

82 岁的彼埃尔是我们共同的老朋友，当了一辈子中学美术老师，省吃俭用，热衷于到世界各个角落探访即将消失的部落文明，已经到过 120 个国家和地区。他的家像个小型博物馆，他的收藏尽管不是锈迹斑斑，就是蒙尘结垢，在他眼里却件件都是宝贝——各种看似不值钱其实是已经或正在消失的农耕文明的手工艺品，包括中国贵州山区的刺绣和银饰、种稻的农具。中年离异的他独身一人生活了大半辈子，因为有自己执着的走遍地球的小目标，他活得很快乐充实。为了把所见所闻记录下来，他开始一本本写书，"Pebble in the Sands"（沙里的石头）是他的书系，从埃及、蒙古国、柬埔寨、印度到中国，他一本本地写出来。他去找出版社，对方让他把非洲部落女人的裸体照片放封面以吸引读者，他气得摔门就走，然后成立了自己的出版社，在自己的网站上发行，有一本书居然卖到了 70000 册。

我们说好结伴一起去中国，重走他当年的贵州之路，重回"他的村子"枫香寨，去看望他 20 世纪 80 年代就在那儿结识的乡亲。疫情来了，行程受阻，而且更糟糕的是，彼埃尔被查出了白血病。

医院人满为患，他只得到断断续续的治疗，就被打发回了家。我们都为他捏把汗，没想到他竟然恢复了元气，张罗着让我们带他去公园烧烤。他自己的解释是："唯一的奇迹来源于我的意志力。我不想死，我要看看这个世界究竟会变成什么样！"

可不久前，打了三针疫苗的他还是感染上了新冠，在电话里咳得喘不上气来。某天下午他竟然倒在书房旁边窄小的厕所里，六个小时不能动弹，虽然手机就在十几英尺外的书桌上。住得不远的史蒂夫打电话没人接，去敲门没人应，便果断拨打了 911，两个全副武装的警察带着爆破装置破门而入，才把僵卧在地板上的彼埃尔架到床上。

史蒂夫打了急救电话给医院，医护人员到了，粗略检查了一下，却拒绝带他去医院，理由是他虽然染上了病毒，还没有性命之虞，医院住满了重症新冠病人，目前床位不够用。

于是他只好继续在家躺着，食物靠慈善机构"Meals on Wheels"（车轮上的食物）送上门。"7 美元多就有五样饭菜，实在是太便宜了。这是给那些经济不能自足的人准备的福利。我不想占便宜，可实在是不能自己弄吃食，我女儿从外地给我联系了他们。"虽然一向以吝啬闻名，在旧货市场买个小熊还为省一美元跟小贩磨破嘴皮子，彼埃尔仍是不想被朋友小瞧，满是歉意地见人就解释。

然而好景不长，几天后的凌晨，从洗手间到床也不过几步路，他跌倒了。这次幸亏手机离得不远，他挣扎着给史蒂夫打了电话，救护车来了，医生再检查他一遍，仍说他还不能被拉走。

彼埃尔的女儿从旧金山飞来为他亲自面试了两名菲佣，每天八小时陪护，负责食物、清洁、监测体温血压等。他挑了年轻好看点儿的那位。"你知道，我不该抱怨，可是这护理真的很贵，每小时25美元，一个月就是6000，我的退休金才2500！"听我为他有了专人护理而高兴，他病恹恹地道，声音是那种老年人没有底气的细弱。

与彼埃尔认识3年了，我喜欢这位倔强的老人。我们在他种满了多肉的花园里闲聊，他喜欢讲那些旧事。"我不想某天把它们带进坟墓里。"那株自他年轻时搬进来就有的柚子树，一到秋天就挂满明黄色果实。他踮脚小心摸到最成熟的那几个，像个中国的瓜农摸索着摘下最滚圆香甜的西瓜。我们走进厨房，他把那黄灿灿的果实切开，瓤朝下放在凸起的玻璃榨汁器上，踮起脚尖用手使劲一摁，"这可是真正的有机果汁！"看我小口喝下，他镜片后的目光自豪得像个总打胜仗的将军。我们有时坐在后院快散架的木椅上，看那两根他插在小池塘上的竹竿，上面起起落落的红蜻蜓像一架架迷你飞机。或者，他眼巴巴地仰头，望着我在二楼阳台上伸手折断那些枯枝丢给他。树下，那台老式铸铁烧烤架火苗正欢，等着燎香盘子里的香肠和玉米。

"放松！"问到我的近况，他总爱打量着我，来上这么一句。即便我从不诉苦，饱经世事的他也能看出我活得不放松。

他是那么节俭，这带学生扩建的老屋几乎与他同龄。没有暖气，冬天降温时冷得只能裹着两床毯子。没有空调，夏天西晒像火炉。他甚至没有洗衣机，每月花 20 美元把衣服送到街角一户巴西邻居家里去洗一次。舍不得买木柴，每次在院里烧烤，用的都是从院里树上寻来的枯枝。可是他，却舍得每年花一笔钱资助柬埔寨的小学校。

"如果你死了，我是不敢再上你家这条街上来的，甚至看到马路对面那叫鹰岩的巨石，我都会难过呢。"我们隔着四五十公里，不见面时，就打电话聊会儿天。他原先只有一台座机，生病后才被迫买了一部手机。这是我自私地总结出来的一条消减遗憾的法宝——告诉还活着的老弱病友，一旦他死了我是多么难过。让对方知道我的心意，也许可以缓解一点儿他真死了之后我的遗憾和痛苦——至少，他死前知道了他是会被我想念的！

可是这一招显然对彼埃尔不灵，"那你就应该多来看我！而且，我不需要被谁想念，我从来就不相信有什么上帝和死后的世界。我想活着，10 年？不行，怎么也得 20 年！我不打算就这么放弃。"我好像看到电话那头他固执的薄嘴唇和那火苗一样冲天燃烧着的白发。"你知道，现在有两个彼埃尔，一个是身体的，一个是精神的。身体那个已经形同朽木了，精神那个还是个不服输的小伙子。"告诉他我要回中国了，他立即用警觉又沉思的眼神望着我，喃喃着，像是自言自语："我知道，这个家伙不会回来了！"

听说我周日要去参加沙龙，路上顺便去看他，他开心得像个孩子。"什么都不要给我带（虽然他盼望着朋友带些小礼物给他）。你知道我最怀念什么吗？我还没得这个'C'（cancer，癌症）打头的病的时候，在阳光下坐着和你们东拉西扯。"听说我打算给他带盒巧克力，他的声音立即高了几个调，顽皮得欢呼："耶，巧克力！太棒了！"他一生嗜爱甜食，尤其是巧克力，曾跟我戏谑地说："你不知道，晚上躺下后，从床头摸一块巧克力放嘴里，天哪，好幸福，比身边躺着个女人还幸福！"

我离开家门前半小时，接到了史蒂夫的短信：取消去彼埃尔家的计划，他刚被急救车拉到医院去了，菲佣发现他的血液含氧量不足80%了。

火车上，我接到史蒂夫的另一条信息：彼埃尔前几天在家自测的新冠结果转阴不准确，医院检测他仍是阳性。

我心一沉。我知道有老年基础病的人是美国新冠死亡的主要人群，何况彼埃尔患着血癌！

我乘坐的那节车厢空荡荡的，近百人的座位除了我再无一人。人们或去亲朋家或请好友来，扎堆守着电视和酒肉看"超级碗"（有人戏称它是美国"春晚"）。午后 4 点的阳光特别适合拍照，是史蒂夫这专业摄影师所说的黄金光线。虽然沿途早是见惯了的电线杆、棕榈树、卡车、仓库、店铺，我仍拿着手机不停地拍着。这40 分钟似乎比以往漫长许多，我不时想到在救护室里挣扎的彼埃尔。

2

那个艺术街区有点儿像北京的 798 工厂，各种废弃的车间一般的建筑庞大、平庸，像长相让人永远记不住的中年妇女，间或被人多瞧一眼也是因为上面的涂鸦和壁画。把那些建筑串在一起的是同样单调乏味的路和两侧的木头电线杆，黑色的电线五线谱一样悬在空中，松松的，像撑得太久开始失了弹性的毛线。

我们像困兽一般绕了半天，终于，史蒂夫瓮声瓮气地说了句"就是这儿了"。他辨认出了路边一块极不起眼的空地，铁栅栏上挂着一块牌子，五彩的英文写着："艺术聚居地——活着，干着，乐着。"开进去二百来米，才看到一扇大铁栅栏门，厚重森严得让人以为里面是军事重地。把角有扇小侧门开着，旁边立着一位西装革履的保安模样的黑人男子。他仔细地在两页纸上核实我们的姓名后放行，那郑重程度让人疑心这是保密程度极高的地下聚会。

穿过权当停车场的空地，看到一排排简陋却结实的平房，都像被踩扁了的大纸盒子，纸盒上开着许多更不起眼的门，稍不留神就错过。我们举着请柬对门牌号，找到那道蛋壳色的小门。门口站着一位着考究西服的老年男子，与大门口那位黑人大叔比，这位戴黑方框眼镜的先生更像老电影中有钱人的管家，他气宇轩昂，一举一动颇有绅士风度，体面得让我不由得也挺直身子。他再次核实我们的身份，表情看似谦恭实则暗藏锋芒，只么不动声色地打量你一眼，你就知道他在心底已经为你划分了等级。

走进那扇小门，立即被电子音乐的声浪包围，伴着变幻色彩的灯光，像掉进一个被无数泡泡包裹着的深潭。仓库一样高的房顶下，原本空阔的空间被填充得恰到好处：一边是实用又现代的厨房，有人正在那儿忙碌饭菜，满足口腹之欢；一边是错落有致的花卉、油画、雕塑和书籍，它们和空气一样在这里似乎是主人必不可少的陪伴。最吸引我的是门右侧那面主墙，是一整面顶天立地的书架，一只黑色金属梯子与顶层相连，下面有轮子来回移动，方便取阅到任何一本书。书架下是两排巧克力色的旧皮沙发，印度风格的绣花靠垫东一块西一块地扔在上面，中间长长的古董木桌上也放着书和一大瓶丰盈的粉色芍药。

门的左侧靠墙则是两排超长实木餐桌，一端整齐摆着盘碟刀叉与在木桶里冰镇着的酒水。"苏珊，我带了些冰激凌。"史蒂夫冲一位身形瘦高、着黑色露背紧身背心的女子打招呼。"放冰箱吧。谢谢。"那女子显得很忙，只略微侧脸淡然答了这句，继续在厨房与大厅间快步走动着。不断有刚到的人跟她打招呼，她都是匆匆应一声，不跟任何人多过话，很有沙龙主角的威仪。

"我建议你先去洗手间看看，你会喜欢的！"史蒂夫看我举着手机东拍西照，笑着提醒我道。

我沿客厅几排书架与厨房间一条窄长过道走到底，果然看到两间相邻的洗手间，除了各自有一个白色旧式马桶和洗手台，那里更像两间小小的画廊兼阅读室，墙上密密麻麻挂满了黑框照片，全是黑白人物旧照，全是 20 世纪初的美国人。也许他们只是普通人，因隔了岁月之河，那些模糊了的旧日痕迹让现代人有了仔细打量的欲望。

照片，图书，杂志，鲜花，在暖色灯光下，都让人想到一个词：享受。

自由空间往往给人自由的灵魂。有了金钱，品味这芳邻似乎也就住得不远。而人类都是嗅觉灵敏的动物，像蜜蜂一样四处寻觅着那一点点诱惑。

这里，从空间上离彼埃尔并不远，可是，这天堂般物质丰沛的世界与他完全不像在同一个星球。

当晚的主讲人已经在场，帅气的年轻小伙，单手插在裤袋里，一手端着杯红酒，挺拔地立在那儿，目光睿智。

听说我来自中国，他立即地把旁边正与他聊天的一位瘦小精干的白人老妇介绍给我："艾卡可是牛人！"

室内的音乐太响，不适合展开任何对话，我和史蒂夫决定去后院透透气。

后院不大，一半又被搭了凉棚做成另一个小客厅，有趣的是这半开放的客厅靠墙处，摆着一张大床，铺着松软的床垫和枕头。"如果客人不想走，可以睡在这儿过夜。"史蒂夫笑着说。

一角湛蓝的天宇悬在头上，我紧绷的神经终于放松了，像回到水里的鱼吸到了久违的氧气。几张或木或铁的桌椅外，到处都是鲜活的植物们，叫得上叫不上名字来的花儿们兀自开着。多数都是盆栽的多肉，活得和主人一样恣意霸气，在洛杉矶绚烂的阳光下汁液饱满，姿态各异地挺立着，像跃跃欲试的参赛选手。我想起彼埃尔后院的多肉们，随着他的病情越发萎蔫了。他没有体力再去拉着那根塑料管子去浇水。有体力的时候，他也往往舍不得，"水费太贵了。"实在等不来雨，植物们都快因饥渴毙命了，他才心疼地浇上一次。

我和史蒂夫、艾卡围坐在一张被日光暴晒得已经成铅灰色的圆木桌旁。脚下是侧倾着的陶罐，罐口泄下一蓬粉白碎花，像在田间地头的少女一般纯朴，给这灯红酒绿的都市氛围添了点儿家常气息。史蒂夫是典型的"社牛"，在满足他探险家的好奇心向别人发问前总率先自述：工程师、摄影师、探险家，这是72岁的他的三重身份。"我最讨厌当工程师那几年，每天朝九晚五坐办公室不说，还得穿西装打领带，逼得我都想自杀。"当电视摄影师那几年好像是他的职场高峰，不仅凭一部纪录片获得了艾美奖最佳摄像，还有了自己的影视设备租赁公司，赚了不少银子。而成为探险家纯粹是歪打误撞，自小好奇心就特别强的他很偶然地结识了同名史蒂夫——一个专门从沉船上打捞宝贝的探险家，那家伙告诉他，在洪都拉斯的热带丛林里，有一个古城被掩盖了好几千年了。于是史蒂夫幸运地找到了一个同样有好奇心的叫比尔的金主，并用他超强的游说能力组织了一帮美国考古学家前往丛林，花了十几年时间，芝麻开门了，他们找到了那古城，挖出了不少4000年前的文物！

艾卡听着微笑赞叹，说一定要看一看那本《失落的猴神之城》，著名作家道格拉斯根据史蒂夫的探险经历写出的畅销书，说不定可以拍成电影。每个经过的人都跟这个瘦小的老妇亲热地打招呼，似乎与这个好莱坞神婆熟识起来就找到了职场捷径。她周到地微笑着，讲话口气也轻柔无比。她剪着极短的男孩头，戴着简洁别致的银色耳饰，松弛的瘦脖颈上亲密地贴着两圈银项链，那优雅的艺术气息恰到好处地冲淡了她的强势。

更让我叹服的是，她说一口极标准的普通话！流畅自如，远比许多广东人讲普通话好得多。

"郑和下西洋是多么好的故事！远比《加勒比海盗》有积极正面意义……"她说得兴奋起来，细瘦的手臂挥舞着，像坐在大学课堂里的年轻梦想家。

正聊得兴起，一位亚裔女孩上前来跟她打招呼："咱们的会马上开始了。"她戴着长长假睫毛的眼睛很美，我立即想起在嘉宾名单上看到过她的名字和照片——梅根，绿色环保项目执行人。聊起来才知道，她是 ABC（American Born Chinese，出生在美国的华裔），却也讲很纯熟的汉语，"我洛杉矶和上海两边跑，现在没有航班，回不去了……做我这一行有点儿枯燥，但很有意义……我喜欢苏珊的沙龙，不仅因为来的人都有趣、好看，还因为这些细节。看，这近百人的派对上没有一样一次性用品，连餐巾都是棉布的，一看就是洗过多少次的，上百块儿呢，都熨烫得那么柔软平整！"她的快人快语让我想到刚在冬季奥运会上大获人心的谷爱凌，有一股大大咧咧的劲头。

本来安静的小院变得越来越热闹，不断有人走进来，说笑声，音乐声，伴着烤肉诱人又有点儿刺鼻的气味。天色也暗下来，一串串沿墙而挂着的灯亮了起来。

"我叫布拉得，作曲家，以前是工程师。"一位年轻男子端着食物凑上来，边打招呼边坐在我旁边，"英语的坏处和好处是不把任何

'家'当回事。一个人哪怕是只尝试着作了一首从未被人听过的曲子，在'compose'（作曲）后面加一个'r'，就成了干这事情的人（家）。"我笑笑，说我是"writer"（作家），他立即认真地跟我讨论正在 Kindle 上读的几本书。从未去过中国的他打算去看看中国的制造工厂，而不像有人直奔北上广这类都市。"不为什么，因为我以前从事的是制造业，我想知道为什么像义乌这样的地方能有那么大能量。为什么来这个沙龙？找点儿乐子，说不定遇到点儿什么机遇。"他放进嘴里一大勺鹰嘴豆，闭上嘴嚼着，结实的腮帮子起落着，好像明天的一切也会和吃豆子、当作曲家一样尽在掌握。

夜幕终于降临了。想起不远处冷清的街道、孤独的电线杆、废弃的房子，眼前的热闹像《聊斋》里的夜宴般不真实。

夜空中传来爆竹的爆炸声，"公羊队赢啦!"欢呼声中，有人站起来望向体育馆方向鼓掌，那里数亿人瞩目的"超级碗"决赛刚见分晓，主场的洛杉矶公羊队险胜!

"人类是多么孤独，又多么会给自己制造热闹啊!"我望着夜空轻声道。

"有些人相当疯狂，花三五千美元就为了抢张票到现场呐喊。我有钱也不会！"史蒂夫从餐区取回来两瓶饮料。

我忽然想到彼埃尔在柬埔寨资助建立的小学校，五个教师近百名学生，7000 美元就能支撑生活一年。

"彼埃尔被确诊了肺炎，加上之前的白血病、新冠，他这回真是悬了。医生目前给他用上了大剂量的抗生素，尽量不给他上呼吸机。"史蒂夫刚接到彼埃尔菲佣的信息。望望身边三五交谈的人们，个个光鲜富足，似乎永远不会死地享受着、追寻着。我们俩同时叹了口气。

人们忽然都起身涌到室内，原来歌手开始献声了。她叫丽丝，曾获过一次艾美奖，短发大眼，甜美瘦小，像个单纯的中学生，来自威斯康星的莫瓦克。那是个毗邻密歇根湖边的小城，我曾于头一年秋天去那儿采访年过九旬的女教授，她做了一辈子考证研究，相信中国人比哥伦布先到美洲。丽丝的微笑让我想到那个宁静的小城，红砖小楼，高大的乔木，蓝得透明的天空。她放松地握着话筒唱着，就坐在餐区和客厅中间的一张木凳上，身后是很专业的音乐播放设备。人们围成一圈立着听，有人坐在沙发上，也有人走来走去啜着杯中的酒。

Let it rain, let it rain.
Open the floodgates of heaven...

266

（让雨下吧，让雨下吧。

打开天堂的闸门……）

那条黑白斑点狗是苏珊的宠物吗？它不丑，却不讨喜，身长腿短，像个上了发条的单调玩具，耷拉着大耳朵兀自在房间各处不停地溜达，对周边的一切似乎见怪不怪兴趣寡然。不知是它在昏暗的灯光下视力减退，还是被自己转晕了，有一次它的脑袋竟直直撞上了摄像机的三角金属支架，一个趔趄后它站起来，愣了几秒，调整平衡，继续在人腿间游走。

听了两首歌后，史蒂夫站不住了，去旁边找了个沙发坐下。我也出圈儿找了个角落蹲下。这时沙发上一个年轻人无言地递给我一个坐垫，示意我可以放地上坐下。

"沙龙开始啦！"有人招呼。苏珊与娱记都端坐在金属折叠椅上，背后就是那巨大的联排书架。沙发坐满了，多数人立在外围。

问答开始，同时穿插着听众的提问。

我看到梅根坐在一条板凳上端着盘子边听边吃，一副纯凑热闹的样子。

"你注意到今晚许多碗盘都是中国的青花瓷吗？那可不是仿的，都是她多年来四处淘的，真正的清代老货。她知道中国文化的影响力。"史蒂夫小声道。

提问的人七零八落，回答者也语焉不详。苏珊宣布沙龙到此结束，大家可以继续吃喝。

我找到正与人聊天的梅根，拍拍她的脸表示赞赏。她忽闪着假睫毛，笑着跟我道别，眼线都洇在眼角，显得脏了，可我感觉她更好看了。

半小时后我已经在火车上。不同于来时的空无一人，这返程车厢几乎客满。

"小姐，小姐！"我正戴着耳机听书，忽然听到不远处的呼唤声，抬头一看，见一黑人青年正冲我笑。

"她说我显老，你感觉我老吗？"他对面坐着的一位相当丰满的女孩，也笑望着我。

"你啊，也不过十七八岁吧。"我朝他结实修长的身体打量了一眼说。

"我20岁了。真的不显老？你看，我至少很结实，她有些发胖呢。"那女孩闻言并不恼，仍开心地笑着。我留意到他们之间的小桌子上有一个细长的玻璃杯，里面插着一枝红玫瑰和一枝满天星。

我想起来明天是情人节。

车进站，他们起身下车，临走，跟我道了声"Happy Valentine's Day"（情人节快乐）。

第二天，我给躺在病床上的彼埃尔打电话，从苏珊、梅根聊到那 20 岁就担心自己显老的黑人小伙。"想到这全美狂欢的'超级碗'之夜，这么多人在寻欢作乐，你躺在病床上与死神搏斗，难过吗？"我想了想，仍是问了。

"每个人都有自己或长或短的一生，今天活蹦乱跳的人都会迎来最后的无助与挣扎。我也年轻过、强壮过。我这些天忽然放下了许多。每天，都有人生下来，开始在起点冲刺。每天，都有人走到终点，把赛场让给别人。你知道著名诗人亨利·华兹华斯·朗费罗吧？他有句诗我很喜欢：

> For after all, the best thing one can do
> when it is raining, let it rain.

> （说到底，人类能做的事，
> 就是当天下雨的时候，让雨下吧。）"

这是彼埃尔留给我的最后倾谈。三个月后，他死了。

那是个雨天。我坐在桌边码字，看到一只小鸟反复地用爪撞向玻璃门，似乎想飞进来。它一遍又一遍地试着，固执，徒劳。门里的我，望着听着，困惑，茫然。难道是你，彼埃尔？

一小时后，它放弃努力，倏地飞走了，再也没回来。

1

消失的黛安娜

本来以为这将是客居异乡的普通一天——没有远足，没有派对，没有参观。这是个典型的洛杉矶暮春的早晨，雾气弥漫在树间房顶。我跑了一英里回来，看到前日风雨让廊下的多肉蒙了一层灰，决定拽出车库的水龙头冲洗一遍。水龙头坏了，无法与水管对接，那长长的水蛇样的塑胶软管无论如何也不能从那摇把滚轴上舒展开。我悻悻地放弃，进屋换掉一身被打湿了的晨跑衣，刚要准备早午合一的简餐，就接到了杰伊的电话。

"嗨……"电话里他的声音有点儿犹豫，是那种不想麻烦别人又不得不张嘴的没有底气。三天前他去了东海岸的波士顿出差。"那个……你还记得黛安娜吗？我表姐。她刚才打电话给我，问是否能把她送到旅馆去，她已经下了火车……"

我立即接口道没问题，让杰伊把我们两个的电话互相推送一下。那一瞬，我甚至暗自欣慰，可怜的黛安娜，我终于可以为她做点儿事了，即使只是开车跑腿这种我并不擅长的事。

我见过杰伊这位表姐一面，那是 4 年前，在距离这个山谷 120 公里的海滨小城圣巴巴拉（Santa Barbara）。那天跟杰伊去海边，纯粹出于好奇——他的亲戚们要举行一场海葬仪式。船舷边，在人们的注视下，两个小塑料袋被打开了，那令我好奇又害怕的陌生人的骨灰露了出来，并非想象中的雪白，而是像石灰一般青冷。与玫瑰花一起，它们被撒进太平洋那清澈湛蓝的深水里，打着漩儿弥散开，一眨眼就毫不留恋地消失了。有几只海豚好奇地游近，似乎不解其意，又轻快地游走了。穿着拘谨黑色正装的人们，都宽衣解带，擦着脸上的汗水，乘着那艘租来的丧葬公司快艇回到岸上，各自钻进停在码头的汽车，直奔提前预订好的那家墨西哥餐馆。

杰伊的大表姐是当地的富户，不仅拥有上千英亩牛油果种植园，先生还是政府信赖的建筑承包商。她显然与那餐馆老板熟稔，包下了餐馆午间的大堂不说，还在角落设了一个小小的灵堂。也正是在那里，我在照片上看到了那化成骨灰的两个人。一位是杰伊的姑母，享年 78 岁。一位是杰伊的表侄，也就是这位姑母的外孙，死时只有 23 岁。前者富态慈祥，是那种谁见了都不会不喜欢的老妇。尽管离异多年，她的前夫，也就是杰伊的姑父汤姆，仍是到场致哀。那是个极儒雅斯文的绅士，早年在航空部门供职。他很注意保养，身形挺直瘦削，天热，脸上脖子上抹着防晒霜，厚且不匀，一位扎着黑而长的卷马尾的女子用餐巾纸给他擦着。"那就是我的三表姐黛安娜。那位 23 岁的死者，是她的儿子，自杀的。"杰伊小声在我耳边嘀咕。照片上那个浓眉高鼻的青年，眼神黑亮又迷惘，像火车钻进隧道时投射在黑暗中的两束光，明亮而无力。他经历了什么样的苦痛，在还没完全绽放的年龄，选择了熄掉那团生命之火？23 岁啊！为人之母，我不由得心疼——我宁愿自己死去一万次，而绝不忍看着孩子自坠悬崖！

明明是为死者送葬，活着的人却并不怎么谈论他们，是有所忌讳呢，还是感觉已经翻过去的一页就不要再提了？参加葬礼的虽都是沾亲带故的，平时并无密切往来，有人甚至来自外州，多年不见，吃喝着闲聊的也不过是彼此的生活与职场。

尽管满心好奇，我这纯粹的外乡人也不好意思多问，便希望有机会与黛安娜聊一聊。

吃饭时，我与她正好相邻而坐。她比两个衣着和举止都很高贵的姐姐好看，大眼睛忽闪着，望向人时有种不确定的犹豫，似乎拿不准该不该信任对方，更拿不准对方如何看自己。我小心翼翼地措辞，谨慎地表达着自己的同情。可她脸上好像没有闪过一丝难过，反倒微笑着让侍者给我来一杯她正喝着的玛格丽特（鸡尾酒），一副没心没肺神态，好像那照片上的年轻男子与她无关。

"她可是个制造麻烦的人（trouble maker），自小就是！我现在记不得她具体都干了什么，可是你看吧，她没上过大学，五十多岁了，从没有过一份稳定长久的工作。没有结过一次婚，有一个儿子，还自杀了。她居无定所，有时在我姑父那儿住一阵，有时搬出去与人合租。有一次据说还因为吸毒被关起来了……"回家的路上，杰伊边开车边说，扭头望一眼后座上那一网袋滚来滚去的牛油果。那是从大表姐家果园采摘的，按人头分发时，发现少了一份，黛安娜麻利地把她那份塞给了杰伊。

"可是她很友善啊，一点儿也不像坏女人，甚至她身上脸上都没有一点儿中年女人自私专横的迹象，反倒像个缺心眼的少女。"我建议杰伊以后多关心她，毕竟形单影只又失去了儿子。"一个女人再怎么失败，失子之痛都是令人同情的。何况，她只是不按牌理活着的一个女子，即使有错，也配得到温暖。"

葬礼后没多久，杰伊说黛安娜打电话给他了，说她在我们这个山谷小城的售卖捐赠物品的二手店（Goodwill）找到了一份当售货员的工作。"请她来家里吃饭吧，我做中餐给她吃。"我竟有几分激动。杰伊微笑着说"好"，可工作一忙便没了下文。某天中午，我去超市购物，经过那家 Goodwill，想到黛安娜，便拐进了停车场，进店转了一圈也没看到她的身影。"你问黛安娜啊，她早辞职不干了。去哪儿了？上帝知道。"一位女店员面无表情地说。

我后来倒是与杰伊的姑父见过一面，约了在两个城市中间的一个小镇吃饭。白发梳理得一丝不乱的老人仍像黑白电影中的开明绅士。他身边是新交的女友，一位戴黑框眼镜的老太太，每个手指头上都戴着一枚戒指，说话轻声细语像个娇羞新娘。火车卡座正好坐四个人。餐厅满座，需提高音量或凑近了才听得到彼此。我打听黛安娜的消息，老人淡淡地说有一阵没联系了，她好像跟什么人合租，具体在哪儿他也不知道，话题随即一转，兴致勃勃地聊起他和女友刚去纽约参观的当代艺术展。我不由得心中轻叹，美国父母真是心大，自己过着舒适的生活，任由女儿居无定所也不闻不问。难道，这是他们倡导和欣赏的自由？我曾在社区的露天音乐会上认识了一位温和友善的老妇，说她不能去和大家喝咖啡，因为那天是她女儿回家洗澡的日子。听旁人说我才知道，她女儿离婚后精神崩溃，在一家超市当收银员的差事也总出错，最后沦为无家可归者，靠政府救济度日，晚上支着个帐篷睡在天桥下，每个月回母亲家洗个澡。

圣诞节前，杰伊下班回来说他接到了黛安娜的电话，"她正在看电视，在演《星球大战》(*Star Wars*)，想起小时候我们一起看过那电影，就给我打个电话问我是否还记得……"这个黛安娜，分明是个没有城府的女人啊。我越发觉得她的可爱。她让我想到我在国内的几位女友，与生理年龄严重不符的是过于年轻（亦被某些人嘲笑为"幼稚"）的心理年龄，自嘲为"中年少女"。她们不成熟不算计，年轻时稀里糊涂结婚生子，终于明白了自己究竟要什么，不愿苟且，果断离婚。寻寻觅觅，发现称心的男人似乎只存在于月球。"没有谁在这个世界上有固定的居所和不变的外观，没有谁不处于盛衰沉浮之中，没有谁不与敌人和邻居交易品性，没有谁不是韶华已逝却仍未成熟，没有谁不是在漫长的生存之旅的起点便已精疲力尽。"本雅明的书我读得不多，这几句却忘不了。

"没有谁不是韶华已逝却仍未成熟"这句话，不用细思都觉无限悲凉。

我追问杰伊："黛安娜在哪儿上班？过得怎么样？"他说他没细问。

这次她既然来了，给她当司机之余，我暗想是否还能做点儿什么，至少，让她知道她并不是没人惦记。

杰伊电话刚挂，我就接到了一个陌生的电话，正是黛安娜。"不用着急出来，我在车站旁一个餐馆吃点儿东西。你真太贴心了，肯帮我，谢谢！"她的声音比几年前洪亮自信了，但似乎也更沧桑了。

我说过半小时左右出发，出门前会发信息给她，让她把餐馆地址发给我。

她立即发过来了。

我赶紧上楼，边换衣服边想，是否先请她来家里喝杯咖啡，然后再送她去旅馆，毕竟她都到表弟家附近了。

"你还是直接把她送旅馆吧，你请她来家里，保不齐她会要求住在这儿呢。"杰伊一向乐于助人，别说和朋友家人在一起总肯吃亏让步，还有数不清的陌生婴儿因他的慷慨无私而获得了新生——54

岁的他在过去 10 年间已经为红十字会献了 57 次血。

既然他都这么说，我不由得心里一沉，想到几年前他说到黛安娜时用的那个词，"trouble maker"，便警觉我差点儿犯个错误。在美国我很少看电视，但那收视率极高的 "Dateline"（《时间线》）却每期必看。那追踪凶杀案的纪录片全是真人真事采访，剪辑制作得极富悬念，几位风格各异的主持人也很有吸引力。令我瞠目的是，许多受害者都是对熟人毫不设防而稀里糊涂送了命。

要是她借搭车之机赖上门呢？既然她知道杰伊不在，还让我这半个陌生人去接，借钱？偷东西？说不定，她是被坏人威逼着来"钓鱼"、绑架、杀人灭口，那我岂不是自投罗网？

越想越可疑可怕，我脑子里那根自卫天线竖了起来，立即给那陌生的号码发了个信息，"因为我对这个城市的街道不熟，可否告知一下旅馆的名字？"

十几分钟过去了，她没有回复这条信息。这令我更加不安。也许，她根本没有预订什么旅馆，单等着坐上车装作不经意地提出来家里住。

我换好了衣服立在那儿，无所适从。看到后院一个瓦罐里积了好多经冬的雨水，里面的多肉都开始蔫头耷脑了，我戴上园丁手套，把它清理干净。我磨蹭了一会儿，回屋，手机上多了一条信息：

"那旅馆就在距你住地不足一英里的街上。"这语焉不详含糊不清更让我起疑，给她发信息继续问那旅馆的名字，等来的又是不祥的沉默。

我赶紧再给杰伊打电话救援。

"她不会是被什么坏人劫持了吧？她也许不是一个人呢。真上了车，万一我被人拿枪或刀子逼着开回家，那就惨了。"我越想越没底，追问他黛安娜来这儿的来龙去脉。

"我也是早晨才接到了她的电话，说不久前她摔坏了鼻子，她爸给她在这儿找个医生做手术。再不久前她出了交通事故，被没收了驾照，出门全靠坐公交和火车。哪天手术？听那意思好像是明天。"杰伊边回忆边说，口气很不确定。

"从她所在的千橡市（Thousand Oaks）过来得有一百多公里，为什么跑到这儿来看医生？另外，即便我一会儿把她送到旅馆，那明天做手术谁接送她？手术后谁送她去搭火车？"我这一串问题让杰伊有些不安，他说他正忙着准备给客户做 PPT 演示，"如果你心里不踏实就直接告诉她，说临时有事去不了。"他答应给他姑父汤姆，也就是黛安娜的父亲，打个电话确认一下找医生的事。

"我姑父说他倒是听黛安娜说过鼻子需要做手术，可从没给她在这儿找过医生。我告诉他，她让你去接站，但有点儿拿不准该不该去……"说到这儿，旁边有人大声叫他的名字，他匆匆挂了电话。

过了半小时，黛安娜回信息了："铁道路（railroad）××号。"显然，她仍不想给我旅馆名字。我用手机查了一下那地址和她吃饭的餐厅距离，只有半英里，就是走过去也费不了多长时间。

我更加纠结犯难了。

去吧，既然答应了她。我一向讨厌说话不算数的人。

别去！身家性命不是儿戏，你又独在异乡。这个声音似乎更响。一想到十几分钟后我可能被人用枪顶住后背身陷绝境，我真有点儿恐惧。

左右为难，我只恨在这异乡没有几个男性朋友壮胆。邻居？倒是有两位可以打扰的，一位是年过七旬的老律师格瑞，一位是马路对面的画家格兰特。我没有格瑞的电话号码，犹豫片刻，还是拨打了格兰特的手机。"我在家，欢迎你过来。"他及时接听了，沉稳的声音似乎不像个病人。

格兰特裹着一个蓝白条绒线袍子坐在沙发上，正戴着金边眼镜读永远读不完的亚美尼亚版《圣经》。太太特蕾莎一如既往地驼着背笑脸相迎，麻利地端上水果、点心和坚果。小狗查理和罗密欧在墙角的窝里进进出出，前者只有 2 岁，永远不住嘴地尖声叫着，像个讨人嫌的顽童。后者已经 14 岁，因老迈而安静，瞪着玻璃球般的圆眼睛，像个凑合活着的老翁。它们都毛干爪净，穿着特蕾莎手织的小背心。

听我说清来由，格兰特花了两分钟翻译给太太听，然后转过脸关切地望着我："我可以陪你去。"那花白胡楂让他显得越发慈祥。听我道谢，他戏谑地补上一句，眯着眼睛慢吞吞笑道："实际上，如果真有人要绑架你，我在场也顶不上什么用哦。"两年前他被查出肠癌晚期，尽管一边看着医生一边信着上帝，他仍是日渐消瘦下去。这次我从北京回来，在路边遇见被他拥抱着问候时，我明显感觉到他又小了一号薄了一半。"医生拒绝再给我化疗了，现在口服一些药物。我就听从上帝的旨意吧！"他仍是眯起浓眉下那双黑亮的眼睛笑着，化疗后新长出的头发像一缕染了霜的枯草，伏在冬日冻土上。唇上蓄起了一层修剪得很整齐的髭须，让他这油画家添了几分教授的威仪。

"你等我一下，我进屋换件衣服。"他说罢站起身向卧室走去。随即出来，略带神秘地笑着说给我看看家里的新成员。一团漆黑的绒毛在他的大手里颤抖着，一只小猫崽！

"昨天刚来到我们家！它才三周大。我们叫它瑟兀克，亚美尼亚语，黑色的意思。"特蕾莎也站起来怜爱地接过这小生命。

那真是个小黑线团，像只小老鼠般紧张地抖着尾巴，小玻璃珠样的眼睛瞪着，转着细脖子不知看哪儿合适。

那本就爱聒噪的查理立即跳起来，愤怒地表达着抗议，似乎在谴责主人有了新欢冷落了它这旧爱。

"查理可不只是叫唤两声，你看，它甚至想张嘴咬这猫咪。所以只能把它暂时藏在我们的卧室里。罗密欧就很厚道，不吭声不表态。"说罢，为了息事宁狗，格兰特又小心地把那小家伙捧回了卧室，好像那是件稀世珍宝。

我趁机赶紧给黛安娜发了条信息："你吃完饭了吗？我可以出发了。"亲吻了特蕾莎的面颊，跟她道别。她仍是快乐放松地笑着，丝毫不怪我为她病重的丈夫添加了额外的麻烦。

我快步出门过马路，开门去取车钥匙。

看手机，没回音。

打电话，没人接。

我锁好门，走到车旁，看见格兰特已经下台阶过马路。是为了在陌生人面前显得孔武有力吗？他穿着一件带白色翻毛领的牛仔夹克。

我又拨打了那个号码，仍是没人接，直到转成语音留言。不甘心地，我再拨打，只响了两声就有人接了，却似乎很短暂地咕哝了两个音节，没容我听清那是男声还是女声，电话就挂断了。

困惑地重新打开房门，我招手让格兰特进屋。

"我想，那咱们就没必要去了。人都找不到，去了接谁？"他轻声却很郑重地说，同时用有点儿悲壮的目光望我一眼，好像手无缚鸡之力的我们面对的是藏在暗处的敌人。

坐在沙发前，我们又等了一刻钟，我再拨打那个号码，仍是无人接听。

我很沮丧，明白他是对的。过了好几年，真见了面，我也认不出黛安娜的相貌来。送格兰特出门时，我说等他体力恢复一些了，我们在小区散散步，冬雨不断，好久没有一起走路了。

"为什么不现在就走走？"他收住脚步，望着我道，仍是那商量的目光。

天阴着，预报要来的雨并没有下，风却开始吹了，凉凉的，让我不由得缩了下脖子。格兰特立即侧过身，帮我把薄羽绒服的拉链拉到下巴处。

我们没去接黛安娜，却仍忍不住聊着她。"如果她真打着坏主意，我没去接她也就罢了。可是，我还是不安，万一她真需要帮助呢，这么点儿小忙我都袖手旁观还言而无信，实在是过意不去……"我实话实说，与格兰特在一起，我总以为自己在和父亲说话。我父亲也患肠癌，66岁，也是格兰特这样的年纪去世的。

"你听说过那句话吗？'Always be naive like a dove, always be wise like a snake.'这意思你肯定懂。做人既要像鸽子一样天真，又要像蛇一样智慧。这样才会在做个好人的同时不给自己招来灾祸。黛安娜这件事，你已经尽力了。咱们都要出发了，她又失联，你用不着自责。"格兰特用他那并不流利的英语一句一顿地安慰我，让我想起上次在他家喝咖啡，当着太太的面，他认真地说："在我们眼里，你既像个大女儿，又像个小妹妹。"身在异乡，有这样的邻居，实在让我珍惜感动，随之而来的念头就是害怕——与癌细胞对阵的他不知哪一秒就两眼一闭奔向他信赖的上帝了，想到此我的心就一沉，无助无奈得只能叹气。

我们沿公园草坪走了一圈，踏上那灌木夹道的山坡。昨夜风大，松塔落了一地，有几只小松鼠正跳来窜去忙着觅食。一个牵小狗的女孩迎面沿山径走过来。格兰特驻足，犹豫片刻，还是鼓起勇气上前搭话，因为那小狗和他的查理几乎一模一样。他自知英语不好，轻易不怎么主动与陌生人搭讪。那是个二十来岁的女孩，皮肤白得像一朵云。她很腼腆友善地笑着说这狗太可爱了，没错，就是有点儿爱嫉妒，她家这只11岁了，对新来的小狗极不友善。

格兰特立在路边摸出手机，翻找了足有一分钟才找到查理的照片给对方看。"真是一模一样的呢！没人不喜欢这种约克犬。"

这一幕显然让格兰特很开心，他平时的社交圈子全是亚美尼亚人，在美国35年了，他向往这片土地上的自由，可是与这里不同族裔的人群始终保持着距离，尤其是白人，他认为他们当中许多人不注重亲情友情，太以自我为中心。"你们中国人和我们亚美尼亚人很像，勤劳、善良、顾家。"所以，我刚搬来第二天就接到他和儿子阿瑟的邀请去家里喝咖啡。

我们继续走着，每次走到岔道口，都是我随手一指或扬一下下巴，他就随和地跟着走。忽然他在一株漆树前站定，抬眼望着那垂着柔细嫩绿枝条的树，像是自言自语："活得多么舒展自如啊！"说着他伸手爱慕地抚摸那嶙峋的树皮，扭头望着我说："你知道，许多人都不如一棵树活得诚恳从容。"担心太远的距离会让他体力不支，我选了条近路往家走。

"告诉你一个小秘密，你别告诉别人。刚才，我说我回卧室换衣服，没错，可是我也用了几分钟跟上帝祈祷。究竟该不该去？虽然他没有给我明示，我还是决定边做边看。我不认识黛安娜，可是我不想让你为难。你看，咱们都要伸出援手了，她突然莫名其妙地消失了。你也别多想了，就当成上帝的旨意好了。"格兰特这话让我既感动又吃惊——如此身体虚弱心里没底，他仍要冒险陪我去，无助地只能向虚空求助。我不由得轻拍了一下他的后背，发现他被病痛折磨得比我都矮了一截。

说着，我们已经走到了他家门口。"进来喝杯茶吧。你上次从中国带回来的红茶还有呢。"

特蕾莎仍乐呵呵开了门，边喝令查理安静边问我们找到黛安娜没有。格兰特一屁股坐进沙发，深呼吸了几口气，似乎刚干了件重活，用亚美尼亚语快速解释了事情的经过。特蕾莎仍是好脾气地笑着，到灶前去忙活。很快端上两杯热气腾腾的茶和一壶咖啡。

看我坐在沙发上心事重重，格兰特宽厚地微微一笑，问我是否愿意跟他读一段《圣经》。面对忠实的信徒，我早就学会了不依附不反驳。跟着轻声读了几段，仍是心不在焉地想着黛安娜。

"她消失了，只会有三种可能。第一，她真是借搭车之便有其他打算的，不管出于自私还是邪恶。但后来看你很警觉，甚至跟她父亲核实真假，她放弃了。第二，她真有需要，可是手机没电了。没法联系上你。第三，她有需要，可是你的追问或者她父亲的质问让她自尊受伤，决定不接受你的帮助了。"格兰特好心地重新拾起这个话题。

"幸亏有你们，否则我真不知所措。"我知道他是想安慰我，叹气道。

"其实我做得也不好，没能做到爱身边的每一个人。活到现在，我发现还有些人令我讨厌，可见我的境界还不够。"格兰特说着，随手从沙发边抄起小查理，疼爱地轻抚着。

我起身道别。

"和我们一起吃晚餐吧。就咱们三个，很简单，都是现成的东西。"特蕾莎说着开始往长条大理石餐桌上摆放食物。沙拉、奶酪、橄榄、香菜和薄荷叶，还有一盘像烤鸡翅和鸡腿一样的肉食。

"这是鹌鹑肉，撕下肉和菜叶一起裹在这'lavash'（中东的一种薄饼）里。这都是中午吃剩的，多吃一点儿。明天阿瑟回来，我们要煮一大锅他最爱吃的罗宋汤，做些他喜欢的亚美尼亚吃食。疫情后生意不好做，这孩子上周回来进屋就睡着了，不容易呢！"斟酌着字句，用别人的语言聊家常，格兰特的口气也像在开会发言，显得很郑重。

我说，阿瑟都四十多了，应该不用他们操心了。

"他活到老在我们眼里也是个孩子。不瞒你说，今天是我特别难受的一天——我口服化疗药的第八天，恶心，头疼，浑身无力，这药的副作用真让人受不了。"明明是诉苦，被他郑重地说出来都很有分寸。

有人很响地敲了几下门。

格兰特起身缓步朝门口走去。作为一家之主，他仍是面对外部世界的那堵墙。

他不像我开门前总先从猫眼看一眼，而是直接拉开了门。黑暗中并无一人，门口放着一个纸盒，是快递。"没什么可怕的，人不该死的时候谁也杀不死你。"听我说他不够谨慎，他不以为然地说。

他利索地用刀子打开那包装盒，是他订购的花架。因为浑身乏力，他已经有两个月不画画了，却仍支撑着侍弄花草。后院新栽了四株花色不同的玫瑰。屋里有两盆刚买回的虎皮金刚和春羽。

他咕哝着自己订错了尺寸，小了一号，而且台面左右不平。说罢起身去车库翻找，找到几个垫桌腿用的胶垫，几下就把那不平的台面弄得平衡熨帖了。

"他什么都能修！"特蕾莎自豪地笑着说。她不让我洗碗，驼着背在水池前忙活。向南的窗台上摆着十来盆盛开的蝴蝶兰，许多都是第二次开放了。

他们与离异的儿子阿瑟同住。阿瑟前几年在 200 公里外的棕榈泉开了个修车店，周末才回来。这个家就靠俩老人打理，但所有的布置都是阿瑟说了算。阿瑟喜欢九重葛，买了两株种在门口，死活也不攀那竹架。格兰特用铁丝牵着拉到屋檐上，没多久，那粉的红的花儿就摧枯拉朽般开得热烈。阿瑟交了新女友，不想再婚。格兰特开派对跟亲友表态："两人在一起快乐就好，那张纸不重要。"看到我两年前栽种的龙舌兰滋生出了许多小芽仔，格兰特说想移栽一株种到他家前廊外空地上，可拿着铁锹转悠了半天，还是没决定要那纯蓝叶片的还是绿叶带金边的，"我问问阿瑟吧。他不喜欢院里的植物太乱了。"

看他们一丝不苟地活着，我总不由得感叹，多么热爱生活的两位老人！病痛，衰老，都没让他们放弃对美好的追求。

"要是自己在家害怕或有事，就打电话给我们。"道别时，立在门口，他们殷殷地嘱咐着。

雨终于下了起来。风声比雨声更响更急，似乎和雨在比赛。临睡，我再望一眼手机里那个陌生的号码，不由得想，黛安娜可有地方避雨？如果她有格兰特和特蕾莎这样的父母，这一生，至少，不会活得像个飘蓬吧？

1

山风被一对乌鸦的翅膀扇动起来，寒气从脚底直抵脑门，我裹紧厚夹克仍不禁打了个哆嗦。那天是 5 月 4 日。洛杉矶的女孩已穿上了短裙，距它北部 160 公里这名为特哈察皮（Tahachapi）的山谷却只有 9 摄氏度。

天阴着，脏白色的云在半空低沉着，像一团团被遗弃的破棉絮。风声是唯一的背景音乐。树木并非没有，却都细瘦得像十来岁的孩童，稀疏地点缀在土褐色的山峦间。去年冬天的衰草在坡地上蔓延着，其间点缀着刚绽放的一年蓬，像明黄色的迷你烟花，东一簇西一片，昭示着春天确实来了。

你们在哪儿呢？这一路跟随我的呼唤之声更切近了。我那群一百多年前在这里劳作的同胞呢？他们一锹一镐铺就的铁轨，在这寂寥的山谷发着幽光。明知他们早已尘封在历史里，可我心底却盼着望着，似乎只要睁大双眼，我就能看到那三千个熟悉的身影，就可以走上前，为正在干活儿的他们端上一碗温热的水，或者只是用乡音打个招呼。

抬眼间，我忽然看到那小山顶上矗立着一个巨大的白色十字架，不由得心跳加速，莫非？我知道他们有些人没能活着离开这里。我急切地指给史蒂夫看。"哦，那是环路十字，纪念的是 1989 年 5 月 12 日在火车出轨中丧生的两名南太平洋铁路员工。"

汽笛声骤然响起，高亢且霸气，仿佛要将天地撕开一道口子。枯树枝上的乌鸦惊飞到半空，哇哇叫着重新寻找安全的落脚点。我们本能地四下张望着，如草丛中慌乱奔逃的蜥蜴，寻找着那似乎从地底下滚来的惊雷。"在那儿！火车来啦！"我们俯身钻过铁丝网，蹚着杂草奔向崖边，全然不知脚下的山体是否会塌陷，也顾不上在这响尾蛇出没的地方随时会被咬上致命的一口。

随着那震人耳膜的鸣笛，一条灰蒙乌涂的巨蟒从远处的山坳中钻了出来，气势汹汹，君临天下，好像它是这片土地上唯一的主宰。我举起手机调到视频录制模式，像把枪对准了等候多时的猎物。轰隆隆，哐当当，这有着长长身躯的家伙从我脚下张扬地爬过，震得细碎的石块土粒乱了阵脚。它像只百足之虫，昂然向前挺进着，大有把一切都毁掉之势。我屏息盯着镜头里的它，这分明是一个有着铁血意志和精明头脑的怪物，森森然匍匐前进一公里左右，熟门熟路地钻进了前方的山洞，而它的尾部还在山坳的另一面没有显露出来。

风吹得更猛烈更凛冽了。心跳如擂鼓，我暗暗提醒自己不要慌乱出错。右手举着手机，左手摁着帽子。立在那儿，一分钟，两分钟，3 分钟，手冻僵了，清凉的鼻涕开始滑下来。那风力只要再强劲一点儿，我相信自己就会毫无悬念地被吹到山下，落到那怪物的身上。别，我宁愿落到那铁轨上。那是我背井离乡的先人们 148 年前铺在这荒野上的物证。

站成化石，拍了足足 5 分钟，那长龙的尾巴才在哐当作响声中钻进隧道。

"我活了七十多年，从来没见过这么长的火车！至少有 5 英里。你没听刚才那火车博物馆的老人说，如今货运公司为了追求利润，恨不得挂上几百个车厢。正是因为太长，脱轨事故时有发生。"史蒂夫那犹太人的大鼻子被吹红了。"一百多年前，在这儿修铁路的那些中国人肯定想象不到，美国人到现在都还离不了这条铁路，号称美国最繁忙的单轨货运线！他们更想不到，有个同胞会专程到这儿来寻访他们当年做苦力的工地。看你那么专注地录像，我都没敢吭声儿，还犹豫着是否该揪住你的衣襟，这风，我的天，太吓人了！"我边擦鼻涕边谢了他。一向爱说话的史蒂夫在那漫长的 5 分钟里确实安静异常。

我们来这儿其实不是来看火车，而是看那段铁路迷们都知晓的环状铁路，特哈察皮环线（Tahachapi loop）。长度达到 1200 米（约 58 个车厢）的列车驶到这个山包，都会像巨蟒一样盘旋上升着前进——头腹部在坡顶和山腰爬升，尾部正好压在低于头部 77 英尺（23 米）的隧道中。之所以叫作"环"（loop），指的是铁路在 2% 的坡度盘旋行进时形成的圆环，直径 370 米，两端触手般延伸出去，一侧通往东部莫哈韦沙漠，一侧西接贝克斯菲尔德平原。

史蒂夫这探险家嗅觉灵敏，总能像猎狗一样从陈腐的历史沙漠里找出水源。"离你住的地方不过一小时车程，在荒山野岭里有条世界闻名的铁路，被称为七大铁路奇迹之一。1874年，有3000名中国劳工被招募过去，花了两年时间，让旧金山和洛杉矶有了相通的铁路。想去看看吗？"我当即应允。身在海外，凡是与中国人有关的历史，无论多么细微，总像磁石吸引着我去见证。

上路时下着蒙蒙细雨。从我客居的小城出来，沿只有两车道的公路朝东北方开过去，沿途所见和百年前西部片中的场景一样，是一望无际的荒野。好在除了不知名的灌木，不时能看到哨兵样挺立的约书亚树（Joshua）。铁一般的身躯倔强地站在沙化土地上，耐旱，耐寒，耐酷热，它们每年只能长3—6厘米，比枣树还道劲粗糙的树干密度极大，枝干顶端是一撮鸡毛掸子一样的窄绿叶片。这在极端环境顽强地存活了250万年的树，比猛犸象还古老。为了生存，叶片越发退化，丝毫没有叶子的丰盈柔美，坚硬得像小刀片，谁不小心碰到其边缘和尖端，皮肤会立即出现血道子。也正因这坚韧，在我眼中貌似粗鄙的它们，比庄严的老橡树更让我钦佩，每次经过，都拿出相机，在心底赞叹着，拍了又拍。

翻过一道山岭后细雨停了，天仍是阴晦的，电力风车如森林浮现，这一片，那一丛，高的如巨人，矮的似孩童，在这人迹罕至的低坡上笔挺地站着，满怀深情地伸展双臂迎风舞着，让人看了莫名有点儿感动。

特哈察皮（Tahachapi），这从名字上就知道与原住民有关的地方，我早就想去一睹风采。第一次听到这怪异的地名还是在露天旧货市场，一位面容沧桑的老太太总出售些价格三五美元的旧物，从日式小香炉、兽皮坎肩到多肉植物、旧瓶旧罐子，做她的主顾久了，我们不时聊会儿天。她说她来自特哈察皮："我们那儿是沙漠和荒山。我那女婿从旧金山来过几次，晚上看到满天星星，说美得让他舍不得睡觉。"我跟白人邻居们提到这个地方，他们多半都会宽容地微笑着欣赏我的惊奇，似乎都含蓄地传递出一个信号，那儿其实是个鸟不拉屎的地方哦。

我翻开手中那本关于美国原住民的手册，知道了这个地方曾在两千年前就有了人迹，一个名叫"kawaiisu"的部落从沙漠里搬到了这片山谷，把定居的这片地方称为"tihachipia"，意为甜水和橡子。"加州是 1850 年加入美国联邦的，4 年后，这里有了最早的定居者，治安相当不好，几乎每个男人都配着六连发的左轮手枪。"去年人口普查显示，小镇有 13000 人，多半是白人，其次是黑人和其他混合人种，纯粹的原住民几乎没有了。

"当年为什么要选在这人烟稀少的地方修铁路？这里既没木材又远离市镇。"我不由得问道。史蒂夫虽非历史学家，却是个历史考证迷，曾在洪都拉斯的虎豹毒蛇遍地的原始丛林发掘出了猴神之城，被掩埋了 4000 年的古文明。他自觉很庆幸，当年的考古得到了时任洪都拉斯总统胡安·埃尔南德斯（Juan Hernandez）的支持。2024 年 6 月，在被美国监禁两年后，胡安以毒品受贿罪被判入狱 45 年。

"这还要从那条纵贯了美国东西大陆的铁路说起。这条长 1776 英里的铁路彻底改变了美国人的生活。你知道，美国第一台蒸汽机车于 1830 年亮相，在接下来的 20 年里，铁路轨道连接了东海岸的许多城市，密苏里河以东铺设了大约 9000 英里的铁轨。为了淘金和得到土地，第一批定居者开始西进。怎么来？陆上旅行既危险又困难，穿越山脉、平原、河流和沙漠，大多数地方荒无人烟，坐马车要颠簸六个月。没有补给，还会被抢被杀。有些人不惜绕远走海路，沿着南美洲顶端的合恩角绕行，或者冒着黄热病和流感的风险，穿越巴拿马地峡乘船前往旧金山。那一趟下来多么劳顿可想而知，而且费用不是谁都负担得起的，有人花掉 1000 美元！"

史蒂夫忽然停车，隔窗望了一眼立在旷野中的约书亚树，好奇地问我是否如愿买到了一株小树苗。我告诉他，找遍了洛杉矶所有的园圃，居然没有一家卖这树苗的，不甘心地上网查了才知道，加州于 2023 年颁布了《西部约书亚树保护法》，禁止私人买卖、拥有和盗挖，因为这寿命可达 150 年的树种濒临灭绝。"最乐观的估计，到 2070 年，现今的约书亚树也将只有不足 1/5 的存活率！"

史蒂夫也是个园艺迷，家里房屋并不豪奢，院子却被打造得像植物园，许多濒临灭绝的本土植物都在他家找到了栖身之所。他独独不种这约书亚树，理由是生长得太缓慢，它还没长到小腿高，他就睡在地下了。"说到底，这地球上植物、动物包括人类的历史，不过是一部生存奋斗史。"

他接着聊铁路。1862 年，美国国会通过《太平洋铁路法》，委托中央太平洋铁路公司和联合太平洋铁路公司修建连接美国东西部的横贯大陆铁路。为了公平竞争，并未一分为二划定中间会合点。在接下来的 6 年里，两家公司分别开工奋战，西侧始于加利福尼亚州的萨克拉门托，东侧以内布拉斯加州的奥马哈为起点，谁修得快谁就得到更多利益——每铺设一英里轨道，公司将获得 6400 英亩（后来翻倍至 12800 英亩）土地和 48000 美元的政府债券。"在西部这边，你可能听说过四巨头，其中的斯坦福就是斯坦福大学的创始人，亨廷顿，你更不陌生，你常去的亨廷顿图书馆就是他的家业。这些人都是雄心勃勃的商人，之前虽然并没有铁路、工程或建筑方面的经验。他们冒险举债来修铁路，也不惜利用法律漏洞从政府那里获取尽可能多的资金支持。"

听史蒂夫津津乐道这些历史，路途瞬间缩短了，我已经望见前方低洼处有了人烟。

联合太平洋公司在平原上的铺设速度相对较快，而其竞争对手公司在山地上的移动速度却很慢。1865 年，由于条件艰苦很难留住工人，西部施工方开始"冒险"雇用中国劳工——华人一直被认为不能胜任高强度的体力劳动。当时，已经有五万名中国移民居住在西海岸，多数是在淘金热期间从中国广东来的，被称为"广东大军"（canton army）。到1867年年初，大约有14000名华人在内华达山脉的铁路沿线劳作。

1869年年初，两家铁路公司的工作地点相距仅数英里，新就职的总统尤利西斯·格兰特宣布，他将扣留联邦资金，除非两家铁路公司就会合点达成一致。终于，双方同意将犹他州的大盐湖以北的海角山顶（Promontory summit）作为铁路会合点，距离萨克拉门托约690英里，距离奥马哈约1086英里。5月10日，一群工人和政要在"金道钉仪式"上观看了最后一根道钉的打入。那张令人瞩目的黑白合影以政要、商人、军队为主，象征性地点缀着几名华工。据说本来有更多修路华工在场，在合影时被要求"别进入镜头"。

"你知道那枚由17.6克拉黄金混铜打制的道钉现在值多少钱吗？去年的拍卖纪录是220万美元！当时是由斯坦福的朋友，一位旧金山的承包商作为礼物订制的，值200美元。铁路建成后，东西部的路程降至四天，价格虽然听起来并不便宜，头等座要134.5美元，相当于今天的2700美元。修建了铁路的中国人和黑人一个待遇，只允许坐末等车厢，65美元。"

横贯美国的铁路主干线建成后，为了连接加州中央山谷和南部，铁路继续贯通，需要向东穿过特哈察皮山丘到莫哈韦沙漠，但如何解决坡度攀升是个不得不面对的问题。土木工程师威廉·胡德（William Hood）和他的助手设计了这环绕路线：火车绕着环路中心的圆锥形土丘顺时针旋转，海拔逐渐升高23米，成为"陡峭但可控"的2.2%坡度。1882年，该线路延伸至南加州和莫哈韦沙漠，参与修建的也是8000名中国劳工。

说话间，车已经开到了路的尽头，灰褐的山峦屏风般挡在面前，只能左拐，零星简陋的平房出现在路的两侧。这就是传说中的小镇特哈察皮了。

你们在哪儿呢？那个声音再次响起。我不由得热切地打量着这活在历史中的小城。

房屋从色彩到样式各不相同，不同色度的灰、蓝、白，都像洗旧了的衣衫，褪了色，谦逊朴素地立在那儿，腼腆中带点儿木讷，像19世纪在地里干活儿的美国农民。偶尔看到几个行人，那神情本是小地方的自得其乐，放松中带几分保守，看到我这东方面孔，似乎有些意外，但都能掩住好奇绝不再看第二眼。街道出乎意料地宽，更显得小城冷清寥落。文明的迹象在这美国大地上又显而易见，电影院、邮局、图书馆、博物馆、艺术品店都妥妥地站在街边。这些公共建筑都很高大，带着沧桑平和的表情，有的墙体爬满了翠绿的老藤，有的被成行挺拔的杨树守护。最吸睛的是那建于1928年的教堂，淡灰的墙平展得没有一丝装饰，让人联想到传教士干净宽松的布袍。弧形顶的小窗窄而高。没有夸张的十字架，反倒有个笔直的烟囱从墙根伸向天宇，很有点儿家常的烟火暖意。

地方小，往往不欺生，游客的心里就踏实。我这初来乍到者，竟有着一种说不清道不明的归属感。史蒂夫随意把车停好，5分钟后我们已经过马路来到了那铁路博物馆。

小小的，不过是一排平房。这建于1904年的铁路车站曾是骄傲的，作为六个南加州车站之一，它是唯一自建成起就蹲在原地的。它甚至成为1952年那场大地震为数不多的幸存者。屋舍和人一样，没有永远的幸运，2008年，它毁于一场大火，如今这平房是照旧复建的。

"不收门票，但欢迎捐款。要不我们可能早就关门大吉了。"不足10平方米的小屋是前台兼礼品店，一位七旬左右的老妇面容和蔼，皱纹、笑容和花衣衫，庸常随意得像在自家厨房。看我在那签名簿上写"来自中国"，她慈祥得更像个祖母，"你会去看那铁路吧？快150年了，每天仍有几十趟货车在上面跑来跑去，当然，已经不在这一站停了。"说着，她递给我们一张简易地图，显示如何从小镇到那特哈察皮环线。

我们各捐了5美元，走进那并不太遥远的历史。

道钉、枕木、锁、链、斧、铲、锹、汽灯……当年铁路上能看到的部件，都在无声地细诉着当年。一位老者似乎是博物馆的志愿者，和刚才的前台大妈一样热情地招呼着不多的参观者。"看，这是当年有钱人的小房子！"他揶揄地撇下嘴，麻利地翻动那几块超大的书页状的模板，四巨头肖像赫然眼前，个个目光深邃，似哲人般肃穆。他们当年的豪宅就是放在今天都相当威仪可观。

"再看看这个，修铁路的中国劳工住的小帐篷。"那是一张巴掌大的黑白照片，孤零零地贴在展墙的下缘，荒野里，那搭在路基边的帐篷小得像一块块风一吹就会破的薄手帕。"中国劳工每月得到的工钱是24—31美元，还要扣除住帐篷的费用和饭钱，甚至他们还要付租用工具的钱。那些爱尔兰人、德国人或其他白人，不仅工钱高，还不用另付这些费用。算下来，中国人的收入不足其他人的2/3。"

这让我想到离我住所不远的那个名为圣费南多的火车隧道，2.1公里长的钻山铁路，也是由1500名中国工人在1875年爆破开凿的，其中大部分人都有在特哈察皮建铁路的经验。据说当时他们的工钱是每天1美元，而白人则是1.5—2美元。

"他们多数来自中国的农村，没有受过教育，所以也没有什么文字记载留下来。修完铁路后有人回了中国，有的去了加拿大修铁路，有的则留下来从事种菜、当佣仆、修建沟渠、采矿等白人不愿干的活儿……"老人说，除了那张小小的黑白照片，整个展厅再也没有任何资料与中国劳工有关。据美国历史学家粗略估计，在大铁路修建期间，约有 500 名中国人死于山体滑坡、爆炸、疾病和暴力。

"中国劳工好像也举行过一次罢工，为了得到与白人相同的报酬、减少在狭窄危险的隧道工作的时间，好像没有成功。"史蒂夫说。

"那是 1867 年 6 月 19 日，就在加州，一场大规模隧道爆炸导致一名白人和五名中国工人死亡。6 月 24 日，3000 名中国工人横跨三十多英里的铁轨，开始了有组织的罢工。尽管这对铁路的及时竣工构成了致命威胁，但资本家多精明，斯坦福下令切断了中国工人的食物供应。八天后，罢工结束，中国工人的任何要求都没有得到满足。不久，公司悄悄提高了一些有经验的工人的工资。"老人熟练地介绍着，说那次罢工并没有彻底失败——至少，中国工人向世界传递了一个信号，不能把对中国劳工的歧视视为理所当然，华人并非被动、顺从和没有尊严。

听到此，我不由得想到曾采访过的那位有着一半中国血统的老者——《寻找金山》的作者默雷·李（Murray Lee）。他记述了中国劳工初到美国的苍凉一幕。来自广东的穷苦后生，扛着铺盖卷提着竹篮子，靠赊账得到一张船票来闯美洲。找到工作后从工资扣除船票钱，通常需要 3 年才能还清。船上缺吃少喝，容身的空间极小，在海上晃半年左右，没病饿或绝望而死的最后在旧金山登陆。那破旧的行李卷要被海关人员认真搜查，以免有人走私鸦片。出口处，有同样乡音的先来者大声叫着他们的名字。一辆二手汽车很快被行李挤挤挨挨地塞满，在海上漂了一百多天的皮包骨们跟在汽车后面小跑着，前往那乡人聚居的临时所在。从那里，他们尚羸弱的身体期待着奔赴靠出卖体力而谋生的陌生之地，去挖金矿或修铁路，每天工作 11 个小时……

隔壁小展厅里，一位叫理查德·希尔（Richard Sear）的美国人的发财故事却非常翔实。这位 19 世纪 80 年代在明尼苏达州红树林车站当调度的铁路工人，看到了一车皮被当地钟表商拒收的怀表。他利用收发电报的优势和正渐兴盛的铁路网，捎带手做起了卖表业务。赚得盆满钵足，他开起了自己的钟表厂。他找到了一个让他的事业更上层楼的黄金搭档——为表做售后服务的雷布克（Roebuck），成立了西尔斯·罗巴克公司（Sear Roebuck）。"相当于现在的亚马逊，美国人用得着的一切都可以从他们的目录上邮购，我记得我叔叔甚至邮购了一套可拼接的房子。"史蒂夫兴致勃勃地说。直到亚马逊和沃尔玛兴起，这公司才日渐萧条并在 2018 年宣布破产。在美国人享受铁路便利与实惠的时候，那些中国劳工却面临着最可怕的歧视，1882 年排华法案出台。其实法案正式颁布之前的十几年，中国人在美国的处境已经非常艰难。美国华裔人口从 1881 年的 105000 人下降到 1920 年的 61000 人。每年赴美的人数从 1882 年的 4000 人下降到 1887 年的 10 人。

我迫不及待地想去看那铁路环，至少那铺在地上的铁轨比人类写下的文字更真实可信。

跟随导航，不过十几分钟，我们已经置身山间，沿公路缓和地盘旋而上，来到可以俯瞰一片洼地的高处。路边铁栏杆旁立着一块金属牌，注明于 1998 年 10 月此地被列为美国历史土木工程标志。"你面前看到的就是特哈察皮铁路线，全长 28 英里。由 3000 名中国工人建成，他们只配备了镐、铲子、马车等工具，钻穿坚硬的风化花岗岩，打通 18 条隧道、10 座桥梁，在此建成了 1.16 公里长的螺旋状环路……这块牌匾献给完成这一壮举的工程师和中国工人。"

比我们先到的是一对年轻的白人夫妇，他们和七八岁的儿子趴在栏杆前，显然是在等着火车经过。打量着我，丈夫礼貌略带迟疑地问我："你，是他们中某人的后代吧？"

我笑了，说："多么希望我是。"

"白人担任监督或技术职务，如木匠和铁匠。中国人的工作范围很广，在沟壑河流之间的荒野中，他们清路和挖掘，平整铁轨，铺设枕木铁轨，修建土堤，搭土墙和栈桥，安装电线杆和电线。他们使用镐、铲子、铁锹、独轮手推车和马。他们每周工作六天，从黎明到黄昏。他们穿着靛蓝色的上衣和宽松的裤子，戴着草帽，留着辫子——这是清朝帝国规定的满族发型……"这是我刚读到的那篇《中国人是如何修建铁路的》中的文字，作者是雷蒙·钟（Raymond Chong），一位有着华裔血统的第五代美国人。"他们温柔地回忆往事，并给亲人写信。他们八人一组住在单薄的帆布帐篷里。晚饭前，他们用热水擦澡，换上了干净的衣服。他们总是喝温热的茶，用草药治疗疾病。在这种严峻的环境下，他们之间充满了友情。"

我能看到的，只有细窄无声的铁轨，在灰暗的天光下紧贴在大地上，磨得发亮，像两条扛在单薄肩头的扁担。与之为伴的是远近山峦，一百多年来，它们一起看着那装载着货物的巨蟒来去狂奔。

铁路有脚，穿越三个世纪活到了今天。铺铁路的人早已躺在地下。他们的血肉之躯与当年扛着担着的枕木、道钉、石块一样寂然无声。在这春天的荒野，他们又分明轻飘地立在那儿，远近高低，半浮在空中，都是他们细瘦无助的身影。他们沉默着，与我互相打量，眼神亲切又淡然，像我失散多年的叔伯和兄弟。同根同族，同样站在别人的土地上，我们经历着截然不同的命运。可为何，我觉得自己只不过是他们中偶然偏离轨道的一员？

风再起，这次我没哆嗦，而是叹了口气。这让人跨海翻山来看一眼的，何止是一段铁路，分明是无名魂灵的望乡台啊！

4

"咱们到高处去看看吧。"听说火车运行没有规律的时刻表，史蒂夫比我还没有耐心。我们沿山路开了不过 5 分钟，刚停下车，就听到了火车汽笛的轰鸣。

虽然错过了火车在那环线上行进的壮观场面，虽然双手冰冷不停地吸着鼻涕，我们仍兴奋得像小孩看到了期盼的焰火。

再回到环路边，火车已经离开。不甘心地茫然四顾，除了那个小铜牌上的"Chinese"，他们从此地消失得无影无踪，像从来不曾存在一样。可他们明明又像一条河，在历史的地层深处暗暗流淌着。我走近，不过想掬一捧在手，感知它的温度，却无从下手。他们被看不见的冻土封住了，朵朵鲜活的浪花不再跳跃，他们集体化为照片上那个枯瘦的身躯，孤零零立在苍穹下，戴着草帽，肩着重物，面对镜头，卑微地隐忍地笑着。背上那条长辫子，是对故国对亲人的牵系，是不能割舍的乡愁。他们是不叫屈不低头的汉子，在异乡徒手徒脚创造出了奇迹。他们又不过是一群柔弱的孩子，当年与母亲分别时泪流不止的孩子……

看我情绪有点儿低落，史蒂夫建议我们去当地人排长队的一家餐馆吃午饭，招牌菜是烤猪排。

把车停在路边，往餐馆走。走在我前面的是位高大健壮的白人男子，手腕上银闪闪的表链与手链很耀眼。他不仅身形强悍，举止也带着几分目中无人的戒备与傲慢。他推开门，却没走进去，而是立在一旁，挥手礼让我。"有些地方的人政治上也许很保守，但在社交场合却又格外讲礼数。"史蒂夫看出我的困惑，悄声道。

我们都坐进了后院，露天的廊架下有些长条桌椅。看到那男人津津有味地对付一大块猪排，史蒂夫上前搭讪。"我可不是本地人，从佛罗里达来这里看一位老朋友——我小时候的保姆（baby-sitter）。顺便也看看那特哈察皮铁路环。我年轻时爱旅游又没钱，就常跳火车（hop train），曾好几次猫进货车车皮欣赏那环线。看着那火车像一条蛇一样盘旋前行，感觉好酷。我知道那是由中国工人修建的，他们是美国大铁路的脊梁（backbone），是他们教会了白人用火药炸山开路。他们被非常不公正地对待过，虽然我们的教科书并没那么写……"他 62 岁，刚刚从美国特种部队（Special Force）退休。听说我专门来看铁路，机敏的眼睛露出欣赏的光，用纸巾擦擦熊掌般厚实的大手，伸出来跟我握了一下。

桌子另一边坐着他当年的老保姆，一位头发银白的枯瘦老者，目光热切地打量着我，劝我去看看他在不远处莫哈韦沙漠里的传教所。"信上帝就会万般烦恼皆消。"特种老兵仍是有滋有味地吃着烤猪排，冲我顽皮地挤了挤眼，擦擦嘴，很认真地说："我倒觉得《圣经》里有几句话像在说中国人：'凡事包容，凡事相信，凡事盼望，凡事忍耐。'如果当年的华工活到今天，我相信他们也不是怨天尤人怒气冲天的。中国人有智慧，可让这古老文明延续至今的是忍耐力，就像莫哈韦沙漠里那些顽强的约书亚树。"

我不禁对这位看起来傲慢的"武夫"刮目相看。"哈，我突然明白了，怪不得你那么喜欢约书亚树呢！"史蒂夫笑道，"中国人的坚韧有点儿像我们犹太人，有弹性的民族，越被打压越顽强。"他又提到地球上的历史不过是生存奋斗史的说法。

"没错。悲哀的是，相对于植物和动物，我们人类更贪婪，以为获得和拥有的越多就越有安全感，所以，时时刻刻算计着如何占有更多。可是你看那些挣钱多一点儿的白人劳工，那获得了令人咋舌利润的四巨头，那靠卖表发了财的家伙，现在不都和中国劳工一样沉睡在土下吗？"退休的特种兵说着，眼里又闪出自嘲的笑意。

云淡了，太阳的光把木廊架的横条投射在墙上，像斑马的纹。风吹过，墙角那株大榆树枝叶婆娑簌簌作响，似来自另一个世界的话语——诸行无常，万物皆朽。放在历史的长河中，修铁路的华工，来看铁路的我们，在宇宙间都不过春夜的一场梦、风前的几粒沙！

我一直阴沉的心也和这天气一样，顿时释然轻松起来。

小城还有特哈察皮博物馆，是栋比旁边民居大一点儿的平房。火苗般的橙色小花在不大的前院开得热烈。美国历史不长，我曾步入过大小不一的许多地方博物馆，看到的是差不多的旧时光。

在1872年桌椅相连的小学生课桌上面放着散页发黄的西班牙语课本，旁边一页纸上是铅印的教师规则："每天早上来了点灯、通炉子。每个教师上班要带一壶水一篮炭。小心使用墨水笔，以防墨汁溅到学生身上。 在校超过 10 小时后，教师可以读《圣经》或其他读物。 女教师订婚或结婚者，要立即被解聘……"

木桶里摆着水果，篮子里放着鸡蛋。 价格让今人羡慕。 鸡蛋，12 美分一打。 梨，19 美分 4 磅。 樱桃，19 美分 5 磅。 一张发黄的纸上写着："所有桶、篮、箱都来自 1892 年小镇上的阿希便利店。"物品标的是 20 世纪 20 年代的价格。 当时的美国人均年收入是 3269 美元，相当于 2023 年的 49341 美元。 没错，一个个数字，一场场爱恨，都不过围着生存而转的过眼云烟。

"这里有没有与修铁路的中国人有关的物品？" 我犹豫着，仍是问了。

老人似乎有点儿意外，带着歉意地说："还真没有。"

"你听说过量子纠缠理论吧？ 即使在时空上相隔遥远，两个粒子也能瞬间影响彼此的状态，仿佛它们之间有着看不见的纽带。 如果相信灵魂存在，这个概念就暗示了另一种可能——即使在肉体死亡后，灵魂也能以某种形式继续存在和互相影响，不受空间和时间的束缚。"回程路上，史蒂夫认真地说。

我多么愿意相信这种理论是真的，那样，至少死者会看到希望，生者会得到安慰。

史蒂夫说他 6 月要去犹他州，参加大铁路开通 155 周年纪念活动，他有一位朋友是华裔铁路工人后裔协会会员："他们在州府盐湖城建了一个纪念碑，希望过往的人都记住，是中国人建造了这改变美国历史的大铁路。"

华裔铁路工人后裔协会？那些静止的浪花忽然在我眼前鲜活地涌动起来。生者，是死者的墓碑。我们约好，秋天去盐湖城走访铁路华工的后人。那时，我也许能替我的乡亲们续上这望乡台边的梦。

1

露丝离婚了。 准确说，73 岁的她被离婚了，结束了与 85 岁丈夫的
持续了 40 年的第二段婚姻，挥别后院的五棵柑橘树和遍地多肉，
突突地开着二手福特皮卡，搬到了老年公寓。 车里除了她从世界
各地淘来的旧物，就是一堆形形色色的石头和三只流浪猫。 公寓
房间小，她每月挤出 600 美元，租到小城郊外的一间仓储屋，为
那些她前夫眼里的破烂找到了安身之所。

认识她是在去年暮春。

烈日下的荒野，我们八人像长途跋涉的散兵，走着，瞧着，听着。
平心而论，风景并不差。 黄得耀眼的野芥菜花正开得漫山遍谷，
茎高没人腰，远看很像中国江南的油菜花田。 它们被称为入侵物
种，是三百多年前的西班牙传教士带来的芥菜籽的后裔——在美
洲新大陆的传教所之间沿途撒种，耐旱且能长两米高的金黄花海可
以当路标。

土生土长的野花也毫不示弱，暗紫，橘红，雪白，海蓝，有的是草
花，开在脚边，有的是灌木，顶在枝头。 花很美很舒展，叶茎却
都愣愣紧紧的，带着戒备感，让人想到几千年来与它们朝夕相伴的
原住民，脸上身上也是这样的紧张表情。 在这美洲大地上，本土

植物们没有被大自然淘汰掉，那些以它们为草药为食物的人却不幸地被所谓文明边缘化为稀有物种。

露丝的嘴一刻不能闲，不时被我们问东问西。她不仅能叫上所有植物诗意的俗称和拗口的拉丁名，还能道出它们的习性。比如，那开暗紫花的灌木是原住民捣碎贴在额头用来治疗头痛的，她有一次如法炮制，不仅头痛没退，皮肤还过敏，起了红疹。"恶心（Yuck）！"说罢她夸张地"呸"了一口，看似嫌恶，脸上那笑分明是孩童式的顽皮。

山谷干热。不久前下过几天连雨，一条很清浅的溪水在谷底流着。1928年3月12日深夜，灾难像幽灵无声地降临到洛杉矶这个静寂的山谷。刚建成两年的大坝决堤，60米深的洪水顺峡谷冲泻而下，裹挟着睡梦中的人、畜、房屋、树木、车辆，无情地狂奔87公里，直到跌入太平洋的怀抱才止歇了躁动。

厚重建筑残块像搁浅的鲸类，形状不同，姿态各异，不时映入我们眼中，或趴在沟底，或伏在堑边，与那些看不见的人一起，沉睡在近百年的噩梦里——它们都是灾难之夜被冲毁的圣弗朗西斯（Sant Francis）水坝残垣。最重的那块约重9000吨，崩裂后在洪水中卷滚着，落脚到1.2公里外的山谷，像为自己找到了坟墓。

"三面环山，修一道堤坝蓄水，这原是好主意。威廉·穆赫兰（Willaim Mulholland）已经建了18座水利工程，没有一座出过事故。"露丝嘴唇很薄，说话时皱纹在脸颊上聚拢成大小不一的菊花瓣。她个子瘦小，灰突突的立在那儿，像个不起眼的南美移民，可讲话的口气却认真而权威。我忍不住打量她，头顶的金发盘成贵妇髻，被身上廉价的野外短打扮衬得有点儿滑稽。她说，这大坝连接的两侧山体太致命，一侧是遇水很易溶解的砾岩，一侧是遇压力会瓦解的片岩。"大坝本身的建筑材料也过于粗糙松懈，泥沙混合鹅卵石，你们从残坝的断面也看到了，那石块比拳头还大，靠泥沙根本固定不住 12 亿加仑的水！"

与自学成才的穆赫兰一样，露丝这大坝遗址历史专家也是自修的。退休老太，无钱无势，十几年来奔走呼号，从市里到州里再到国会，为的是建一个国家灾难纪念馆。那天，是她主动为洛杉矶探险家俱乐部的成员们做导览，我作为唯一的非会员跟着去凑热闹。

"快 100 年了，没有任何机构对这遗址做过任何保护，年深日久，这个地方和那些死去的人都会被遗忘。宾夕法尼亚 1911 年的大坝灾难，死了 78 人，也没多少遗迹，可人家早就建成了历史纪念地……"大家都安静地听着，望着这个显然很倔强的老人，佩服之余似乎都在心底思忖：换了我，可是没精力也没心思这样做啊！

好几个人迟到了，她亦不恼不急，与早到的在土马路边说笑。

"我永远忘不了那一天，两院通过，这里终于被列入国家纪念名录。特朗普总统签署的日期，你说是不是天意？正好是 3 月 12 日，大坝决堤 91 周年！"她的脸被墨镜遮住一半，自豪之情却一览无余。

"那水坝遇难者中，我猜，有你的亲人吧？"一位蓄着络腮胡子的探险家迟疑着问。

露丝笑了，露出一口很整齐的白牙，她说还真没有。她和这大坝的渊源早在她出生前很多年就开始了。"我的外祖父是小城柏班克（Burbank）最大的地产开发商，他骄傲的不是他银行里的存款，而是他的垂钓技艺，自称有史以来最伟大的垂钓者。他想在这新建的水库钓鱼，但是大坝看守人托尼很不好通融，只允许他的朋友们在他的小船上偶尔为之。那天，我的外祖父母带着我当时年仅 6 岁的母亲来到这儿观光，很享受地沿着坝顶和翼堤漫步。我外祖母后来回忆说，这是她见过的最壮观的水库——山峦苍翠，水面宽阔，清澈如湖。经过外祖父几个小时的软磨硬泡，托尼终于答应下周带他去钓鱼。大家开心地说笑着，没有半点儿不祥的预感。两天后，大坝成为历史，托尼和未婚妻还有他与前妻生的儿子，成为最早的遇难者，他们的小木屋就在坝底不远的橡树下。"

露丝说她不止一次听母亲叹息着说到那悲惨一幕："决堤后第三天，我母亲随她父母再次来到这里……我的童年就是在母亲的叙述中与这里有了关联。6 岁时，我也第一次跟母亲到了这里。我相信宿命的安排，我愿意为我母亲心心念念的这个地方做点儿事。"露丝不是个讲故事的高手，一路走来，我才知道她的津津乐道缘于她的经历颇为传奇。她知道自己有爱说话的毛病，坦率地告诉我们，因为爱说话差点儿送了命。20 年前去亚马孙丛林探险，坐在小皮艇上不停地跟导游打听一种鳄鱼的习性，同伴划桨溅起的水进到她嘴里，她当晚腹泻、发烧不止，差点儿送命。

看到杂草丛中一块有黄色条纹的石头，她捡起来，摩挲掉上面的沙土，"多美啊！这是原住民当颜料的赭石（ochre）。"说着迅速凑在鼻子前闻了一下。我笑了，不由得喜欢上了她，去闻喜欢的东西，也是我的小习惯。

成立于 1922 年的探险家俱乐部自今年起开始接受女性会员，探险家史蒂夫主动为露丝做介绍人。"去过 78 个国家，登过 2 次喜马拉雅（一次登顶），为加州史上的大灾难奔走，你太够格了！"

史蒂夫与露丝同龄，好奇心让他不时发问，一个个问号像鱼吐出的泡泡。"年过 50 才去登喜马拉雅，为什么？"

走了才半小时，烈日下，每个人的衣衫都汗湿了，脚步也不自觉疲沓放缓了。听到这个问题，都来了精神，像羊儿听到了召唤，围拢些，竖起耳朵听着。

露丝定住脚步，深呼吸了两下，敛笑正色道："我每天都在想念一个人，那就是我已经去世的母亲。我是她唯一的孩子，在怀我之前，她流产了 12 次。我 16 岁时，她就允许我去西班牙求学，去非洲游历。她说，既来到世间，就不要浪费这个机会，做你想做的事。我曾被南加大、加州大学洛杉矶分校都录取过，读到半截，没了兴趣，就不读了。她并不反对。兴趣让我学会了好几国语言，西班牙语、德语、法语，还有一点儿汉语。我想让双脚站在那地球最高点上，去登喜马拉雅山。我不想在某天闭眼时后悔。"有风吹过来，是暖热的。远近盛开的花儿摇曳着，似乎想抚慰烈日下的来客。

露丝说她离过一次婚，与前夫有一个女儿。"她做金融，很有钱。母亲节时来看我，我说，跟我去大坝走走吧。她笑着说'No'，宁可窝在沙发上玩儿游戏。我现在的丈夫是退休的西班牙语教授，我每次劝他来，他也是那样笑笑，说'No'，他宁可一遍又一遍地清洗游泳池，即使一个夏天也没人在里面游一次泳。走，咱们去看看那块断坝。"语气里有无奈，脸上却仍是善解人意的笑，似乎早学会了把锋芒与个性收敛在羽翼下。我同情地拍了拍她的肩，她侧脸冲我眨了眨眼，那顽皮的笑再次浮现。

2

我们偏离公路，蹚着野草灌木的枯枝，走向一块只露出地面一角的残坝，不时有人蹲下，把那钻进鞋袜的扎人草籽揪出来。那残坝说是一角，也有 5 米高，小山般衬着蓝天，像巨兽的一块风化的骨头。醒目的是两个白色十字架，像两个幼童并排立在野草丛间，在那横条上分别写着两行黑色的小字："纪念 1928 年 3 月 12 日此地的死难者，愿他们安息。"

十字架不过半米，下面各有一个白色小铁皮桶，插着些假花。"谁安放的？也许是死难者的后人，也许只是毫不相干的人。上次我来还没有呢。"露丝似乎很是欣慰，招呼大家立在十字架边，她用手机拍照留念。那手机让我忘不了，比我远在中国小县城的母亲用的还小还旧。

我已经和老友史蒂夫多次到这山谷远足。遗骸一般的残坝，满山遍地的灌木野花，足有百岁的老橡树，让我印象深刻的还有水泥路面上那些涂鸦，一只有长睫毛的蓝眼睛仰望苍穹，一束用心拼成的红花被箭射得花瓣凋零，两个并排躺着的人形轮廓，还有些梦呓般的话语。虽是涂鸦，不同于涂抹在洛杉矶市区那些建筑物上，在这蓝天空谷，在水泥路面上，这带人类色彩与情感的痕迹别有一种况味。这次我却没看到它们的踪影。

"还说那些该死的涂鸦呢！我好不容易才用与路面近似的漆把它们盖住了。那些家伙专门跟我作对，挑一些不好够着的地方涂抹。你看，居然涂在那块残坝上！几年前，旁边水电厂的一个小伙子失踪了，我认识他，很好的一个孩子。他们公司在这儿挂了个寻人启事牌，居然都被涂了！"

露丝说那是对死者的不敬。残坝断垣下，甚至我们踩着的泥土下，都可能有一具从未被找到的尸骨。"猜猜我在这里捡到过什么？一颗成人的牙齿！我要设法找到看坝人托尼的亲友，验 DNA，看那是否是托尼的牙，他们父子的尸体从未被找到。"我头一次感觉与那些死者距离切近起来，也不由得张望搜寻，似乎随时会在地上看到他们遗留下的蛛丝马迹。

同行者有两位年轻女子，都高而胖，走得气喘吁吁，脸颊粉红，看到身形矫健的露丝，她们不禁有点儿难为情。"这儿？我来了至少有500次了。多半时候自己一人，有时带学校的孩子或游客来。"露丝倾听和打量别人时，那微笑像炉膛里燃烧过的炭火，温暖却不过分热烈。说着她俯身拾起地上一块碎玻璃碴，放进背包的侧兜里："危险品！它们闪闪发亮，秃鹫有时会俯冲下来当食物叼走，有时还喂给幼崽吃！"

看到草丛里有个脏瘪的塑料瓶子，她捡起来，抖抖土，从裤兜里掏出个塑料袋，折几下熟练地塞进去。"我现在看到废品就捡，攒多了去卖掉，钱都放在大坝纪念基金里。我请人做了预算，说建纪念馆，100万美元都打不住，我们账上只有20万。政府没有一分钱拨款，我们得自己筹集资金。一位大学艺术系教授为纪念馆做了设计，打算把那块墓碑仿制一块竖立在门口。啥墓碑，一会儿你们就知道了。"我留意到她的指甲秃秃的，与短短的指头一样彰显着劳作的实用功能。可她还爱美，染着暗红色指甲油，好几块都斑驳脱落了。我不由得想，如果她母亲在天上看到女儿这样，会欣慰地微笑还是心疼地流泪？

谁也想象不出，儿时的露丝可是要星星不给月亮的公主，是养在花园里的金丝雀。除了家产殷实的外祖父，她父亲还是 AT&T 电信

316

公司的副总裁。因相貌乖巧可爱，她3岁就给迪士尼做广告。说到这山野里可能与我们邂逅的动物，"熊、鹿、土狼，还有山猫！"她来了兴致，说请允许她讲个小插曲，"我9岁时，和父母住在北加一个90英亩的庄园里。听说我想要只山猫当宠物，我爸想法给我弄来一只小猫崽，尽管我家里已经有20只捉老鼠的谷仓猫，有七八只在屋里的宠物猫。小山猫才足月，走路踉跄，被测出来患有贫血。兽医让我们把家里所有的猫都带过去，看是否有与它血液相配的，还真有一只谷仓猫被发现有山猫的基因。住了三个月的院，它康复回家，从此与我形影不离。我父亲早出晚归，家里总是我和母亲相伴。有一天我们正在浴室洗澡，我似乎瞥见一个人影在我们家门口一晃。我告诉妈妈，她说我疑神疑鬼，大白天的……突然就见一个男人推开浴室的门，拿着枪对准了我们！他要我妈交出所有细软金钱。我们吓呆了，动弹不得。他上前抓住我的胳膊，把我拽进客厅，威胁说不给就开枪打死我。谁也没想到，嗖的一声，我的山猫从冰箱上蹿到了那人肩上，对他又撕又咬。血顺着他的脸流了一身。他叫骂着仓皇跑出去，后面还跟着那愤怒的山猫……"我们都听得入神了，正好走在一株老橡树下，不约而同收住脚步，立在树荫下。

"我妈报警。警察问有什么物证，我们说有，一只耳朵，一只左轮手枪。很快，警察就在一家医院里找到了那个少了一只耳朵的家伙。"在大家惊讶的唏嘘声中，露丝说，也许是从那时起，她对动物产生了特别的情感，甚至相信动物们对她也另眼相待。"有两次远足，我都遇到了美洲狮，近在咫尺！那身上的毛皮细腻的呀，让我想伸手抚摸！我既兴奋又紧张，张嘴对它们不停地说话。它们打量着我，最后都像大猫一样，安静地走开了。"她曾 26 次前往坦桑尼亚，两个月后会再启程，不为别的，"去看那儿的动物们！"

就这么走着聊着，烈日不再难耐。约莫走了两公里，沿路侧一个土坡下去，我们来到小杨树林边，那窄浅的小溪从中流过。有对情侣正在那儿歇息。"请别打扰这里的鱼儿，无甲棘鱼，那是濒临灭绝物种，投放的鱼苗比金子还珍贵。"那俩年轻人听到忠告，不由得肃然起敬，说他们经过这溪水的上游时看到芦苇丛边的小水洼了，那里居然有许多蝌蚪。"它们也是受保护的濒危物种，红腿青蛙，马克·吐温的小说里写到过的……"露丝接口道，掏出手机让我们看那成年青蛙的照片。

有人恨不得把一分钱掰成八瓣花，露丝则恨不得把自己分成八个人活。"在这个人口只有二十多万的小城，有个 2500 人的远足俱乐部，每周有两天在路上，上周刚去了莫哈韦沙漠。我们有个捡石头俱乐部，好几个人都是地质专家。旷野里形形色色的石头，在我眼里比珠宝店里的可爱有趣多了。还有野生动植物俱乐部……"她几乎没有一天闲在家里。我越发喜欢她。一个人身躯即使老迈干瘪了，仍然可以活成一株饱满的稻穗。

距树林不远，就是那大坝遗址，一片米白色的废墟，如被开采过的岩矿，高低不平的小丘，与周围青黛的山峦相比显得了无生机。露丝从背包里拿出一个方正厚重的相册。第一张黑白旧照上，就在我们站立的地方，赫然矗立着一道高大的断垣，直上直下，像个几层楼高的墓碑。"这是那场水灾后仅存的一块没被冲走的堤坝，立在 210 米长的大坝的正中，被人们黑色幽默地叫作墓碑（gravestone）。"

那水坝当初也挺雄伟，高 56 米，底部地基有 62 米宽。露丝说可惜这天意般的留存也被炸掉了，原因有点儿可笑——水灾过后，两个少年与父亲来这里参观，同行的还有少年的一位朋友。他在山坡上抓到一条小蛇，冲正站在这墓碑顶上的同伴扔过去。那孩子被吓坏了，失足跌落下来摔死了。为了杜绝此类安全隐患，官方竟下令把它炸掉了。露丝说罢无奈地瘪瘪嘴、耸耸肩。

洛杉矶水电厂的厂房之一就在这山谷入口处路边，水灾发生时，那间作办公室的小平房被冲得无影无踪。如今取而代之的是一栋古香古色的楼房，被铁丝网围起来，一块铜牌上简单记述着那场灾难，写明死者为 451 人。"我查访到的就有 600 人了。没有被计算进去的占大多数，有些全家被卷走，自然无人报告失踪，还有许多没身份的墨西哥劳工，死活更是不为人知。有人估算，真正的遇难者得有 1600 人。"有些幸免于难者的后人主动找到露丝，跟她讲述当年父辈或祖父辈经历的那场灾祸，因此她手头有了这本珍贵的散发着坟墓气息的相册。

工程师威廉·穆赫兰，这位体面威仪的绅士，面对着相机，却没看镜头，苍凉的目光让那张脸上的悲伤无处逃遁，髭须修剪得很整齐，与稀疏的短发一样花白。这个生于 1855 年的爱尔兰人很小失去母亲，因为一次考试成绩不好被父亲殴打，15 岁的他离家出走去当海员。4 年间来往美洲与欧洲近 20 趟，最后他决定留在美国这片年轻的土地上，在当时人口只有 9000 的洛杉矶找到了一份挖井看渠的工作。他见证了这个未来大都市第一条金属供水管道的铺就。他吃苦耐劳，心思缜密，是洛杉矶地下地上管道的活地图。1913 年，已是供水局主管的他设计修建了当时世界上最长的水渠渡槽，让水源从北部的欧文斯湖沿重力奔流 375 公里到了洛杉矶。

我客居的小城就在 5 号公路边，每次去洛杉矶找史蒂夫探幽访古，我都能看到穆赫兰一百年前的杰作。蓝天下，五车道的高速公路上车辆快速穿梭，路边山坡上，那里有段几乎直上直下的露天水渠还在尽职尽责，银白色的水流滔滔，和时光赛跑一样不知疲倦地奔涌，那拙朴结实的沟渠是那么原始而壮观。——"在这儿了，拿去吧！"（There it is. Take it!）这是 1913 年在水渠开通仪式上他献给洛杉矶人的心血与豪情。当时的他已经 68 岁，执着得可敬，自信得可爱。没人能够想象，15 年后，他的万丈豪情会将许多无辜生命送进地狱。

建圣弗朗西斯大坝之前，穆赫兰已为洛杉矶建造了七个小水库，但用水依然紧缺，毕竟洛杉矶人口在 1920 年超过了 57 万，不再是 1900 年那人口不过 10 万的小城。

1926 年 3 月 12 日，经过两年的修建，洛杉矶人期盼的圣弗朗西斯大水库开始注水。对在北部湖区生活了上千年的原住民来说，那无异于强取豪夺，十余年来，他们为了捍卫生命水源多次用炸药破坏穆赫兰的引水渡槽。谁也没有想到，不多不少，整整两年后的同一天深夜，灾难降给了"加州水战"一直以来的胜者——大坝决堤，在 70 分钟内堤毁水尽，以每小时 19 公里的速度狂奔，裹挟着无辜的生命直抵太平洋，即使在入海口，洪水气势也未消退太多，3 公里宽的水面以每小时近 10 公里的速度奔流！

有一位木匠，在决堤前 5 分钟开摩托车经过大坝，听到了异响。他停下来，以为是自己的车出了故障。吸了根烟，朝大坝望了一眼，继续上路。他成了最后一个见证大坝的人。

穆赫兰离开灾难现场的孤独背影被某个记者捕捉到，风吹起他的西服一角，那背影是那么凄惶。照片左下角一行字："broken man！""破碎的男人！"这位心碎的工程师自此一蹶不振，一句"我忌妒那些死去的人……"让闻者噤声叹息。穆赫兰当初其实曾考虑过选另一个地址建大水库，因地主要价过高但政府预算有限而不得不罢手。

7 年之后，他郁郁而终。

遇难者的故事大多与洪水一起湮灭了。是露丝的四处奔走，记录下了那段洪流中残剩的片段，那些四处搜寻到的老照片，像黑白电影一般为我们回放着历史。

一对年轻的夫妇——莉莲·柯蒂斯和莱曼·柯蒂斯，目光干净柔和，在相册里望着我们。他们于 1921 年结婚，有二女一子。丈夫莱曼感到很幸运，在洛杉矶水利局找了份工作，全家被安置在二号水电站旁的小木屋中。在乡野生活是莉莲的梦想。他们并非没有害怕过，早听到过大坝有裂纹和坝底山坡上有渗水的传闻。决堤当天，前去视察的穆赫兰还安慰大家说没事，那些小毛病也许是原住民趁人不备搞的破坏。

半夜时分，一阵雾气似乎从单薄的门窗飘进来。莱曼起身打开门，看到了那猛兽一般扑来的洪水，惊慌地叫醒妻子和睡在同一屋的儿子丹尼，把他们从后窗推出去。"带着孩子往山上跑！"这是他留给妻子的最后一句话。

妻子带着儿子没命地在齐腰深的水中艰难跋涉，她曾一度停下脚步，盼着看到丈夫和两个女儿的身影。"妈妈，请不要让洪水带走我们！"儿子恐惧的呼喊让她不敢迟疑，拽着他往屋后的山头爬去，同时奔命的还有家里那条斑点狗。他们幸运地躲过了洪水。天太冷，她哆嗦着徒手在山顶挖了个土坑，把儿子放进去，为了给他点儿温暖，又让狗趴在上面。伤心欲绝的她哭肿了双眼，也没等到丈夫与两个女儿。

露丝很幸运地与莉莲再婚后的孙女面对面，得以再现那个至暗时刻。1978 年，圣弗朗西斯大坝幸存者曾聚会过一次。丹尼和母亲莉莲到场，回忆起死里逃生的那一刻。"妈妈，请不要让洪水带走我们！"小丹尼的呼喊隔了半个世纪悲切依然。

一个目光沉静从容的年轻男子，着浅色西装，望着前方，头顶的卷发像融化了的蛋糕可笑地偏向一侧。他来自明尼苏达州，自小爱水，是个游泳迷，即使破冰也要与水亲近。他在洛杉矶水电厂谋到了个差事，成了莱曼夫妇的邻居。洪水来了，他本能地扑腾着游动，憋着气浮出水面，摸到一块天花板，浮上去，浪头打过来，他失了重心，幸运地被一棵树挂住。求生的本能让他不停地在浑水中游动，终于落脚在山坡上，遇到了女邻居，旁边是她打哆嗦的儿子和汪汪叫着的狗。

"他没白姓了上升（Rising），死里逃生。三个孩子（分别是 7 岁、5 岁、1 岁）和太太都无一幸免。他后来再婚，生了一个女儿。"那位耄耋老妇不久前找到了露丝，说一直为死去的同父异母的手足难过，遗嘱已经写好，会以每个兄姐的名义捐给纪念馆 5000 美元，一共 15000 美元，她死之日生效。说到此，露丝双手合十："我感动得要命，为死去的人，也为她对我的信任。"

日头更烈了，我们又回到那片树林边，那相册就放在一块方正的石头上。令人哭笑不得的是那上面有"F"和"S"打头的好几行字，都是骂露丝的，说她不懂艺术。"我真该拿出当年我拍的电影剧照，给他们瞧瞧什么是艺术！"也许早就习惯了被冷落、指责和谩骂，露丝并不真恼，在人们的追问中报出她参演的几部电影的名字，年长的几位探险家都哇呜惊叹。

一个有着天使般容颜的少女，侧着脸冲人恬静微笑。她出生于一个严肃的天主教家庭。洪水袭来前一周，她总梦到同样的场景，一个嬷嬷不停地对她说："一定抓住树杈！"她的父亲最早看到了奔来的灾难，他没有催促大家逃生，反倒让全家人闭眼祈祷。房子被冲没了，三个少年与太太立即没了踪影。少女真的抓住了一根树杈，屏息浮出水面，看到父亲，她大叫着挣扎着游过去。父亲的衣衫被挂住。两人死里逃生了。可她从此却生活在苟且的自责中，父亲到死都怪罪她："如果不是因为你，我会把你母亲和兄弟们救出来。"

众人叹息，露丝也摇头。说她也出生在天主教之家，可是长大了才发现人在关键时候还是得靠自己。

一个躺在棺木里的女人，瘦小苍白，旁边的小棺材里躺着她3岁的儿子。她发现了丈夫的不忠，开车带儿子去投奔亲友。中途投宿在客栈木屋里，水来了，她与儿子被冲得相距几十公里。丈夫得知后拒绝认尸拒绝安葬，最后出面是为了得到抚恤金。警长看不下去，为她买了棺木。小孩的尸体终于被找到后，当地的著名默片演员威廉·哈特（William Hart）出钱安葬了他。

露丝讲到动容处，停下来，双手交叉放在胸前，声音发颤，说她也不知讲述了多少遍了，国会议员、中小学生、欧洲访客、各种好奇的陌生人，她一遍遍地替亡人复述着历史，每次讲到那小男孩都忍不住哽咽。

两只鹌鹑在旁边的灌木丛中出没，不时走近我们"咕咕"几声，似乎也在倾听叹息。

这轰动全国的事件占足了当时报纸的头条。一个小女孩被冲到了离家 10 英里的地方，在一个树丛里被找到。一个小男孩并没死，躺在棺材里叫了出来才被人发现还活着。有一个男人脖子以下全都被埋进了淤泥里居然还活着呼救。

时隔近百年，这惨烈的事件变成了档案里的几行字。奔走的露丝不时感到欣慰，"你们相信吗？从那些幸存者的后人嘴里，我没听到一句责怪的话，每个人说的都是：一切都只是意外，谁也不想发生的意外啊。"露丝后来发给我她给国会写的信："那场灾难是一个警告，就像矿井里的金丝雀。矿工相信金丝雀对有害气体敏感，带到井下判断空气安全度。如果瓦斯超标，金丝雀会死掉，人们赶紧撤离。大坝决堤后，洛杉矶甚至全美国对重大工程的建设都采取了更严格的审核机制，成立多人委员会，不再单独依靠某个工程师的个人判断。所以，那些无辜者没有白死。"

4

两周后，露丝如约来找我，手里除了那本厚重方正的大相册，还有两块造型奇特的香皂，是她自己做的，一块蜡黄如蜂巢，一块淡绿中带着玫瑰花浮雕。"不用写我，就写那场灾难。"没戴墨镜，我才看到她的眼睛原来美得那么高贵！那目光满含爱意，像母亲看着儿子，像女人望着情郎。

她穿着暗紫色的立领外套，被观音簇拥着——紫色系的观音头像造型的耳饰和同款项链坠。头发仍是精致地盘起来，有亮闪闪的细坠子在丝质的发间晃动。她是那么端庄得体，似乎是在参加国会晚宴或奥斯卡颁奖礼，与那天在野外的她根本不像一个人。

看到我墙上挂满了画，她仰脸望着，一张张打量，满是羡慕。"我也有许多宝贝，家里墙壁却空着，因为我先生不喜欢挂东西。"我正想安慰她，她轻叹了声说，"我最大的遗憾是跟他没生个孩子，因为他不想要。他童年时父母离异，有着非常灰暗的童年记忆……"她仍语气温柔目光沉静。

史蒂夫也来了，我们仨出去吃饭。点菜时，露丝显得格外谨慎。她要兼顾两样东西。一是卡路里，"一个有节制的人肯定不会是个胖子。"另一个是价格，她年轻时总是追寻诗和远方，到老了没啥积蓄，退休金不过 2000 美元。

"我女儿总笑话我幼稚，说：'妈，你看你找男人的标准！'——我前夫是军官，嫁给他，是因为他学地质，认识许多石头，我喜欢跟他去旷野捡石头。可当无所事事的军属并不是我想要的。离婚后嫁了现在的老公，是因为我从没见过比他更帅的男人。哈！"她掏出手机给我看两张照片。她身穿白纱，手捧花束，笑容灿烂。

新郎确实英俊挺拔，神态却没有新娘那么喜悦。另一张是她出演某部电影的剧照。金发长长地披散在后背上，虾粉色修身短套裙，被众人簇拥着，她像个芭比娃娃。

史蒂夫豪爽地表示他来请客，想吃啥随便点。露丝把手搭在他的胳膊上，感激地轻拍致谢。

等菜时，说到她的非洲之行。"16岁，我第一次去非洲，在摩洛哥被绑架了呢。"她迟疑一下，似乎在等我们给她一个有兴趣愿意听的信号。

她和十几个同学从西班牙坐船去摩洛哥，在小巷里逛当地的巴扎时，一块斑马皮做的毯子让她双脚迈不动，她开始与卖家询价，全然不知同学们已经走远。"我突然眼前一黑，听到几句压低嗓音的威胁声，一块像毯子样的东西就把我裹住了。然后我被人扛在肩上快步移动。我奋力大叫，拼命挣扎。好在我的同学们还没走远，听到我的叫喊冲回来。那人把我扔在地上跑了。我定了定神，照例逛游。那块斑马地毯？买下了！现在还在我家里铺着呢。"

史蒂夫去过露丝家一次，果树、花木、多肉让后院成了植物园，那都是她从别人垃圾箱边捡来养大的。各种奇异的石头随处可见，其品种之多，就连史蒂夫的邻居——加州理工大学的地质学教授乔治都惊叹。令人奇怪的是，不小的前院却只有一大块塑料假草坪，没有一草一木，单调枯燥得像不毛之地。

"那是我丈夫的领地，他说后院归我，前院由他来支配。刚结婚时，他种了点儿玫瑰，后来嫌那花蕾招蚜虫，全拔了，就铺上了假草坪。我后院的植物种不下了，跟他商量是否给我一小块地盘，他摇头说不行。"看史蒂夫和我为她难过，露丝温和地笑了，把手压在我的手背上，轻拍了几下。我猜不出，自小率性如她，要熬过多少难眠的夜来说服自己接纳这些不如意。

"我最大的痛苦是失去了我的母亲，她是我最相知的朋友。我父亲与母亲离婚，我已经成年。他后来再婚，开始甚至没敢告诉他的新太太他有孩子。10年前他也死了，那天正好是我生日。那位太太通知我去听律师宣读遗嘱，每念到一项，她都撇撇嘴对我来一句：'瞧，不是给你的！'最后，我带着女儿伤心而归，我们原本也没想要继承什么，以为可以带回一件我儿时家里就有的小东西纪念他。"露丝的声音有点儿伤感，那双美目又藏在了暗紫色的太阳镜片后。

听我惊讶还有这么刻薄的人，她立刻宽容地笑了，"被人轻视甚至敌视，都是常有的事。森林服务局一位胖主管，我怀疑他有厌女症（misogyny），从来不跟我说一句话。不得不交流，他选择邮件，还不直接发给我，而是通过历史学会一位共同认识的先生中转。当然，他也许只是讨厌我……想想那些大坝遇难者，命都可以在睡梦中丢掉，活着，有什么可抱怨的？"

史蒂夫本来是个话多的人，可在露丝面前显得特别安静，他显然也被这个同龄人的故事打动了，他仗义地琢磨着去他的富商朋友圈为露丝拉赞助。

"我现在觉得自己既弱小又强大，身体上我衰弱了，从头到脚许多毛病。精神上我很强大，我能心态平和地面对所有我不喜欢或不喜欢我的人。我女儿不去大坝、不理解我，那又怎样（so what）？老公不想要孩子不让我在墙上挂画，那又怎样（so what）？那位夫人不给我一件父亲的遗物，那个主管敌视我，那又怎样（so what）？"

半年后，露丝再一次经受考验，被 85 岁的丈夫分手，理由是露丝收养的三只流浪猫总掉毛，有洁癖的他觉得难以忍受（unbearable）。

我们约好一起去河谷捡石头。"石头们有趣而友好，从不装模作样，捉迷藏一样等着你去找，有缘分的会跟你回家不离不弃。离婚，那又怎样（so what）？"电话里，传来小猫清脆的喵叫。

1

"天地玄黄，宇宙洪荒。"身在美利坚最广袤的大漠中，目之所及，脑海中闪过这古语。望一眼不懂半句汉语的犹太大叔史蒂夫，这句话卡在喉咙，又被我吞了下去。

史蒂夫戴着像匪徒的扁黑墨镜，把车开得超速飞奔，那灰色的雷克萨斯却像一只小小的甲壳虫，卖力得有点儿徒劳——这 20 万英亩、占加州 1/5 面积的莫哈韦大漠实在是太辽阔。天空倒不是青黑色，而是那种让人想到一往情深这四个字的碧蓝，像是被浓缩过的矿物颜料，不含一丝杂质。土黄色的大地也很纯粹，似乎不含一滴水分。经过一个长夏的烈日炙烤，一阵微风都可带起干涩的沙尘。没有鸟鸣。偶有褐色的蚂蚱飞起降落，像迷你直升机，翅翼发出金属震颤声，短促又响亮。低矮的灌木被风吹削得失去所有棱角，它们像一群繁殖过度、没有天敌的绵羊，披着一身黄尘，静等严冬那个屠夫的杀戮。

史蒂夫出生在芝加哥，地道的城里人（city boy），西迁到加州已经 30 年，听我邀他同行进沙漠去访印第安人，还真有点儿兴奋。他说读大学时校园倒有几个印第安后裔的身影，可他们早完全西化，除了肤色黑一点儿颧骨高一点儿，和其他人没有两样。那天我们都有点儿莫名的兴奋，期待着偏离生活的正轨，坐在印第安老妇芦娜家里，见证一下命运对人类的不同安排。

从我客居的洛杉矶西部小城圣塔克拉利塔（Santa Clarita）出发，路线很简单，沿 14 号公路一直向北偏东进发。初秋的阳光仍然炽烈，照耀着路边浅褐淡棕色调的田野。加州被称为"金色之州"（the Golden State），除了一百多年前的淘金热，还因为常年干热带来的地表特征：荒山野岭上无处不在的燕麦草一到夏季就像被火炉烘焙过，遍野的金黄随风起伏，像一匹随大地铺陈开的绸缎。而那些和印第安人一样土生土长的耐旱灌木，被烤干了最后一滴水分后，枝叶和果实都成了红棕色的标本。人或动物走近了，便闻到它们身上散发出来的描述不出来的香气，像刚出炉的酥脆的点心。

年过七旬的史蒂夫说当年搬离芝加哥，就是受不了那五大湖区冰天雪地的冬季。他说虽然加州生活成本高，但实在喜欢这里四季艳阳的好天气。"为这里的阳光买单，值！"可最近他开始忧心，说加利福尼亚这个财大气粗的富州迟早会被自然灾害毁掉，过去 10 年间就有七百多万英亩的林地被山火吞噬，占加州林地的 1/4。"我相信加州人最终将因为缺水被迫搬离。今年有 1200 口水井成了枯井！难以想象，往年的夏天干掉一百口井的时候都极少！"看到路边一个水库还有水，他似乎有点儿欣慰，说当年一些印第安部落就是因为被白人把水引走了而彻底一蹶不振。

想到芦娜所在的莫哈韦沙漠，我说她如今吃水也许更成问题。史蒂夫好奇地问我怎么认识了一位原住民，还竟被欢迎上门做客。"很简单，我常去逛离家不远的跳蚤市场。芦娜有个小小的摊位，卖些杯盘碗碟和二手衣物。我从她手里买到过一对日本香薰炉，小如桃状的白瓷，绘着蓝色的兰草。我还跟她买过一顶棒球帽，灰白色，简单，没有任何标识图案（logo）。我喜欢她，虽然她很可能是最穷的小贩，可我相信她是好几百个摊贩中最不贪心的人——人家问价，她总是垂眼低眉报出个数字，1美元或2美元，一件野兔皮的坎肩，也不过15美元。她本来说话声音就低，带着很重的鼻音，谈钱似乎让她难为情，浅古铜色的脸上浮着谦卑的微笑，似乎人家给钱是在行善，她要心存感激。"

我们每次见面，不过都是有限的几句闲聊。她是那种小时候不显年轻老了也老得不太明显的人，大约70岁，淡眉细眼，瘦小枯干，却留着直长干枯的披肩发。发量少，颜色时而深棕时而暗红，而且色彩不匀，可想是用廉价染发水自己鼓捣的。我只知道她有个女儿，远在旧金山，嫁了个在大学当教授的丈夫。"我的姑爷说很喜欢我那沙漠里的家，说住惯了城市，很向往那荒野的宁静。我也喜欢我的家，虽是穷沙漠，可远近都有约书亚树，见惯了，跟老朋友一样。到了晚上，星星好密好近，在头顶闪光。不管别人怎么看，我爱我的家。"那是她跟我最长的闲聊。

史蒂夫看到过我淘到的各种宝贝——油画、瓷器、铁艺、铜雕、木刻……总啧啧称赞地叫我"跳蚤市场皇后"（swap meet queen）。他是探险家，好奇地开车一小时前去约我同逛，只选中一本旧版图书，收录了美国所有的鬼镇（ghost town），被传闹鬼，其实不过是荒野中废弃了百年的美国先民聚居地。

我曾特意带他去芦娜的摊位，可她没出摊儿。此后有半年左右，她像一滴消失在沙漠里的水，彻底没了影踪。那个摊位偶尔被临时的摊贩占用，多数时候就空着，像个豁牙，或一个补丁。

我有时和房东杰伊同去市场，却因为兴趣不同往往各逛各的，打电话约会面的地点，"那个印第安人的摊位"成了我们俩才懂得的地标。"她可能已经死了。"每次，我都忍不住小声嘟囔一句，像是说给杰伊听，更像是自言自语。市场西边大树底下的墨西哥汉子比她消失得更早，疫情伊始没几周就再也没有露过面。疫情已经夺走了一百多万美国人的性命，我怀疑那个脸上总挂着无奈的微笑、眉间有道"川"字纹的中年男子死了。我从他手里买过一条蒂芙尼（Tiffany）的细银手链，至今戴在手腕上3年了。那株高大的白杨树也不知几时竟被伐倒了，只剩下一截粗大的树桩，被后来的摊贩顺手放上几件物品当起了桌子。

总是寻芦娜不遇，我已经不抱希望再见到她了。

忽然有一天，我欣喜地看到芦娜现身了！她仍是那么枯瘦，像个影子，立在那儿，低头忙活着把一串手链上的珠子理顺。还在那个约6平方米的老地盘，多数东西都摆在地上，细小的物件就摆在支起的两张小桌子上。

"天哪，你还活着！"我快步走上前，顾不得别人的扭头张望，大声说。疫情之故，久未见面的人再次重逢，竟是劫后幸存的惊喜。"你还活着！"这一声悲凉之叹，原来不只是战争期间离散的人才能体会到。

"是啊，是啊，好几个人都说以为我死了。"她喃喃地、鼻音很重地微笑着说，看到我似乎也很高兴。有人跟她问价，那是三个方形瓷质杯垫，镶在铜丝掐的边框里，有些年头了。她略微想了想，要了1美元。对方掏出三个一美元的纸币递给她。"不是，三个1美元。"她笑着把两块钱递回去。那人惊讶地接了，说没想到还有那么体面（decent）的摊贩，"物价涨了，我留意到旧货市场的东西也都贵多了，你还卖那么便宜！"听到夸赞，芦娜并未显出高兴，瘦削的脸上浮上一层无奈，有点儿委屈地喃喃着说，"我也许应该改改了。我要1美元，还有人跟我压价给50美分呢。"

芦娜抬起头，淡而暖地望着我笑笑，说她没出摊主要是因为这个夏天太热了，她住的沙漠里每天都到41摄氏度。"我姐姐死了，92岁。"她低低地说。我发现她不仅更黑更瘦了，脸上的皱纹也更深了。她说每天也很忙，照顾自己家里和邻居家的动物们——鸡、牛、马、羊、狗、猫。不久前她还被一只山猫咬伤了。"我喂了鸡进屋，听到猫在惨叫，看到一只大猫在一边，以为那是邻居家的，就俯身多倒一些猫粮，没想到那家伙上来就咬了我的手，原来是短尾猫（bobcat）！我儿子听说了，责怪我太不小心……"我说前段时间市场来了个老太太，也住在沙漠一带，她开车过来只为趁还活着能动，把家里的东西拉来卖掉，说早看出来了，虽有俩儿子，没人会在意她的旧物。"是啊，我们上年岁的人都面临这个问题。孩子们是指不上的。"芦娜赞同道，那无奈的神情再次浮上脸。

听我说想去她住的地方看看，她连声说"好啊"，立即告诉我街名，并描述高速公路怎么走。也正是在那次，我才知道她的名字——芦娜（Luna），她指了指天，说看到月亮就记住了。我有些不抱希望地问她有没有名片，没想到她说有，立即打开摊边那辆白色旧本田车，在一堆旧衣物布单中翻找起来，颇费了些时间才找到一个黑提包，又翻找了一会儿才找到一张发黄的名片，上面有她的全名——桑德拉·芦娜（Sandra Luna）。

回家后我在手机地图上查看导航，开车过去要 70 分钟。我先问杰伊是否愿意同去。他有些抱歉地摇摇头："我没兴趣去印第安人家里。探险家史蒂夫也许愿意去。"

"这莫哈韦沙漠我是来过的，20 年前，我是电视专题片摄像，专门跟拍警察空袭行动。一天晚上接到报警，有个女人说她丈夫要把她和孩子都杀掉。我们穿上防弹服，摸黑火速赶到，路上经过一家面包圈店买了点儿吃食和饮料。临破门而入，四个警察用吸管抽签，好决定谁打头阵冲在最前面。我不用抽，毫无悬念，我扛着摄像机跟打头阵的一同进去。结果有惊无险，那家伙可能知道有人报警，逃之夭夭了，只剩下浑身哆嗦的女人和孩子。那破败的小屋似乎风一吹就能倒，可屋里的样子我现在还记得……"史蒂夫的话让我再次向车窗外张望，不得不承认，这里地广人稀，搜寻不易。可再荒凉的土地也挡不住贪婪的心，当年正是为了掠夺，白人们冒着送命的危险也前来争抢地盘和物资。

我曾在地图上放大芦娜家所在的区域，除了稀稀拉拉的几个比芝麻还小的地名，军用飞机场和湖泊似乎更像地标，无处不在。当飞机场的理由显而易见，而湖泊则让人不敢相信。再细看，果然，全都写着干湖（dry lake）。这里有北美最低点、海平面下 282 英尺的死亡谷（death valley），在一万年前也是一片水域极阔的碧湖。史蒂夫说湖水干了，可机场照用，是美国军用飞机和航天飞机的重要试飞基地。"我第一次来这沙漠你猜不到为什么。1981 年，我和几个朋友专门赶来，为了看美国回收第一颗人造卫星'哥伦比亚'号（Colombia），那是美国宇航局第一次轨道太空飞行。我记得发射那天是 4 月 12 日，绕地球飞行 36 圈。当时有乐队在现场奏乐，看着那 50 个小时前还在太空中的飞行员出舱，大家激动得热血沸腾。"

仍是荒原和灌木的天下，越来越多的约书亚树化石般出现在视线中。加州的树一直是吸引我这异乡人的一景。橡树，遒劲粗壮，似百岁智者，不怒而威。红杉，和棕榈一样，挺拔修长，如将军之剑，直指天宇。最奇特的当数这约书亚树，学名"Yucca"，短叶丝兰。只生活在美国西南这极寒和极热的沙漠之地，每年生长速度不超过10厘米，而且不像其他树种，它密度极高的木质沉实如铁，看不到年轮。在这贫瘠的土地上，只要能挺过最初的严寒和酷暑，幸运地没被雷劈没被火烧，它们能活200年。

我一向喜欢独特的物种，对这得名于摩门教的树（虔诚的教徒把这不屈服的树当成圣徒约书亚的有力臂膀）一见钟情，曾有几次开车前往有名的约书亚树国家公园，在树下遍寻种子未得，因为多被小动物们当食物嗑成空壳。后来在礼品店买到一小袋七八粒回家。那西瓜籽一样的黑种子似乎很不易发芽，只有一粒破土而出，却因疏于照顾而夭折。两年前去沙漠边缘一户刚认识的美国朋友家做客，看到他那5英亩的院子里挺立着这神奇之树。听到我赞美，男主人慷慨地说可以刨一株幼苗给我。那树的繁殖除了靠种子，和龙舌兰、芦荟一样，更主要靠根系分蘖。可第二天直到上车离开，那主人也没再提送树苗的事。面有愧色跟我道别，显然是后悔了。从此，我彻底断了栽种这树的梦想。

"我也喜欢这树。可我不会想栽一棵在我后院——长得太慢啦，等不到它长大我就去另一个世界了。"史蒂夫的家被他打造得像个植物园，多是各种热带树木花卉。

有破旧的被掀掉屋顶和门窗的小房子，弃儿一般立在灌木间，墙上手绘的各种涂鸦宣告着人类对它们最后的亲近。有一面墙上画着一只巨大的蓝眼睛，闪着密实的睫毛，冥想般望向无垠的沙漠和更远处的山峦。旁边两个单词："forever together"（永远相守）。那是一对恋人互诉衷肠的誓言，还是某个单相思的人孤独的妄想？

"快看啊，这沙漠里的船！"史蒂夫放慢车速，大嚷道。在路边不远处，令人不敢相信，横七竖八，躺着歪着二十几艘船，像搁浅的鱼在阳光下闪着惨白的光，定睛细看，便发现都是些腐烂缺鳃少鳞的鱼。从只能容两三人的小舟，到双层游轮，间或还有超市购物车，不成双的鞋子，生了锈的铁罐，绽出海绵的圈儿椅，散乱着一地的零件。"这些破烂要想正规处理掉得花钱，主人显然是舍不得，就拉到这儿来扔掉。后来就有人效仿，这破船就扎堆了。"史蒂夫说回来路上要停车拍一拍，"哪儿有这样独特的景象？"我点头同意，心中很为那几株被破烂包围的约书亚树难过。

再往前走，看到一堆集装箱，像码放整齐的乐高，赤橙黄绿，条条块块，强行给黄褐色的大地来点儿颜色。有铁栅栏围着的一小片屋舍，似乎就是那集装箱改建的，上面用大写字母非常霸气地刷着标语式的宗教口号："邪恶的将下地狱"（THE WICHKED SHOULD BE TURNED INTO HELL），下面是血色的火苗，十条戒规在其中被烧灼着很是刺眼。进出的门也是金属栅栏的，大白天的挂着锁。虽然看不到人影，但可以想象主人那严苛戒备的脸。

按导航指引，我们拐上一条土路，经过一个凋敝的小镇。说是镇，也不过二三十间房舍，黑木电线杆子、加油站、邮局、银行。那孤零零的平房谁也不挨谁地立在路边，有黑漆的字母招牌，也看不到人影。如果此时有马车拉着牛仔从土路上冲出来，我一点儿也不奇怪。"这里别看荒凉，自17世纪就不安宁了。西班牙人、墨西哥人、美国军队轮番前来，对印第安人来说，真是祸从天降。当然，印第安人也寻机报复。200年前，有两个白人少女就被印第安人劫到了这莫哈韦沙漠里，由一个部落转手给了另一个部落酋长，虽说她们没被虐待，可仍引起了全国的轰动和非原住民的仇恨。"史蒂夫身为犹太人，自小受过不少歧视，对因肤色和种族差异导致的不平等非常反感。"虽然现在美国政府给他们一些经济和政策上的补偿，比如他们上大学和医疗都免费，他们可以经营赌场，可毕竟死去了那么多无辜的先人。"

9点5分，我们终于到达芦娜家门外。也是那种金属栅栏围起来的墙，门上也挂着锁。打她手机，没人接听，我留了语音信息。"别光指着语音留言，发个短信——她知道咱们这会儿到吗？"史蒂夫熄火下车，有些不解地问。

我有些气恼地自责说快到时给她打个电话就好了。说好的是9点钟到，她也许因为没等到我们就离开了，她要去给人家看护牲口。"我不相信迟到5分钟她就走人。就算走，也该打个电话说一声问一句吧？你昨天还见她了？"史蒂夫有点儿较真地说。

没错。头一天是周日，我在市场见到了她。而再之前的周六一大早，我醒来就给她发了条信息，问她周日是否去市场。同时告诉她，我有十几条牛仔裤想捐给她，多数都没穿过。如果她打算要，我就带去送她。正怀疑她是否识字，就接到她打过来的电话，说她会去市场，也愿意接收那些衣物。

周日一早，在市场大门处的检票员怀疑的目光中，我解释说拉杆箱和纸袋里的衣物都是送给里面一个摊贩的。买了票进去，顺利和芦娜交接。"这件带帽绒衣我喜欢！还有这毛衣开衫，太好了！你们中国人真好心！"她一件件拿在手中看着，口中连声道谢。

"明天你在家吗？我可以和一个朋友去你家看看。10 点到可以吗？"

"在！明天周一，来吧。你 10:30 来吧。我 9 点要去给人家照看牲口，10:30 回来。"

"那我们也 9 点到。跟你一起去照看牲口可以吗？"

"可以！明天见。"

我还问她是否需要一些食物，我可以带过去。她摇头说不用，说常有卖货的车开过去，什么都不缺。

头天晚上，我还是准备了一盒奥地利式小点心，一袋后院树上结的柠檬。

史蒂夫比他说的时间略晚了一会儿，差 10 分 8 点到达我的住处。

紧赶慢赶，仍是迟到了 5 分钟。

被拒之门外，我有些沮丧。可下车仍感觉新奇，隔着栅栏打量芦娜的家。

"我在网上查到她的家了，2.5 英亩，加上几间简易房，估价 25 万美元。"史蒂夫也望着那离大门有段距离的房子说，"你看她这房子虽然也简陋破旧，可显然她精心打理这个家，我敢说这是这里最绿的一块儿地产。"

大片的仙人掌，不管不顾地东一堆西一群，灰绿的大巴掌带着尖利的白刺，那一串串红色果实如小石榴挂在叶沿上，像巴掌上短粗的指头。院里树确实很多，叫不上名字来，那树荫下的房屋几乎被遮蔽了看不真切。

"咱们开车在这转一圈儿，也许她会打电话过来。"史蒂夫说罢上车，从芦娜的大门沿土路往右拐，看到一辆蒙着一层灰的轿车正从路边一个大门驶出。

"请问——"他探出头跟那车司机打招呼，却又扭头问我芦娜的名字。

我下了车，问那车里的汉子是否知道芦娜。

"我已经好几个月没见她了。这个蠢女人，老早我就跟她说，竹子招蛇，仙人掌招耗子，可她偏不听。你看她种的哪儿都是。有一回她的鸡舍里就进了大老鼠，咬死了好几只鸡。我找开矿的汤姆一块儿帮她清理掉。"那人熄火，推车门出来。他年纪不轻，却有一副常年干体力活儿的人才有的结实体魄，很健谈。

我看到他的铁栅栏大门上挂着个出售的牌子。

"卖掉！一切都卖掉！我要回家，回墨西哥。加州住不起了，什么都太贵了。油价8美元一加仑！我移民美国40年了，从没遇到过。水，也是大问题。你知道，我有水井，芦娜和我房后另一个老太太都没井，都由我供水。你看到那矿山了吗？金子、银子、锌，都开采出来了，可他们打了三口大井，那发动机的劲头儿多大，把这附近的水源都吸走了！停住！"这人深肤色，着一身发旧的蓝色衣裤，语速很快，目光沉着，是个很有主见的人。他忽然打住，开始厉声呵斥着两条跑近前的狗。

那狗一条纯黑，毛短，小眼睛目光躲闪，像个自知不受人待见的丑汉；一条脏白，长毛，目光温顺。我怕它们咬我，吓得不敢动弹。打量着它们，才看到那白狗左前腿竟然蜷在半空，迎面一块皮肉早不知了去向，露出粉白的血肉。

"这个倒霉的家伙被一辆车撞了！那司机说会回来带它去看兽医，四天过去了，没人影儿！我认识他，就住在这一带。我去药店给它买了绷带和药粉，它总用嘴把它撕掉。"

那狗立了一会儿感觉无趣，跑到路边的荒野中去，一会儿白狗嘴里叼着一块枯骨回来。阳光没有遮拦，像撒了把烧过的银针，刺得我的后背和脖子微痛，我换了个角度站着，不时抬起手机看看，芦娜既没回电话也没回信息。

"这一带所有人家都是 2.5 英亩。我卖 28 万，1988 年买时花了 9 万。原先是三个卧室，我加到了五个。旁边那个房子没顶子，我种菜用的，你想去看看？"兴许是待在这沙漠里实在闷得发慌，加上我的好奇，这位墨西哥汉子话很密，史蒂夫这爱说话的人竟没机会插嘴。我们仨一起往院里走，像三个熟识的村民。史蒂夫论及年岁，原来他们二人同年。他叫以撒。

和芦娜被仙人掌和树木们塞满的院子不同，这位墨西哥老兄的院子有些空旷。沿栅栏墙栽了些旱柳，不过胳膊粗，像早衰谢顶的男子，头上顶着稀疏的枝叶。有几株一人高的白杨在阳光下垂着叶片打瞌睡。我问他为何不栽些果树，他很快接口说："有啊，"指着身边那株浅坑里的一株说，"那是杏树。"我很同情地看着那立在黄沙地上的小树，像个营养不良的孩子。"别看它不起眼，结的杏可甜了！"说话间，两只黑白花猫亲热地跑到他脚边。以撒掏出钥匙打开一扇门，我才发现那门和墙一样都是压缩板的，涂了淡蓝的颜料，远看像一座像样的房子。可推开门进去，才发现那房没有房顶，上面就是碧蓝的天。足有半个足球场大的地上完全是黄沙，可一个角落里分明汪着一片翠绿——那真是一个小菜园！

"这是南瓜，老的可以做万圣节的灯笼。嫩的可以炒炒吃。还有新开的花呢，还要结新的。"以撒弯腰从碧绿的叶子间翻出宝贝南瓜让我们看。

史蒂夫狐疑地问："沙漠里怎么能种菜？""我在沙里掺了土和肥。我太太每天拎水来浇。"想着杰伊后院那有着喷灌仍不争气的菜地，我真心叹服以撒这人定胜天的劲头。

"不管谁搬来住，可以在上面搭个棚顶，在这里面养牲口。"他带我们去看水井。没有传统的井口，倒有一个硕大的贮水罐横在水泥井盖旁。那水泥上刻着打井的年头：1988年3月11日。井水深度：280英尺。

我打量着以撒，感觉他那么眼熟，像那种中国每个村寨里都可以找出几个来的小能人。他们是种地能手，是最懂生财之道的小贩。没文化，却不乏街头智慧。就像以撒，在这异国他乡盖房修车、结婚生子，甚至在沙漠里也能种出蔬菜。他说话底气十足、不卑不亢，像他左胸口袋里那包香烟，妥妥帖帖地立在那儿，一副靠本事吃饭的坦荡和笃定，好像他坚信天下没有搞不清摸不透的事。

经过那住人的屋舍时，一位老妇走出来笑眯眯地打招呼，是以撒的太太。她大眼睛宽脑门，一脸敦厚温顺，让我想起我早睡在大地下的奶奶。她英语有限，多数时候温和无辜地微笑。以撒说她在军用机场做零件，干了28年才退休。狗和猫们都跑过来在檐下趴着，似乎也在听主人和客人说话。

屋侧停着三辆汽车，都不是新的，可打理得很干净。"我这一辈子可以说都没干过轻省的活儿。三十多岁来到美国，全是干体力活儿，修路，建桥，开挖掘机、筑路机、翻砂机……这沙漠里许多路都是我参与修的。刚来了英语不灵，没条件上学校，我就自己学自己练。现也不能说有多好，听和说都够用了。今年退休了，终于可以透口气了。"史蒂夫问他是否看到过沙漠乌龟。"有啊，挖到过好几个，有的比脸盆还大！挖到乌龟，我们就得停工，通知动物保护组织把它带走。你看那不远处的小沙丘了吗？我每天都要走过去，站在那棵约书亚树下看日出。刚升起的太阳照在那树上，像镶了一层金边儿。我听说古代印第安人会对着那树当神拜。"以撒不时捡起黑狗衔来的红皮球，用力扔出去，那狗便极敏捷地冲过去叼回来，期待着游戏继续。

史蒂夫不等让，主动坐在檐下一条长板凳上。"我真为你高兴，你的美国梦真的实现了。你这么大的院子，在洛杉矶至少得值300万美元。"

以撒很自豪地说："我最开心的是我们养育的六个儿女全都自立了，还过得很好。有当警察的，有在海军的，有开 UPS 店的，有在中学当老师的……六个孩子现在在五个州。我们俩每年都要出去转一圈，在各家住上一段。机票都是他们出。"

我问以撒刚才开车出去是否有急事要办，他说信用卡丢了，得补办一张。

"现在有现金不行，加个油都得刷卡。"他说不用担心，他现在反正也没事可做，就想把房子卖掉走人。"到手的钱都是我的，我算好了，要交 18000 美元的税，其余的钱放银行。可不是美国那还得倒贴钱的银行，是墨西哥的银行，你知道利息有多高？60%！"史蒂夫赶紧提醒他说那估计是毒贩子们开的，可别信。以撒说他有个亲戚就存了钱，"每个月都提利息，真是 60% 呢！"

我看表已经 10 点半了，就算去照看牲口，芦娜也该回来了，便跟以撒夫妇道别。临走，我要了他的手机号码，说万一有认识的人想买房子可以找他。

"住在这儿几十年了，最不喜欢的是什么？"我问，想象着自己是否有可能住在这样一个所在。

以撒没有立即答话，望着沙地想了想，抬头说了一个单词"wind"（风）！"从秋天刮到春天，每小时 60 英里的速度！刮得人心里发毛。"

我想到形单影只的芦娜，忽然很心疼她。

"芦娜这人不开窍。她属于哪个部落，我不清楚。这一带没几户印第安人了，多是墨西哥人和南美人。她独自住在这儿也有30年了，有一儿一女，都在外州，我从没见过她男人。我曾给她介绍过一个男人，墨西哥人何赛，挺好的伙计，跟我一起修路，租住在她马棚边的小屋里。这是个死心眼儿的笨女人，愣不让他亲热。最后人家找了个秘鲁女人，结婚搬走了。她还没回你电话？我不知道原因，她都80岁了。"以撒说着摘下头上的棒球帽，伸手挠了挠花白的短发，似乎对这个邻居没什么兴趣，跟我们说随时欢迎来串门儿，只要他还住在那儿。

我们开车在附近转了一圈，看到一些规模样式雷同的简易房舍，都有着阔大的院子。"在这里土地是不值钱的，拿它来干什么？你看不远处那些太阳能发电板了吗？估计那是这沙漠唯一能够生财的生意。"

回到芦娜家大门口，仍是铁锁把门。我拍了大门的照片，又隔着栅栏的方形缝隙拍院子里的仙人掌，发现居然有许多大小不一的石膏圣像，聚成一堆，立在院子东一处西一处的，显然是她四处捡来的。

车里热得让人像受刑，我犹豫了一下，还是问史蒂夫是否可以打着车开空调。11点，仍没动静。打电话不接，而且提示语音信箱已满不能再留言。我又发了信息，最后扫兴离开。

4

"不用太沮丧。至少咱们也进了沙漠人家，亲眼看到一个墨西哥人和他的美国梦，也挺值得。"史蒂夫安慰我。

归途，我们停车去拍照。弃船，破屋，和那集装箱改成的房舍上面的宗教标语。

早晨都没有吃饭，我听到肚子的叫声。开到有现代文明迹象的小城，进到一家陌生的店，却吃到了在美国最可口的什锦饭（jambalaya），香辣汁里的香肠、虾、鸡肉、玉米粒，就着很糯的米饭，好吃得让我以为今天这一趟就是为与它相遇。

晚上到家，再给芦娜发信息，仍是泥牛入海。她像彻底消失了。

"你是盼着什么样的谜底出现？一，她真的死了。二，什么意外都没有，她只是个不着调的人。"杰伊听说我的遭遇，微笑着问。

我想想说："她要死了我会难过。她无故爽约让我不舒服。"

"周日咱们去市场不就可以找到答案了吗？"杰伊轻松地道。

那周似乎过得有点儿慢。周日一早，我们已经到了市场。我被一个卖旧书的小贩绊住，正低头看着那几本狄更斯的插图旧版小说，就听杰伊走到我旁边小声说："她没来。"

我不相信，待自己大步走过去，果然，那个摊位空着。左右两侧是卖廉价日用品的类似一元店，夹杂着万圣节期间人们挂墙上的黑蜘蛛和灰蛛网。对面一位老汉本来是卖五金工具的，这次也不知从哪儿倒来一堆各色皮子，像布匹一样卷成轴码在支起的桌子上卖。看到我，他抬起正盯着手机的眼睛，"你是中国人？你能看懂这盒子上的标签吗？"说着把手机里的一张照片递给我看，那是一堆纸盒，上面的标签写着产地、型号、货名。"铝喷罐？那兴许还有点儿用。"他从老花镜后望了我一眼，似乎有些心不在焉地敷衍地说了声"谢谢"。

"你认识芦娜吗？她在这里摆摊十来年了……"我忽然收住脚步扭身问他。

"那个印第安女人？当然知道她，可她独来独往，跟谁也不怎么搭话。"

老汉显然没什么兴趣，已经开始摁着手机拨号下单了。

我忽然想起以撒，想起他留给我的手机号，迫不及待打过去。响得我都不耐烦了，没人接。语音留言和芦娜的一样，满了。我发了个信息，问他是否看到了芦娜。没人回。

又是两周过去了。秋风越发凉了，我领养的沙漠老龟开始冬眠了。梧桐的焦黄叶子哗啦啦地在街上游魂般出没。那天我正在扫着前院的落叶，听到手机响，陌生号码那头是个陌生的男声，待我听到芦娜的名字，神经立即紧绷起来。

"我妈三天前去世了。我在她手机里看到你的信息和留言。她那个周日晚上就发病不起了，我联系不上她，三天后去家里才看到昏迷的她。在医院住了几天，她还是走了。清理房子时，我看到那些叠得整整齐齐的牛仔裤和毛衣，我妈从跳蚤市场最后一次卖货回来我们通过话，她说是一位好心的中国女人送了许多衣物，她舍不得卖，要留着自己穿……"他一点儿没有口音，自信，单纯，地道的美国中年男子。

"你母亲究竟多大年纪？"

"85岁。我也是昨天看她驾照才知道的。"

"可是，以撒为什么也没回我电话？"

"他的房子已经卖掉了。他第二天就搬走了。回墨西哥，估计手机也不带了。对了，我妈的房子也在处理中，那家太阳能公司想把这一带都买下，很快，这儿除了一排排的太阳能板，就没有居民了。"

……

原来，那天我们在她门外焦急抱怨的时候，她正无助地徘徊在死亡之路上。

一连数天，除了那破败的小屋，陪伴她的就是那些散乱地疯长在院子里的仙人掌、冲天伸手呐喊的芦苇丛、蒙了沙尘的石膏圣像们。她爱它们。可它们束手无措，给她的只能是陪伴。而它们，和主人一道，很快就要彻底从这个世界消失了，就像没有来过一样。尘归尘，土归土（Ash to ash, dust to dust）。

"Mind over matter."美国人还爱说这句话，直意是心胜于物。我知道，那片我曾前往驻足过的沙漠，永远不会只是沙漠，即便房屋被推平，不再有一丝人类居住过的痕迹。那与我的生命曾有过交集的人，我们之间的只言片语，互相交换过的飘忽眼神，都将留存在我的余生记忆中，就像约书亚树那闪着神性的光芒伸向天空的臂膀。

1

感恩节都过去好几天了，我对面的亚美尼亚邻居格兰特家门前仍是空荡荡的，往常总停着一红一白两辆车的便道上干干净净。那架已经攀爬到屋檐上的九重葛兀自开着串串橙红的花，这花越旱越热越开得霸道，今年南加州极度缺水少雨，它便像拼了命要把这房点着一般燃烧着无数小火苗，一副要烧出点儿响动来让世界瞧瞧的架势。

客居在这洛杉矶远郊的山谷小城，我多数时间在室内写作、读书，偶尔要晒晒太阳也是去后院。但每次出门去跑步，或去前廊浇花，总不由得朝他家望几眼。直到昨天，终于看到有了人迹，格兰特的白色特斯拉、他太太特蕾莎的红色本田都停在了车库前，同时马路边上也没了空地，至少停了五六辆车。车不少，却没有见到一个人影。我心里不禁有种不祥的预感。

晚饭后我出去散步，刚走上马路就看到对面走出来的阿瑟——格兰特那离异后搬回家住的儿子，本就瘦小的他似乎更小了一号。他与表弟合伙在距家 200 公里外的棕榈泉（Palm Spring）经营一家修车行，周末才回来。疫情期间，更是很少见他。是因为那不知何时在两鬓续起的黑而密的胡须吗？我差点儿没认出他来。"你父亲可好？"我走近两步问，同时看到了他浓黑眉毛下那双眼睛里的悲哀。"我父亲走了。术后感染，抢救了几次都没效……"

虽然并不完全意外，我仍是难过地立在那儿，心里和喉头都像被堵住了，不知该说什么劝慰阿瑟。

抬眼望过去，我真希望那个身形敦实、方脸络腮胡的格兰特还坐在廊下的藤椅上，微笑地跟我挥手打招呼，同时举着手机用亚美尼亚语不疾不缓地和朋友聊天。那架九重葛已燃尽了，星星点点地挂在枝头，像炸过未来得及清扫的一挂鞭炮。格兰特一年前栽种它时的情景似乎只是昨天。

我想知道，他在弥留之际，是否仍想抓住那两个好朋友的手。

也不过数月前我刚从北京返回洛杉矶，黄昏散步回来正好遇到从车里走下来的格兰特，在我一句"你好吗"之后，他迈着仍沉稳的步子走近我，认真地说："我亲爱的朋友，我最近不太好。你看我的身体就知道，已经薄了一半。医生说我患了肠癌，已经是四期了，转移到了肝脏和淋巴。说如果做切除手术，我的肝会像瑞士奶酪一样，布满坑洞，因为是多发。另外，我的老板也很不人道，干脆连工资都拖欠不发我了……我怎么也得再干两年，65岁退休可以拿高一点儿的退休金，你知道，特蕾莎从来到美国就没工作过。"我不由得想到我那因肠癌于66岁去世的父亲，安慰他说美国医疗技术发达，他会挺过去。同时哀叹为什么祸不单行这个词很少与人类爽约。

道别后，我进屋第一件事就是给人脉极广的犹太朋友史蒂夫打电话，问他是否认识做珠宝生意的需要个设计师。"我哪儿认识干这一行的？就算认识，哪能正好需要人手？你知道，现在疫情闹得多少店铺都关张倒闭。你的邻居现在保命要紧，还想着什么退休金！他还能活到那会儿吗！"七十多岁的史蒂夫一向直率，说得我也连连点头。

"可是，他说他这一行可以在家里工作，他早就学会用电脑做设计了。"我仍不死心，毕竟格兰特目前还没到卧床不起那一步。

"那他自己也可以找找啊，格兰岱尔是亚美尼亚城，那里一条街都是珠宝店，他直接去发简历试试不行吗？"史蒂夫仍粗声大气地在电话那头说着。

我忽然有些生气，急切地打断他说："你可不可以把脚放在别人的鞋里（美国俗语，意为站在别人的立场）？"作为已经是第三代美国人的俄罗斯后裔，作为一个住在富人区大房子里且夫妇年收入过 50 万美元的绝对中产阶级，他如何会理解格兰特这移民之家？——30 年前那个中年画家背井离乡投奔美国的亲友，他拥有的除了一支画笔就是两个十来岁的孩子和一个主妇太太，一家人的英语凑在一起都不够去麦当劳点个汉堡套餐。

移民来美国前，他是体面的亚美尼亚大学艺术学教授。不仅早年是油画科班出身，还曾在莫斯科研修。我刚搬到这个社区，他隔着马路看到我车库墙上挂着大大小小的画，以为我是个艺术收藏家，热情地邀我去他车库改造成的画室喝咖啡。与他最近画的那些风景大画比，我更欣赏他20世纪七八十年代那些精致独特的人物小品，古典且抽象，尤其是他给当时还是未婚妻的特蕾莎画的肖像，让我一下想到莫迪利亚尼那柔媚流畅的线条和浓烈大胆的用色。

听到我的赞美，他淡淡地笑了，见怪不怪地说所有来看画的人都不吝啬夸赞、客气或真心，"最终也没有人买一幅画。我靠画画得来的唯一收入归功于一位好莱坞艺术中介，他为电视剧寻找艺术道具。有时一季电视剧拍完，能有一万美元的租金收入，中介收六成，我得四成。"我说："这四六开是否应该倒过来？"他宽厚地笑笑说他不想计较，毕竟不用出手，挂一挂就可以有点儿进项。

"你的邻居是亚美尼亚人？你可要经常闻烤肉的香味了，祝贺！"窗玻璃碎了，我去玻璃店买一块替换，跟店伙计聊了起来，同为亚美尼亚人的他笑着调侃："我们的民族热情好客，特别在意友情，所以热衷开party。也难怪有人抱怨噪声扰民。哈！"

果然，我注意到几乎每逢周末，格兰特家前面路边都会停着访客的车，有时他家门口的路边停满了，就停到路对面我的花园前。有两次他还邀请了我去后院吃烧烤。他家的房子从户型到面积本来与邻居们的没什么区别，可几年前扩建得比以前几乎大了一倍。"他们施工了一整年！别提那噪声和建筑垃圾搞得大家多不高兴。进展到一半被物业委员会叫停了，说他们房脊搭得太高了。终于差不多了吧，因为外墙刷的蛋壳白与邻居的一模一样再次被叫停，重新刷成了淡蓝色才算过关。这些亚美尼亚人！"好几年过去了，有邻居仍跟我看笑话似的抱怨。

格兰特一家可并不以为然，他们是非常以自家这敞亮高大的房子而自豪的。"欢迎常来我家。扩建后舒服多了，和酒店一样呢！我们亚美尼亚人和中国人文化近似，我喜欢中国人。去喝咖啡吧，地道的亚美尼亚咖啡，比美国的好喝多了！"我正在搬家入住的时候，格兰特与儿子阿瑟就曾上前跟我打招呼，他们齐刷刷立在那儿，个子都不高，黑直的头发和他们脸上的笑容都让我看着亲切。

格兰特一点儿没夸张，他家真的像一个一尘不染的酒店套房，亮得可以照见人影的瓷砖、真皮沙发、玻璃茶几和吊灯，到处都摆放着或紫或白的兰花，当然，墙上挂满了他得意的画作。和那酒店一般的房间相比，我更喜欢他的后院，保养得极好的碧绿草坪像刚剃过头一般整齐，院子东西两个角落各有一株挂满了果实的石榴树。

他们是如此好客，不要说举行派对时的各种烤肉、烤菜与酒水，平时去喝个咖啡也豪华得感觉像在迪拜人家里做客——长而阔的玻璃茶几上，各种甜点、坚果、水果堆得满满当当，当然，每次都少不了特蕾莎在灶上用一个小锡壶煮的浓咖啡，苦得让我想起儿时我奶奶的中药，而且喝到最后需特别小心，因为那小如酒盅的咖啡杯底部往往有些沉渣，如不慎入口，会像灌进了淤泥一般塞进牙缝和舌根。

我也曾回请他们三口。可那顿我精心准备的饭菜却以剩了2/3而告终。我早就听格兰特说过太太的饮食怪癖："她几乎不吃任何非亚美尼亚菜。迫不得已去了美国餐馆，她只吃一样：炸薯条。"可我仍没想到坐在餐桌旁的一晚，她都没动筷子，只是礼貌地听我们聊天，听得懂时就微笑着点头，听不懂时儿子和丈夫会翻译给她听。我喜欢这几乎不能交谈的亚美尼亚大妈，她真诚有礼的笑容比脸上浓重的眼影和鲜艳的口红还美。

"看我猜得对不对啊？你妈是吃了饭才来的，你爸临来也略微吃了一点儿，只有你，阿瑟，勇敢地像个王（king），愿意冒险一试这个中国女人的手艺。"围桌而坐吃到中途，我笑着对阿瑟说。

可能被我道破真相，络腮胡子刮得很干净的阿瑟笑得眼睛都眯缝了，又吃了一口红烧羊腿，他大赞好吃。

坐在他对面、夹了一箸酱牛肉的艺术家父亲一字一顿地说："这个更好。"他认真的表情像个在课堂品评学生画作的教授。

"你这幅圣母圣婴像是从哪儿寻到的？不瞒你说，在你墙上挂的艺术品中，这幅最珍贵！"临走出门时，格兰特折回身子，在客厅靠窗的墙边驻足道。

这幅圣母圣婴像也就一本杂志大小，甚至没有边框，直接画在一块木板上，上半边两角是圆弧形，下半边是方角。可能因为年代久远，那原本细腻的画面上已经开裂了许多细密的纹理。素淡的底色上敛容低眉的圣母沉静高洁，两个同样面容美好的小天使微笑伸臂呵护着圣母和她臂膀中的圣婴。那是我花 5 美元在这小城露天跳蚤市场上淘到的。看我面有疑色，格兰特推推鼻子上的眼镜，扭脸看着我认真地说："这要是在拍卖会上，没有 2000 美元休想买到。你知道这是什么时期的吗？文艺复兴时期的作品，即使没有名字，但一看就出手不凡，说不定是从拉斐尔或哪幅名家作品上裁下来的。"

"玛利亚！"一晚上都安静的特蕾莎抬头望着那小画像，双手虔诚合拢，眼里充盈着真挚的爱意，是孩子在母亲面前才有的踏实放松。

"妈！"阿瑟立在一旁有些难为情，冲我苦笑着摇摇头。

"没关系。佛教徒见了释迦牟尼像也会这样吧？我虽然不懂太多佛教理论，但我喜欢信佛的人，因为他们有慈悲之心。对吗？"格兰特镜片后的目光是探询又笃定的。

不知道是否怕我再费心思烹饪一桌菜肴回请，他们后来没再请我去参加后院烧烤。但我们都从心底感知到彼此是相近的。格兰特做珠宝设计师的店离家很远，要开车一个多小时才能到达，所以他跟老板说好每天晚到晚走，以避开早高峰拥堵的时段。阿瑟平时在 200 公里外的棕榈泉经营修车店，周末回来，周一起大早离家上路。那一家人我最常见到的是主妇特蕾莎。即使语言不通，靠着简单的英语，她不仅请我去喝过好几次咖啡，还教会了我如何做一锅地道的罗宋汤（borsch）。

不管其他邻居怎么褒贬，我由衷喜欢这一家人，他们于我像是异族的亲人。

有一天上午我正在前院移栽两盆多肉植物，正要离去上班的格兰特走过来跟我打招呼。他穿着一身白色的运动衣裤，微微发福的肚子挺着，像个经验丰富的田径教练。"亲爱的，我知道你们中国人讲究饮食养生。我最近被诊断出糖尿病，请教一下，有什么食物对控制血糖有益吗？"花白头发的长者如此谦虚地跟我请教，我自然恨不得自己是个养生专家，告诉他可以多吃苦瓜。"苦瓜（bitter melon）？长什么样的？怎么吃？"我把自己从有糖尿病的父母那里学来的这点儿知识毫无保留地告诉了他。

过了几天我去中国超市顺便买了几条苦瓜送过去，他说已经找到并且在吃了，"不太容易咽下去哦。太苦了。"他的苦笑让我和特蕾莎都笑了。

新冠疫情很快席卷了全球，美国成了重灾区，人口密集的加州更是重中之重，每天新增数万的感染人数着实让我紧张。"我不太相信这些数字。你知道，美国的政客和新闻，真正暴露给老百姓的没几件是真相。我相信每天死于癌症的人远比死于新冠的人多。"格兰特某天在路边遇见我，上来就发表高论。我不置可否，不想跟他较真儿，便笑笑说："也许吧。"他看上去心情不错，当天要去参加一个亲戚家的聚会。我刚想说政府不是倡议免除一切聚会以免传染吗，话到嘴边又咽下了。对于不相信病毒的人来说，一切谨慎都是可笑的，甚至是愚蠢的。

不久我终于买到机票回到了北京。走前匆忙，要做核酸和抗体检测，也没机会跟这近邻打个招呼。

再回到洛杉矶已是半年后。当时已是7月中旬，美国日感染人数超过20万，而且90%以上都是因为感染力超强的德尔塔病毒。迫不得已，出门采访需要搭乘火车，除了戴上N95口罩，我还特意带上两张练书法用过的废纸。上车拣人少的车厢，坐得尽量离其他人远一点儿，屁股底下垫着那两张自带的废纸，双肩背也不敢放在旁边空着的座位上，而是放在腿上，少接触环境。美国的火车上要求乘客戴口罩，可许多人的口罩只是一层形式化的薄手帕（折

360

叠成三角巾状），就算真正的口罩也被不当真地戴着——拉到鼻子底下，甚至挂在下巴上。

和格兰特第一个照面就得到了他患癌的坏消息。知道他赋闲在家治疗，可我因为急着四处采访，极少有机会看到他，虽然心中总在牵挂。他越发让我想到我那已经患癌去世的父亲，厚道老实、勤勤恳恳，活得现实而不越矩。他们还都是爱花之人。格兰特有一天敲门，希望我这"长着绿拇指的人"（美国人对园艺高手的称呼）给他列个清单，他需要一些耐阴的植物种在向北的墙边。我父亲死前家里满是盆盆罐罐的开花不开花的植物。"我只告诉你这不幸的消息，因为我拿你当朋友。你不用跟邻居们说。"叮嘱我对病情保密后没几天，某天我隔窗看到格兰特那白色电动车缓缓停到车库外，他缓缓走下来，从后备箱里端出两盆玉簪，缓慢地蹲下，在廊前草坪边挖坑，像进行一个庄严的仪式。都自身难保了，还在买花种草。我叹口气上前问："这花叫什么？""我也不知道。"他仍是微笑着，沉静地抬头望我一眼，继续移栽那花。我猜他和我一样，是知道这花在家乡的名字的，只不过不知道英语名称，便答不知道。

虽然知道没什么建设性意义，我仍是把史蒂夫的建议说了出来。"亲爱的，我从来没有真正出门去投简历找过工作。首先，我的语言就是一大求职障碍。又快到退休年龄了，怎么可能硬着头皮去推销自己？而且还得跟人说明我的身体状况。如果是熟人介绍，看到我的设计感觉不错，正好需要人手，那才有可能。算了吧，谢谢你和你的朋友。"

几天后我去郊外果园买水果，特意买了一箱刚从树上采摘的橘子送给他们。

不久后接到特蕾莎电话邀请我去家里喝咖啡，正在上网课学国画的我婉拒了。

4

那天我正在前廊下浇花，正好看到街对面的特蕾莎走出家门。"艾玛，我去超市一趟，回来电话你，来家里喝咖啡。"她仍化着浓妆，一脸的笑容和这加州的阳光一样灿烂，丝毫不像家里有一个癌症晚期病人。不好再推，我说"好"。

半小时后，拿着刚从后院剪下来的一束玫瑰，我敲门赴约。

"不用为我担心，我这不挺好的吗？"银发浓眉的格兰特一边说着，一边张开双臂给我一个温暖的拥抱。他那本来敦实的身体已经被病魔折磨得轻薄了一半，他的坦然放松，让我既欣慰又心酸。

"我现在已经是个新人了。我每天在家读《圣经》，看宗教电影电视。我感觉自己毫不畏惧死亡了。如果上帝让我离开这个尘世，那一点儿也不可怕，我会和他同在，活在他的天国里。"坐在白色长沙发上的病人一脸倦容，眉宇间却散发着一股超然，似乎是大难过后忽然想通了什么，病魔已经像一个包袱被他主观地卸下了。

"你不知道，我周末去教堂前后多么判若两人。去之前，我几乎离开沙发都困难，可一进了教堂大门，立即就精神百倍，回家之后也像注入了新的能量一般。特蕾莎是见证人。"坐在一张椅子上张罗吃喝的太太微笑着冲我点头。格兰特的英语也不好，偶尔说到一些他认为重要的词，会说声抱歉，低头查手机上的词典。

看他那么兴奋激动地自以为找到了命运的救赎，听他讲如何命里注定一般找到了好的大夫，我知道自己唯一能做的就是倾听、附和、鼓励，并享受着女主人的殷勤招待。先喝了一小杯那苦得像药水的亚美尼亚浓咖啡，吃她切好片的桃子、点心、巧克力、蜜饯，再喝了一大杯酒红色的俄罗斯茶。其间她为我换了两次盘子，随时清理着茶几上的纸巾、果核。

"我现在有两个好朋友，一位是我的牧师，哎呀，你不知道，他简直就是我的兄弟，他牵引着我真正地靠近了上帝，从精神上我一点儿也不孤单。另一位就是我的医生，我换了三个医生才遇到这么好的医生。对我的病情别的医生都支支吾吾，显得比我还没招儿，唯有他说：'放心吧，你会得到很好的照顾（You are in good hand）。'如果将来你或朋友患了癌，我可以介绍这位医生朋友，他让我太有安全感了！"一口气说了这么多话，格兰特显得更加疲惫，他伸出一只手去抚摸腿边的"罗密欧"，那只眼神总是忧郁的雪纳瑞已经老了，可每逢听到主人叫它的名字，总挣扎着抬起头用一双圆溜溜的大眼睛无辜地望过去。

"我从不怂恿人信教，包括我的儿子阿瑟，他从不去教堂。我知道他不赞同我，可是我劝你还是相信上帝吧。你是个善良的好人，从那次你帮我砍树我就知道了。你是上帝喜欢的那种人。"担心旁边端茶倒水的特蕾莎没听懂，他叽里咕噜地翻译给她听。

我没想到他还记得那次砍树的事。

桦树是洛杉矶居民区寻常的树种，可最近几年据说染上了一种病菌，许多桦树像得了传染病一样相继干枯死掉。即使没有彻底死掉的，也枝枯叶干，奄奄一息。格兰特门前草坪东侧就有一株这样半死不活的桦树。那个周末早晨我跑步回来，看到他正拿着一把锯想把那干死的树锯掉。那树至少有十几年了，比成年人的大腿还粗，所以他干得相当吃力。

我上前问他为何不让阿瑟来帮忙。他笑笑说儿子还睡觉呢，毕竟每个周末往返四五百公里挺辛苦，修车行生意也累人。他那任劳任怨的样子让我再次想到同样护犊子的父亲。

我有些心疼，便跑回家去请我的房东杰伊助阵。杰伊是个一向乐于助人的 IT 男，正在电脑前忙着与僵尸大战的他毫不犹豫地过马路去充当临时伐木工。他俩锯，我帮着捡树枝扔进垃圾桶里。正好另一位和善的老邻居格瑞遛狗经过，他也加入进来搭把手。再后来阿瑟不知是被母亲叫醒了，还是听到了动静不好意思袖手旁观了，也睡眼惺忪地来帮父亲。

"为什么还留着那个分枝不砍掉？虽然还有些绿叶，活不了的！"站在路边看热闹的邻居大叔口气有些生硬地问。他是退休的消防员，总喜欢用异样的眼光打量新移民。

"我还是想给它点儿机会，万一能活呢！"格兰特认真地说，花白的络腮胡楂在阳光下闪着光。

那人像个裁判似的摇摇头，脸上是不加掩饰的嘲笑。

最后我们几个志愿者被格兰特热情邀请进屋，就着一桌子点心，喝了两壶特蕾莎现煮的咖啡。

不久那留下的树枝还是干枯死掉了。"我早就说过，他还不信，喊！"那白人大叔再次不屑地摇摇头，这次不像个裁判，倒像个法官了。

我不知道格兰特何时把那截枯枝截掉了，也不知道他竟然为这点儿小事断定他的中国邻居是个好人。

"既然人都不免一死，死后去哪儿？你想想，万一要是有上帝，你信他，死后就可以获得救赎进天堂。没有呢，信了也无妨，也没有坏处。这么简单的道理为什么人们就不接受呢？"无论这理论是否有些功利，好心的格兰特让我很感动，一个病入膏肓的老人时日不多了，还在想着他邻居死后的归宿。

我于是打起精神跟他探讨困扰我的问题："那么多自认为是上帝忠诚信徒的人，为什么都或多或少地与上帝的忠告背道而驰地活着？教我们学习《圣经》的俄罗斯裔女老师薇拉，我曾视其为近乎完美的信徒典范，可后来因为几次组织我去参加教堂的活动我没去，就再也不联系我了。"

格兰特说："这是个很好的问题，因为再忠诚的信徒也是人，不是神，所以自然会有人的原罪。要向耶稣看齐，而不要向凡人看齐。"

说话间我的手机响了，正是薇拉打来的。

"你看，这不是上帝显灵吗？我们刚说到她！这就是神迹啊！"格兰特兴奋得两眼发光，病容倦容全无。其实当天早上我刚给薇拉发了个久违的问候信息，但看着精神焕发的格兰特，我没说，只微笑着附和点头。

5

后院的阳光金箔一般斜斜地铺在推拉门上。我知道不早了，打算说点儿别的，然后起身告辞。

"新闻说美国昨天的感染者有 38000 多，其中有一半在加州。"

"那是因为他们不信上帝。我们都没打疫苗，一点儿也不担心。我们去的教堂至少有二三百人，许多人连口罩都不戴，也没听说谁染上了病毒……"格兰特仍歪在沙发上，举给我看他手边的三个不同版本的《圣经》，听我夸赞它们的精美，笑着说"她的更好看"，并示意太太取来也展示给我看。

我尽量让脸上的笑容继续自然着，心里却像被蜇了一般无法坦然。天哪，我们坐在那儿三个小时，吃喝聊天，这二位居然都是不打疫苗的"裸奔者"！那据说几秒钟的擦肩而过都可以被传染上的德尔塔病毒是否早已经在我的体内安家落户了？

我匆忙起身，离开时狠心忽略了他们拥抱道别的期待，几乎是小跑着回到家。

又过了两个月，偶遇开邮箱取信的特蕾莎，我大声叫她并问候她先生。"他后天手术。儿子、我，去医院。"特蕾莎仍是处变不惊地微笑着，仿佛丈夫只是要去切个阑尾。

后来我知道那天的手术只是大手术前的准备：医生切断了与肝脏连接的血管，两周后才能做肝脏切除手术。

很快我就看到了正在前院慢慢走动的格兰特。"我挺好的，没事！"他看起来和那次在家里坐着聊天时一样，我暗自佩服美国的医疗技术，一个患晚期肠癌并扩散至肝和淋巴的人，居然可以这样轻松挺过来。

再过了两周，仍是看到在信箱边取信的特蕾莎。"他在屋里呢，你进来！"我本以为这不是看病人的合适时机，可在她的微笑邀请下，我仍是把花园的水龙头关紧，跟她快步走了进去。我看到特蕾莎本就螳螂肚子一样窄长的脸更瘦削了，两个浮肿的眼袋挂在那儿，她一下子老了 10 岁。"我睡在医院，一直。昨天回来。"她用磕磕绊绊的英语说着，疲惫不堪的脸上仍是笑着的。

格兰特正闭着眼斜坐在沙发上，双手放在明显鼓起来的腹部上，脸色发灰，听到我问"你好吗？"，他有气无力地说："我不知道。"我一时也不知该说什么好，暗自后悔自己不该去打扰如此承受病痛的人，但又不能呆坐着不说话，又问了一句："伤口很疼吧？"他仍有气无力地说："不疼，只是感觉非常虚弱。手术切掉了 65% 的肝脏。"同时他还把我们的对话翻译给妻子听。

我再也坐不住了，立起来往门口走，觉得该说句什么安慰的话，我又站住，望着我那正受折磨的朋友说："上帝会保佑你。"他一下睁开眼，脸上有了一丝笑意，身子没动，眼睛望向我，虚弱地说了声"谢谢"。

"过一周他就会好多了。"送我出门的特蕾莎说。

那是我最后一次见到格兰特。

他放下尘世间的一切走了。绝别了他心爱的家人、小狗、植物和《圣经》。

他的医生朋友放弃了他。

但愿，他那位牧师朋友没有失信。

四个韩国工人跑高走低忙活了一周，房子粉刷一新，哑光的蛋壳白，细腻，干净。在洛杉矶的冬日艳阳下，无论谁经过望一眼，都会不由得面露欢喜的微笑。屋前房后走一圈，欣欣然清点物品，我发现侧院墙角下，我种的黑金刚被拦腰截断了，散落在地上，像战场上士兵的残肢。"新头反正会再长出来，我妈说过。她当年把我们家的院子变成了多肉花园……"房东杰伊边说把那几根断枝插进花盆，说新的根须不久会茁壮地滋生出来。杰伊是个细心人，他把临时借给工人的梯子、水桶归位。"那把剪刀不见了。我妈的剪刀，不见了。"他说得很轻，也并没如我一样习惯用皱眉表达沮丧，那失落轻得像一片雪花，只够让他灰蓝色的眼睛黯淡了几秒。

"一定是那个韩国工头拿走了！昨天他跟我借过。我这就打电话要回来！"我急急地说，并不完全因为这几个韩国工人是我找来的，杰伊对他母亲的感情令我不敢掉以轻心。这个50岁的单身大男人，其实只是个长着成年人体型和外表的大孩子。大学毕业那年，正忙着四处找工作，母亲患脑瘤去世了。不同于满不在乎的弟弟，他被失母之痛击倒——他答应过母亲，挣半年钱，带她去欧洲看看她祖先生活的牧场。子欲养而亲不待。失眠让他失掉了一头浓密的金发。某天开车上班途中犯困，撞上了公路护栏，被警察以儿时有癫痫为由扣留了驾照。他不得不单程花两个小时倒三次公交车通勤，他失不起业。父亲和弟弟拿走了家里所有的值钱之物，那把剪刀，还是他从车库的一个破帆布袋里捡到的。他记得母亲在厨房忙碌的身影，常有这橘色剪刀的陪伴。

做软件工程师的他现在收入颇丰，可简朴生活和他的微笑一样，似乎刻在基因里了。他特别喜欢穿的两件 T 恤，下摆和袖口都破了洞，我问他为什么不扔掉，他笑笑不答，后来才听他弟弟说，那是当年他母亲买给他的圣诞礼物。而那个蓝白条纹旧枕头套，也是他生命中不可或缺的物件——大学离家时，他母亲追出来塞进他的行李箱："你带着，放脏衣物用！"

其实，那只是一把很普通的剪刀，在任何文具店都能找得到，橘色的塑料刀柄，天长日久褪色了，一侧临近刀刃的地方还有一道裂痕，上面贴着一条颜色发黑的白胶布。

追查的结果是，那剪刀果然被那位黑瘦的韩国工头随手装进工具箱带走了。第二天，来领工钱，他顺便归还。"我的剪刀比这可好多了。"那人呵呵地笑着道歉，放着光的眼神中有一丝不加掩饰的不屑。

我很欣慰这物件回到了它的老地方——杰伊的车库工具架上。在一片金属色的钳子钣子锯子中，它显得过于光滑亮眼，像我在黑白照片上看到的那个安静而略有些自负的美妇人，那是杰伊的母亲着婚纱的玉照。另一张彩色照片中，她已经面带中年沧桑，只有侧脸面对镜头，因为她被杰伊迎面抱起来，赤着的双脚悬空，但那笑容显然比婚纱照里多了烟火气和做母亲的暖意。

有些东西跟人厮混久了，会不期然突然失踪。也不知哪天，与莫名其妙消失的塑料勺子、水果刀子一样，这剪刀又不见了！

我常为这样的不告而别懊恼，都不是什么值钱的东西，从经济角度考虑并没有太大损失，可那物件偏偏又是常用且用顺手了的，突然失踪，像家人或宠物负气离家出走了一般，让留在原地的人颇有措手不及的沮丧。百思不得其解，四处翻找，终是不得其踪，郁闷地放弃了找寻，仍会在某个瞬间想起它。

"没什么，找不到就算了。"杰伊仍是轻而淡地说。话虽这么说，仍不声不响地跟我一起，瞪着大眼睛找遍了这两层楼房的每个角落，唯一的希望就是某天它又突然冒出来。

3年过去了，那把剪刀的下落和它的故事彻底断了。像断成两截的绳子，有一半坠下深不可测的悬崖，另一半空留在人的脑海，再也无法接续。我只发现，杰伊书房柜子上，他母亲的照片似乎比以往更加一尘不染。

几天前的北京，另一个剪刀的故事上演，短促得像一出未经彩排的独幕剧。

初夏的早晨，我醒来尚在床上发呆，接到儿子的电话。"我今早有点儿不舒服，到单位测了一下，两道杠。我别传染给你，想找个旅馆住几天。"儿子刚上班一年，在那场新冠感染大潮中幸免，可夏日来临，另一拨感染热出现，他终于被病毒找上门了。

"你还是回家来住，我找地方去。"我也不由自主提高了声调，心里想的却是，还有三天，就是我的新书分享会的日子，我不能有半点儿闪失，感染了，分享会取消事小，万一感染了没测出来，去现场还不传染给那十几位友情到场的嘉宾和读者？怎么偏偏是这时候！

隔着电波，儿子立即接收到了我的负面情绪："妈，对不起。我感染的真不是时候。"已经开始发烧的他坐在车里等消息。我打了三个电话，终于得到一位退休女友首肯，我可以去她家住一阵，她正在南城照顾九旬的父亲。"家里太乱，下不去脚。也就是你，我可以给钥匙自暴家丑。"

儿子的心似乎也落了地，回到家，戴着口罩进屋直奔自己的卧室。我煮了简单的早餐，把门开个缝，把食物放在地板上。关门。身后是他带着咳嗽的责备，"你怎么不戴上口罩？！别管我，赶紧走。"好像他身处的是随时可以爆炸的火线。

可能实在烧得难受，吞下几粒连花清瘟胶囊后，他问正在收拾行李打算"出逃"的我是否能找一下体温表。我两年出外采访不在家，对诸物已经像在陌生人家里一般生疏。"在你卧室的床头柜上。"他的声音已经没了刚才的底气。体温表坏了，我下楼去药店买回一个。他测了，39度。所幸家里药箱有他去年趸下的药。

"我定了一些试剂。马上就送到，你走前也测一下。"

儿子在单亲家庭长大，早熟得比这个母亲更像个成年人。当年我们同去美国大峡谷旅游，忘情拍照的我离悬崖仅一步，15岁的少年的心悬高一寸，最后实在害怕了，一把把我拽回来。

我乖乖地测了，试剂上显示一条红杠。听到我拉着行李箱离开的声音，他又嘱咐："带上几个试剂。活动前勤测着点儿，有潜伏期的。"我依言拿了三份装进背包。

事实证明，这位大姐一点儿也没夸张，那10年前我去过的两居室曾窗明几净，现在完全沦落为一个仓库——只进不出的仓库。唯一能让人容身的地方就是那张大床。上面至少有一半没有被物品覆盖。

没有wifi，我可以应付，用手机流量与主办方交流会议细节。可没有睡眠，实在让人没底气。房子在那15层楼的东头把角，躺在床上，一墙之隔，头顶正对着那每几分钟就呼啸而过的轻轨。墙的一半是落地窗，不到凌晨5点，天光就隔着那层薄薄的纱帘敞亮地照进来，让好不容易刚睡着的我猛然睁开眼，望着四周堆放的杂物，愕然以为自己躺在露天的旧货填埋场。

每天睡三个小时，耗了三晚上，终于，活动搞完了。

"看完了，两个小时的直播，很不错！"

第一个祝贺微信，是儿子发来的。发着烧，刀片嗓，头疼着，他居然还隔空关注着那个他放心不下的妈。

"既然可以换到陈伯伯郊区的书房，那就换过去住几天吧，只当度假。我每天都在测，想早点儿去上班。要不每天扣500块钱呢。"听说我的借住条件太差，他哑着嗓子出主意，同时发来一张照片——一排试剂，一对对由深变浅的红杠那么醒目，像是被挡在路口的人期盼变绿的红灯。他很珍惜好不容易找到的这份工作。我又心疼又难过，想发几句牢骚却闭了嘴。

我依言搬到了密云。每天给儿子发个信息算尽母责。不时听闻这个友人煲了汤闪送给儿子，那个邻居放了西瓜在门外。想到我这躲出来的母亲，心中凄然难过。"活动结束了还没回去？要是我，早回家照顾孩子去了。"那大姐心直口快，更让我自责落泪，打算搬回去。

"你千万别回，最多还有两天，我相信我就转阴了。你虽然得过一次，也不要再冒险，这病还是挺让人难受的！对了，有几个你的快递，我都收好了。"

我答应去看看司马台长城，他窝在床上回信息："挺好，这才是生活！"

回到家那天是周五，刚转阴的儿子已经上班去了。玄关处一堆纸盒，那都是我网购的衣物，还有几本杂志。我们这普通的百姓之家没什么家规，可凡是外来的东西，写谁的名字谁才能打开，从父亲健在时家庭成员间就默认了这种对彼此隐私的起码尊重。当年我驻外工作，每年回国休假一次，明知是最普通的印刷品如《作家通讯》，父亲都一本本收好，连同其他信件原封不动交给我。这份默契也被我和儿子保留着。

我进厨房，拿出那把总在刀架后立着的黑柄剪刀，划开纸箱上的塑料封。是急于把纸箱连同厨房的几个塑料水瓶清理掉吗？我比往日开箱速度快许多。

中午约了朋友吃饭。下楼时匆忙把那堆大小纸箱丢到楼下分类垃圾箱中。下午，想用剪子剪掉衣物上的商标，各屋找遍，却找不到那黑柄剪刀。

懊恼之情油然而生，陡然间想起杰伊那把再也没了下落的剪刀。我知道，毫无疑问，我把它随手放进纸箱，丢进了垃圾箱里！

那只是一把剪刀，比杰伊母亲那把"名贵"一点儿，因为来自德国，是儿子当年在国外读书时往返飞行，用航空积分为我换的"双立人"。如今，那个有着婴儿肥的少年已经是胡楂满腮的成年男子。每次来了快递，他亦如我，直奔厨房，取出那伴随这个家10年的剪刀，划开塑料膜开箱。那个剪刀像一个不会说话却不可或缺的家庭成员。

沮丧加自责。我知道唯一的弥补方式就是上网再买一把。京东果然有，而且还适逢"618"打折，原价148，现在只要98元。果断下单买下，心中似乎好受一点儿，虽然明知这一把早已不是那一把。

黄昏时分我去公园走路，仍想着那剪刀的下落，怅怅地，期盼着它和杰伊的那把一样，得到某个身心干净的人珍惜善待。回来时顺便去院门口拿在小区群里预订的葡萄和老玉米，经过垃圾箱时，在路灯下依稀认出坐在三轮车上的女人，正是我不久前给过许多旧书和衣物的收废品女人。"你……有没有碰巧看到一把剪刀？我中午丢了几个纸箱子在这儿……"我知道小区不止一个人频繁地翻捡可回收物品换钱，丝毫不抱希望地问。

"剪刀？我看到了呢！我知道是你的，因为那纸盒上有门牌号。我还在想，这么好的剪刀咋就不要了哩？"快人快语地说罢，她从三轮上一骗腿下来，在放着一堆纸板和绳索的车斗里一通翻找，递给我一把。

"不是这把？这也挺锋利好使，要不你先拿去用？"她一脸耐心的笑。

"不。我就要我那把。你再找找好吗？"我突然有些慌乱，生怕欢喜落空。

被杨树的枝叶滤过一遍的灯光很暗淡，她拧开一个小手电筒，继续低头翻找了一会儿，忽然张大嘴巴扬起笑脸，手中举着我那把黑柄剪刀。

半天的离别，这剪刀回到它的家，似乎经历了一生的流离。我用酒精湿巾仔细地擦拭它，一寸一寸，像擦拭着我自己的手脚。

我迫不及待地打电话给杰伊，隔着浩瀚的太平洋，传来他的声音，依然轻柔如雪花，"奇妙（Fascinating）！一把剪刀，原来也可以有这么温柔的故事。我上周刚去墓地，给我妈添了一个小天使铜像……"